加油吧，我的扶贫大主播

马昌华
潘健 著

广西科学技术出版社

图书在版编目（CIP）数据

加油吧，我的扶贫大主播 / 马昌华，潘健著 . — 南宁 : 广西
科学技术出版社 , 2020.12

ISBN 978-7-5551-1517-5

Ⅰ . ①加… Ⅱ . ①马… ②潘… Ⅲ . ①长篇小说 – 中国 –
当代 Ⅳ . ① I247.5

中国版本图书馆 CIP 数据核字 (2020) 第 241328 号

JIAYOU BA, WO DE FUPIN DA ZHUBO

加油吧，我的扶贫大主播
马昌华　潘　健　著

策　　划	萨宣敏		组　稿	池庆松
责任编辑	朱　燕　丘　平		助理编辑	邓　霞
封面设计	刘柏就		版式设计	梁　良
责任校对	吴书丽		责任印制	韦文印

出 版 人　卢培钊

出版发行　广西科学技术出版社

社　　　址　广西南宁市东葛路 66 号

邮政编码　530023

网　　　址　http://www.gxkjs.com

经　　　销　全国各地新华书店

印　　　刷　广西壮族自治区地质印刷厂

地　　　址　南宁市建政东路 88 号

邮政编码　530023

开　　　本　787mm × 1092 mm　1/16

字　　　数　200 千字

印　　　张　18.25

版　　　次　2020 年 12 月第 1 版

印　　　次　2020 年 12 月第 1 次印刷

书　　　号　ISBN 978-7-5551-1517-5

定　　　价　58.00 元

目 录

第一章　这个电话不寻常

一

一大早，正在厂里忙碌的九秧，突然接到阿爸打来的电话。

除非有什么要紧的事，阿爸一般是不会主动给九秧打电话的。很多时候你电话打过去，他要么不接，要么还没说上两句话，就挂了。

"我没灾没病的，用不着担心！"对于儿女们在电话里的嘘寒问暖，阿爸总是显出一副不耐烦的态度。

阿爸的不耐烦，并非冷漠，说到底他就是舍不得那个电话费，虽说这样也省不了几个钱。九秧理解阿爸的心思，也就不再勉强，不到万不得已也不轻易给他打电话，后来干脆连微信都少发了。

人穷志短是根本，不容易啊。

兴许过两年弟弟依能毕业，出来工作，家境好转，情况就不一样了。

"我忙去了。"这是阿爸从来不变的托词，他也懒得费心思找别的借口。

阿爸并不是一个天生口讷的人，其实他很能说会道的。九秧清楚地记得，小时候，阿爸经常给她和弟弟讲故事。九黎先祖创世、福命果的传说，

001

五色饭的由来，宝龙的来历，天鼓驱邪的神话，绘声绘色，讲得可精彩了。

有时候，九秧宁肯相信阿爸所说的"忙"是真的，这样自己多少也心安一些。家里现在就阿爸一个人，里里外外、事无巨细，一切都得他亲自打理。自己不动手生火，就吃不上一口热饭；自己不拿起针线，破了洞的衣服口子就会越开越大……亏得他一个大男人，连女人家的活计也得包揽了，不然怎么过？阿爸没个体己的人在身边呀。

何况，当着屯长的阿爸还拖着一身的病。说起阿爸这病，又是全家的伤心事。

九秧记得，她小的时候，阿爸也曾当过寨子里的屯长，那时的他才真的是忙成了"国家总理"，又帅气又威风，年轻有为，从早到晚屁颠屁颠地在寨子里外转悠吆喝。这家的卫生没搞好啦；那家的隔墙有火灾隐患啦；吴老八家的水田崩坎了，得赶紧垒起来；钟四毛的黄牛牯跌下崖壁摔坏了前腿，得找村医去帮忙处理，顺便还要安排几个达亨（小伙）想办法去弄回来……反正有忙不完的公家事、操不完的公家心，家里的一切就全撂给阿妈了。

阿爸这辈子，最渴望的就是能捞个一官半职当当，过过官瘾。整个寨子里，数他最会来事，总盼着能在人前显出自己的能耐来。因此，这样的"忙"，他很乐意。

没错，屯长再小也是个官嘛。

虽然，吃力不讨好又不领国家工资的小屯长，没有进入国家公务员职务序列，可因为处在金字塔的最底层，却是最接地气的。

自从当上了屯长，阿爸把自己的QQ名便改成了"方块三"。那时候寨子里还没几个人玩手机，微信都还未出现呢，有个QQ就很时尚了。当然，这个"方块三"并非阿爸自己的个人独创，也不是宝龙寨与梦鸣村人的专利，这是中国民间心照不宣的自我谑称。

"方块三"知道吧？在扑克牌的序列里，牌面最小的就是这位老先生。不过小是小，真要是少了它，也凑不成一副完整的牌了，玩不下去。国家行政职务本来没屯长这一官职，屯长们倒是机智，主动把自己挤进去了，其实就是自我安慰加自我嘲弄。

九秧甚至有点以作为屯长的阿爸感到骄傲了。她只是想不通，当年的阿妈居然那么反对阿爸当屯长。真是应了那句俗语——"目光短浅，妇人之见"啊。

阿妈还在的时候，就因为阿爸太热心村里的事，两个人吵过不少的架。阿妈说阿爸是"假积极的现世宝""被官瘾迷了心窍"，所以坚决反对他当屯长。

阿妈是个现实主义者，自家的事情还整不麻溜，柴米油盐都没个保障，还想打肿了脸到外面去充什么胖子！

"能耐不是给你逞的，别羞了自家先人！"阿妈对阿爸时常冷嘲热讽。

被阿妈这个火炮筒子杠着，阿爸的官瘾过得很不顺遂，没当两年就被阿妈逼着退出了。

忍无可忍的阿妈下了"最后通牒"："你敢再当这个屯长，这日子就不过了！"

日子当然还是要过的，那就只有不当这个屯长呗。

不当屯长的阿爸窝了一肚子的火，可是有气也不敢往阿妈身上撒呀，自己一家人都调停不下来，还能管得好一大寨子的人么？

那就让别的能耐人操心去吧！小小屯长不当就不当了，反正也不是个什么大的官，光不了宗耀不了祖，家庭和睦才是第一位的。

可偏偏阿妈又出事了。

那天早上，阿妈背了个背篓去宝龙河谷采铁皮石斛。铁皮石斛大多长在悬崖的石缝里或大古树的枝干上，一般人很难采到。阿妈逞强，爬上一处长有铁皮石斛的悬崖，结果一不小心从崖壁上摔了下去。要不是放羊的吴老洞及时发现，回来报信，只怕当场就死在那里了。

阿妈摔伤后，开始在家拖着，由寨子里的苗医拿草药治，想图个省钱的侥幸。治了大半年，情况越治越坏，后来只得去医院。阿妈治病花光了家里所有的积蓄后，又欠了近二十万的债务，但还是不见好，人再也没有坐起来过。吊着一口气一天一天地挨日子，穿衣、吃饭、拉屎、拉尿，全靠阿爸一个大男人服侍。

要强的阿妈终于受不了这半死不活的罪，心肠一硬，趁家里没人，灌下半瓶甲胺磷，撒手去了。

阿爸阿妈以前吵归吵，但感情还是很笃厚的，九秧完全体会得到。阿妈的不幸离世，让阿爸这个苗家汉子天塌般一下子失去了以往的精气神。如果不是要肩负两个娃的成长，只怕阿爸从此一蹶不振了。

这些年来，阿爸顾不上为九秧和弟弟依能找个咪宜（后妈），一门心思全放在九秧姐弟俩身上。他们家虽是寨子里最艰难的贫困户之一，但阿爸还是抵起脚板供姐弟俩上学。九秧读到高中毕业，弟弟上了南宁的大学，也算是拼了阿爸的老命了。五十不到的大男人，一直单着身，也不知是怎么熬过来的。虽然一个大老爷们嘴上不说开，但正是如狼似虎的年纪，有生理需求什么的谁不懂得？活成这样不憋屈才怪呢。

人吃五谷杂粮得百病，何况这些年阿爸要攒钱还债，又要供她和弟弟上学，每天起早贪黑，不避日晒雨淋，早早便落下了严重的痛风，但他从不在儿女面前叫过半个苦字。好在，如今九秧打工有了收入，弟弟依能的学费开支勉强可以支撑得下来。再过一年，等依能毕业，有了工作，就可帮阿爸还债了。

可毕竟岁月催人老，如今留下阿爸一个人在家，没个伴儿，万一哪天像当年的阿妈一样卧床不起，她和弟弟都不在身边，谁来照顾他？

孤身一人的阿爸多少有些精神空虚，经不住乡亲们的撺掇，那股热心当差的劲头又鬼使神差地冒了出来。前年，冬天屯里换届选举，屯长的官帽子终于又妥妥地落到了阿爸的头上。

　　选个贫困户当屯长，不光在这大苗山，就是在全县乃至市里其他地方，恐怕都是件破天荒的奇闻怪事。这是要让家庭贫困的屯长带着乡亲们都争当贫困户么？

　　可宝龙寨人偏不信这个邪，就认定了家里穷得叮当响的梁老耿。他的穷不是懒不是笨，而是天灾人祸所致，情有可原。他们也相信满脑子主意的梁老耿能带领全寨人脱贫致富。别看他这些年被折磨得皮包骨头，可你看看，人家硬是让女儿读完了高中——寨子里上到高中的女孩家至今数不出两个手巴掌来；儿子依能考上了大学；为老婆治病欠下的二十来万借款，也还清了一大半。这些事实明摆着，不得不佩服人家呢。

　　九秧欣慰阿爸又当上了屯长，还有一层不宜示人的想法。

　　这不就是个机缘嘛，起码可以重新提升阿爸在寨子里的地位，地位一提升交际便广了，说不定什么时候就能招引个慕名而至的咪宜呢，自然也就解了姐弟俩的后顾之忧。

　　整天忙里忙外的阿爸一大早主动给九秧打电话，跟他这个贫困户主被选做屯长一样，也是件破天荒的事。

　　咋回事呢？回过神来的九秧第一反应就是阿爸遇上了什么绕不过去的烦难事。

　　该不会是痛风发作或者别的伤病吧？这是九秧最担心的。

　　真是应了那句俗话：怕什么，偏偏来什么！

　　电话接通后，九秧一连叫了几声"阿爸"，可电话那头却始终没有回音，只隐约听到几声痛苦的呻吟，听上去像是患了重病。旁边还掺杂着关心的问候声，有些嘈嘈杂杂，分辨不清。

"喂！阿爸，你倒是说话呀！"九秧急切地大声叫着。

寨子里像九秧这个年龄的人，不论男女，都依苗语管阿爸叫"罢"，管阿妈叫"咪"。可九秧从不叫"罢"，总是用"阿爸"称呼。阿妈在世的时候也不喊"咪"，而是叫"阿妈"。这是"阿爸"从小教育她的功劳。

"阿爸——"九秧顿感不妙，心一下提到了嗓子眼。

电话那边还是没有回应。

正在九秧火急如焚之际，突然"啪"一声脆响，电话挂断了。

九秧赶紧回拨，但已无法接通。过一阵再打，就变成"该用户已关机"的语音提示了。

九秧心里骤然生出一种不祥的预感来。阿妈不在了，阿爸是她和弟弟唯一的精神依靠，不管怎么样，作为家中的顶梁柱，这个时候阿爸绝不能有任何的闪失。

九秧决定立即赶回家里去看个究竟。

九秧慌慌张张跑到主管办公室去请假。她甚至做好了思想准备，如果主管不给她批假，她就直接去找老板。要是老板也不同意，她就学电视剧里的余欢水，请霸王假——硬走，无论如何也要回去一趟。

没想到一向刻薄的主管这回倒是很大度，二话不说就在九秧的请假条上签字同意了，还关照她说，如果有需要，在家里多住几天也无妨。

九秧心想，敢情是最近因为疫情市场行情不太好，业务量下降，老板不愿养这么多的工人，又想着使裁员的损招了？裁就裁吧，姑奶奶不在乎！从拿到大学文凭那一天开始，自己也主动向厂里的人事部门报备了，可一直不见老板表露过提拔自己的意思，九秧心里也早生去意了，只是一直没找到合适的新工作，暂且留着。

请完假，九秧又犯了愁。从市里回到家，一百多公里路，不仅没有专程的直达车，而且还有十来公里根本就没通班车。况且，眼下疫情尚未过去，班车都还不准上路呢。

除非包车。可包车的费用实在太高，还不一定能找得到合适的车主。

犹豫不决的九秧想起了同寨子的老乡勾乌，要不试着找找他，让他帮忙送自己回老家一趟？在家靠父母，出门靠朋友，一个寨子的人，总好商量。况且，九秧明显感觉到，过去出了名的冷面小生勾乌，最近见了自己，热情大方得不得了，不仅有求必应，而且时不时变着花样故意找借口与自己接近，鞍前马后的，那真叫一个殷勤备至。

冰雪聪明的九秧何尝不明白，这小子表面上是找着借口帮自己，实际怕是"醉翁之意不在酒"，想着打自己的主意呢。九秧虽说也到了春心萌动的年纪，却一直不动声色地保持着矜持，装作不知晓勾乌内心的小九九，见了面一如既往地打哈哈，哥们长哥们短地跟他一副没心没肺的样子，倒叫勾乌无从下手，心里猫抓一般很不自在。

勾乌也知道，心急吃不了热豆腐，得耐着性子慢慢来。情场上的老江湖都一个套路——钓心。

勾乌在市里原本也是个没有根基的浪苗仔，几年的打拼，好不容易混成个小老板，在同寨人中也算是混得风生水起了。不久前，才买了辆"练手"的宝骏顶配SUV，又在城南一个楼盘按揭了一套一百平方米的房子。他自知火候未到，倒也不敢轻易在心高气傲的九秧面前嘚瑟。开弓没有回头箭，没有把握的情仗是贸然打响不得的。

"有空吗？"九秧给勾乌发去一条微信。

不到十秒钟，勾乌就回复了："没空也得有空啊，随时听从你召唤！"

"唉，我阿爸病了，想回趟家里看看呢，可是我没找到顺风车。"

"正好正好，我也想回趟家了，一起得了。我去接你吧。"勾乌脑子转得快，立即自告奋勇。他在心里庆幸，天赐的良机终于要来了。

"你几时能走？"

"我去加个油，随时可以走的。"

"越快越好，我等你。"

"在你宿舍还是厂里？"

"在厂里，刚办好请假手续，准备回宿舍呢！"

"那我一会儿到你宿舍门口接你吧。"

"好的。对了，回去油钱算我的，你出车、出司机得了！"

"那哪能呢！你不是搭我的顺风车嘛，顺你一回不行啊？"勾乌故意把"顺"字的音调拉得长长的、重重的。

"那回来我请你吃螺蛳鸭脚煲。"

"单请我一个人？"

"没问题！"

二

昨晚喝高了，怎么回来的都忘了。

好在人年轻，醉后醒得快。

天还没亮，勾乌就醒了，喉咙干渴得像要冒火。

打开手机，才刚过五点钟，可是睡意早已全无。

昨晚的饭局是专门为一个不大不小的订单而设的，自己做的东，结果几个人醉得一塌糊涂。不过这样的醉很值得，一批钢材的销路总算是有了眉目。

勾乌大学毕业后，先后在几家汽配公司混了一圈，屁股一拍就出来单干了。几年前，与人合伙在红卫市场租了个门面倒腾钢材，后来合伙人去了南宁发展，他就一个人把门面顶了下来。他做的是二路货，全靠吃人家的下巴饭，每天辛辛苦苦起早贪黑，利润虽然薄了些，但总算能维持生计。

吃下巴饭也得广结人缘，还要处处装孙子，这是没办法的事。

这年头能有点下巴饭吃也算是烧高香了，比起九秧在厂里打工挣的那点死工资，是强到天上去了。

勾乌曾劝了很多次，叫九秧也出来单干，可九秧还是愿意在大工厂、大公司里待着，她一直想做个体面的白领公关呢，如今大学文凭拿到手了，这欲望也越发强烈了起来。

九秧有时会笑勾乌，为了一点点生意，今天请这个明天请那个，又是吃喝又是送礼，像条摇尾乞怜的哈巴狗，折腾了半天，还不见得能起个泡泡。

勾乌就尴尬地笑笑："面子不下地板，票子难进荷包。"

也是啊，比如昨晚的饭局。勾乌依稀记得，喝到后来，猜拳喊码，仗着几分酒量，自己一个人豪兴起来，和华联公司的杜副总、王主任，三友汽配厂的刘副厂长、韦秘书，接连打了几轮通关，硬是没倒桩。

席间，还有那两个临时邀请过来的酒水销售小姐，连她们也归到对方的阵营里去了，合起来一道对付他这个"孤家寡人"。她们本来是两不相干的旁观者，只负责在饭店里帮厂家推销酒水给客人，从中赚点可怜的提成。

"小妹妹，你们两个来和我们一起喝，今晚的酒就由你们随便点！"王主任涎着脸对着两个腮粉唇朱的小姑娘挤眉弄眼。

"真的吗？"小姑娘鼻子一撮，也不含糊，盯着王主任蓄满绿光的眼睛。

经不住客人的热情相邀，两位小姑娘一番交头接耳后便欣然入席，红酒白酒一股脑儿齐上。帮着客人把勾乌灌懵了，酒自然也推销了不少，得了人情又卖了乖。

不过勾乌心里很满意，自己做的东家，为的就是让客人们喝得尽兴，区区几瓶酒钱算什么。客人们高兴了尽兴了，生意才好谈呢。

换位思考，其实酒水妹妹也挺不容易。为了推销几瓶酒，还得强作欢颜一个劲儿地取悦客人，只怕在心里早恨死了。

也难怪，九秧时不时会嗔骂勾乌做的尽是些上不了台面的买卖。想想还真是，她说得既刻薄又中肯。

勾乌起身给自己泡了一杯参茶，他习惯了头晚喝酒，隔天早起喝茶醒脑提神。

喝着茶无聊，翻开手机胡乱浏览。这个时候居然还有人在做直播？不知是未完的夜场，还是提前的早场。

勾乌随便点了进去，主播的名字叫陌陌。只见穿着清凉的女主播正在直播间里起劲地卖弄风骚，一会儿唱一会儿跳，一会儿与粉丝们扯着风马牛不相及的八卦。房间里的观众并不多，基本都是些通宵达旦的夜猫子，或是赶专场的早起客。

女主播看上去有点像化了妆的九秧。勾乌的情绪也开始高涨起来，忍不住给她打赏了一架价值 166 鱼翅（人民币 166 元）的黄金马车。

在直播间逛了近两个小时，意犹未尽，勾乌接着又在网上斗了几回地主，然后才美美地睡了个回笼觉。起床，洗漱，下楼去买早餐，打算开始一天的安排。疫情未过，大多数店家尚未恢复营业，只有少数店面推出外卖。

勾乌看看时间，正好上午八点半。

勾乌会心地笑笑，他突然想起毛主席讲的一句话来："世界是你们的，也是我们的，但是归根结底是你们的。你们青年人朝气蓬勃，正在兴旺时期，好像早晨八九点钟的太阳……"多么精辟的论述啊！你们是谁，不就是我等年轻有为之人吗？

九点钟的太阳要出门撞彩了。

回到屋里，勾乌从餐柜中找出一只青花大海碗，打开热气腾腾的塑料袋，将袋中的螺蛳粉一股倒进碗里，顿时，一层光亮的红油撩起了他强烈的食欲，喉咙里快要伸得出手来。

勾乌拿起筷子用嘴一吹，摆开架势正准备开吃，便收到了九秧发来的微信。

原来，九秧想让自己送她回老家看阿爸。

"瞌睡遇到枕头。"勾乌心里滋润着，自己打了个并不十分恰当的比方。两个小时前还在给假想的女神打赏刷礼物，转眼就可以载着九秧直奔梦呜了。

早晨从中午开始，看来真是人生成功的秘诀啊！

三

汽车在大苗山蜿蜒的盘山公路上一路颠簸，沿途的村寨如点点繁星，从脚下、身边、头顶次第掠过，在远远近近的山腰上与白云苍狗交相辉映。放眼望去，整个大苗山就是一幅无边无垠的水墨丹青，斜挂在辽阔的天际，有些壮美的苍茫。

大山深处路的尽头，怡然静卧在水溪之畔，依山傍水惹人顾盼生怜的便是的水木苗寨宝龙寨了。

大苗山深处的宝龙寨是九秧的家，白苗语里叫"钢龟"，意思是星星寨——星星闪亮的地方。寨子虽然叫苗寨，但依旧有少数瑶家、侗家杂居其中。即便是苗家也有白苗与黑苗之分呢——依人住水头，瑶家住箐头，苗家住山头嘛。不过，除了在自家族群里可以说自家的族话，在公共场合，白苗话却是全寨唯一能够通行的"官话"了。

据说，五百年前，最先来到这里的就是白苗人的祖先，先到为尊的规矩是不能轻易打破的。九秧小时候常听阿爸和族上的叔伯、爷爷们在家里说黑苗话，但现在即便在本家族群里也越来越少有人说起，早生疏了。像九秧这样的年轻人，除了白苗话还能说得顺溜些，基本都说外面通用的桂柳话了。

高耸的大枫树下便是古老的寨门。在田坎边种植枫树旨在保障五谷丰登，在桥头种植枫树旨在护送人们顺利过桥，在村寨种植枫树旨在保护村寨安宁。

枫树象征苗族人的生活图腾。苗族古歌里传唱着："还有枫树干，还有枫树心，树干生妹榜，树心生妹留，古时老妈妈。"枫木树干和枫木树心生出了"妹榜妹留"（蝴蝶妈妈）。妹榜妹留即是苗族人的始祖。

进了寨门，就是水车吱呀的宝龙河——美丽的贝江之源。清澈的河水绕着寨子缓缓流过，两岸翠竹轻扬，梯田层叠，潺潺的流水声宛如苗家达亨与达配（姑娘）在低唱着婉转缠绵的情歌。小桥、流水、田园、人家……好一派世外桃源的苗寨风光。

河边两块高低并排的巨石形似两只大乌龟，它们有一个浪漫的名字——鸳鸯神龟。远远望去，神龟正欲从岸边向河中心爬去，又仿佛是靠在岸边正悠然自得地晒着太阳。其中一只更是伸出光溜溜的头来，炯炯的眼神警惕地向前探视着。

人们说这鸳鸯神龟是寨子的守护神。

孩子们总喜欢爬上龟背去玩。龟背平坦光洁，是夏天里跳水游泳的天然跳台。这里有着九秧和勾乌美好的童年记忆。

宝龙寨四面环山，植被优良，山水相间。整个寨子坐北朝南，地势前低后高，房屋互不遮挡，视野宽远。村前是一层一层连片的农田。村东拥有元宝山脚下最大的一片原始野生芭蕉林。四周是连绵起伏的山林竹海，一座小山丘像个大元宝似的静卧在村脚左侧。山后便是神秘险峻的宝龙河大峡谷，这里也是九秧阿妈出事的地方。

说起元宝山，这可是苗家的神山，是传说中野人出没的地方。苗家人称野人为"那乌"。苗家人都坚信那乌一直生活在元宝山的密林里，甚至将那乌编成了苗歌传唱。歌中唱到，那乌曾住在一个叫野人泉的地方。其实，在野人歌、野人泉的背后还有着一个神秘的习俗——芒蒿节。相传，芒蒿是一种山中怪物，苗家人每年正月都要在寨子里举行隆重的芒蒿节，人们以吹芦笙、跳踩堂舞的形式驱赶芒蒿怪。装扮成芒蒿怪的小伙头戴面具，身披芒草，手脚涂黑，酷似野人，从山上狂奔而下，一阵阵"呀呜"声四起，便跳起了狂放的芒蒿舞。芒蒿怪就是模仿野人那乌的形象得来的。

早些年，经常传出苗寨山民遭遇那乌的惊悚故事，其中就有宝龙寨的梁二妹。说是有一天早上，梁二妹照例去山上采灵芝，发现一棵老树根上一朵好大的灵芝。梁二妹走过去小心地把灵芝摘下来，高兴地捧在怀里，脸上挂着灿烂的笑容。可等她一转身，整个人就僵在那里动弹不得了，原来，有个宽肩膀、大嘴巴的红毛人，正鼓凸着眼睛看着她，呵呵地笑个不停。结果，吓昏过去的梁二妹就被那个红毛人掳走了，直到第五天下午才放了回来，把她丢在原来采灵芝的地方。梁二妹懵懵懂懂地回到家里，人从此就变痴呆了，老说些不知什么意思的糊涂话，除了"那乌"两个字，别的一概听不清听不懂。后来，梁二妹还生了个浑身长了毛的崽，都说是野人的种。可惜那孩子没能成活，生下来不久就夭折了。

梁二妹痴呆了好多年，直到几年前才去世。不过关于梁二妹的故事，她家里人一直讳莫如深。人们也就不好刨根究底，这事渐渐便成了真真假假的传闻。梁二妹是九秧的本家姑姑，还在世的时候，九秧没少关照过她。有时候，好奇的九秧也忍不住问起姑姑与那乌的故事，梁二妹立刻变了脸，仿佛丢了魂一样。后来，九秧就再也不敢乱打听了。直到梁二妹死，把那乌的秘密也一起带进了坟墓。

如今，以小溪为界，寨子又分成了老寨和新寨。从西南的白基田山坡俯视，整个寨子的布局成一个"火"字形，寓意着火红、兴旺。然而，数百年来，除了经历过几场几乎灭顶的火灾，却从未见宝龙寨真正地火起来过。

在老寨与新寨的分界处，通往宝龙峡谷的路旁有一眼闷泉。泉底有一块突出的石头，一个如太上老君的头像显现其中，甚是神奇。这眼闷泉名叫"同心泉"，从太上老君的头部下方涌出来的泉水清澈冰凉，带着丝丝的甘甜。路过此处的村民必爱喝上一口。同心泉有个更神奇的传说。相传，古时候有小两口吵架，吵到同心泉旁时已是唇干口燥，便各自捧起泉水来喝。刚喝几口，便有了心灵感应，小两口很快就气消和好了。如今，寨子里还有这个习俗：新婚夫妇结婚的第二天一大早，就会来这里喝泉水，并挑一担回去烧茶给全家人喝，希望以后一家人和和美美。

九秧有时甚至怀疑，当年阿爸与阿妈结婚的时候，是不是没有一起来喝过同心泉的水。要不阿妈怎么老是反对阿爸做这样做那样，连个风光长脸的屯长也不肯让他当下去呢？

风景秀丽的宝龙寨所属的梦鸣村，却是远近出了名的贫困村。两年前，靠着"村村通"的政策，才勉强把公路修到村里。宝龙寨在梦鸣村更是一个垫底的屯，直到去年冬天，通屯的公路才终于动工。虽说，现在还有很长一段是松软的泥沙路基，一路上坑坑洼洼的，但总算可以勉强通车了。而修路的设备与材料正在沿途分散地堆放着，静待全面解封后施工队重返施工现场。估计过不了多久，干净、平坦的水泥路就该全线贯通了。

听说，这修路的钱都是驻村扶贫的第一书记来了以后，从上面各个部门"化缘"筹措来的。要是放在过去，别说人从寨子到县城有多艰难，就是到最近的镇子赶一趟街，单凭着两条腿来回跋山涉水，就得搁上老半天的工夫了。

九秧至今没有见过那位来村里扶贫的第一书记，据说姓吴，只在以前听阿爸闲聊时偶尔提及过。听阿爸的口吻，这书记倒像是个不错的小伙子，年纪轻轻办起事来却很有办法。谁家有什么困难找他帮忙，他一概一拍胸脯，满口应承"没有问题"。没多久，村民反映的困难还真在他的忙里忙外下得到了落实和解决。

只一样，这位年轻的扶贫书记有事没事总爱拿着个手机这个寨子那个寨子到处乱拍，还上什么快手、抖音发视频。老人家有时倒看不习惯，以为他是在游山玩水不务正业——来扶贫就踏踏实实搞扶贫的事嘛，整天玩什么手机，给人的印象有点不够稳重。年轻人倒是喜欢和他凑在一处。可问题是现在整条村也没多少年轻人在家。就拿宝龙寨来说，六百多号人的寨子，正儿八经在家做农活的年轻人数也数不出几个巴掌来。头脑灵活点的，哪个不在外面打工挣钱，远的北上广深，近的南宁柳州，再不济也在县城里打点零工。

九秧觉得这个爱玩快手、抖音的第一书记有点意思，但毕竟没有接触过，说不出个子丑寅卯来，自然也没想到过与他会产生什么交集。因此在脑海里刷一遍，便一笑而过了，并没往心里去。

一路风景秀丽，九秧却没有心思欣赏。此刻，于她而言，美景无非是"穷山恶水"的代名词，她有些天生地排斥与厌倦，否则自己也不会高中一毕业，就跑到市里打工去了。

九秧甚至把老家当成了一个自己不堪回首的伤心地。她从小就是家里的乖乖女，学习不差，本来可以继续读大学的，可阿爸说女孩子家家读到高中就可以了。

九秧不怪阿爸，山沟沟里太穷，不光是她一家穷，整个寨子都穷呢。

"裤裆里撂得过谷箩"是对宝龙寨集体贫穷的形象比喻。话说得是刻薄了点，但贴切。不仅外人对宝龙寨有这样的嘲讽，宝龙寨的人也是这样自我揶揄的。

何况阿妈出事后，家里的光景便一落千丈。九秧是老大，下面还有个弟弟，弟弟是老梁家的香火。阿爸一个人哪供得起两个大学生。九秧心软，唯有牺牲自己顾全大局，帮阿爸撑起这个家。

九秧是个不肯服输的人，这些年在工厂里打工，她也不曾荒废了学业，业余时间一直坚持报读函授大学。不久前，九秧终于通过考试拿到了梦寐以求的大学文凭。她就是要证明给家里看，给寨子里人看，她九秧原本就很优秀。九秧已经计划好了，这次回家返城后，找机会换个工作。她梦寐以求的是去大公司、大单位做个体面的职员。凭自己的口才和俊美的相貌，加上大学文凭，找个行政助理的职位，应该不是太难。

但此刻，坐在勾乌车内的九秧心里充满了焦虑。她担心阿爸的病情，想早一点知道阿爸的具体情况。

"你能不能开快点啊？"九秧催促着开车的勾乌。

"我也想快呢！可是你看这路又陡又弯的，何止是十八弯，九十八弯都没完呢！又这么窄，全是泥巴砂浆，简直就是泥水天路！"勾乌咂咂嘴，陪着十分的小心。

"像蜗牛爬似的，这要折腾到几时？"九秧双手不住地捶着自己的大腿。

"不急不急，安全第一，我尽量快！"

九秧平时穿工装上班，下了班就是一身时髦装束，也喜欢描眉搽粉涂口红，与时尚的都市女郎别无二致。女孩家家的，哪个不爱美呢？何况"花衣银装赛天仙"的苗家达配更是天生爱打扮。但九秧在市里基本是不穿苗服的，她觉得土气，不好意思穿呢。尽管美丽的苗服在灯红酒绿的都市里是一道别样的风景，但她想尽量摆脱大苗山达配的影子，首先得从外表上努力迎合都市女郎的时髦形象。如今，一口地道的桂柳话九秧也说得特别到位，不带半点苗腔苗调，不了解的人，根本想不到，这个时尚的美丽女孩，是大苗山里土生土长的苗家达配呢。

九秧现在穿的就是一袭性感的短花裙，将身体包裹得凹凸有致。肉色的丝袜从脚尖一直拉到大腿根，仿佛一条直立行走的美人鱼，令一旁的勾乌一路心旌摇曳，热血沸腾。

说着话，勾乌的右手碰了碰九秧的腿。九秧打了个激灵，起了一身的鸡皮疙瘩。她知道，勾乌不老实的手是在试探自己，看来这家伙想要得寸进尺。

"把好方向盘！别开小差，当心路上！"九秧有些愠怒，一咬下唇，在勾乌的手背狠狠地掐了一把。

"放心放心，妥妥的！"勾乌知趣地把手放回方向盘，岔开话题给自己找台阶下，一本正经提起九秧阿爸的病来。

"对了，你阿爸一个人在家，没个人照顾，到底放心不下。再说寨子里缺医少药的，不如干脆接他到市里，好好治治。"

"说得轻巧，我哪有时间成天照顾他，不要上班做事啊？"九秧皱起了眉头。

"这个你不用愁，你上班没空的时候，我也可以帮着照顾呀，反正我的时间比较灵活机动。"勾乌不失时机地自告奋勇。

"回家看看情况再说吧！"九秧深深地叹了一口气。阿爸的情况现在一点都不明了，真要是病得重，不去市里住院还能有什么法子？

"要不以后你也把他接到市里去住算了，免得成天挂念的。你也可以在市里找个保安什么的活儿给他做嘛。"

主意倒是个好主意，可说什么都是空头话——白搭。真是站着说话不腰疼啊。

勾乌也曾经跟九秧说起过，等他的房子搞好了，他打算将阿妈接到城里去住。阿妈在这个穷山崀崀里受苦受累了一辈子，也该到外面去享享清福了。

九秧怎么能和买了车子、买了房子的勾乌老板比呢？一年到头打工挣的钱，大多数给了在南宁读大学的弟弟依能，自己省吃俭用，只在老街区里租个廉价的小单间窝着呢。太过美好的事情眼下自己想都不敢想。

"年年扶贫年年贫，什么时候石头变翡翠，泥巴生黄金？"勾乌半是感叹半是嘲弄。反正他是铁了心要在市里扎根了，他现在有了这个实力和资本，说得起硬话来。

下午三点半，像蜗牛一样爬行的车子终于停在了宝龙寨边上的一块小阳坡地坪上。

第二章　糯米香柚之痛

一

此刻，吴圣云正一脸疲惫地坐在芦笙坪的芦笙柱下想着心事，略显凌乱的刘海几乎没过眉毛。

这个从市园林局派到大苗山来担任第一书记的年轻人，原本长着一张精致帅气的娃娃脸。尤其嘴角那对淡淡的酒窝，微微一笑，姑娘看到都要陶醉了。时尚的发型也很潮，俏皮、清爽的蘑菇头在耳朵上方弄出些参差的碎剪，留着长长的鬓角。饱满、柔顺的发丝梳理得很是光滑，蓬松地散落在耳朵两边，清秀而精神……分明就是小鲜肉一枚。

吴圣云是个很阳光的人，连走路都带着欢快节奏的那种，一副风风火火的架势，好像有使不完的劲。不管什么时候什么人来找他解决问题，他总是毫不犹豫地一口承揽下来："没有问题！"

正是吴圣云的这句"没有问题"，让他在局领导和同事们的心里留下了良好的印象——不计得失，不讲报酬。尤其在工作上，他已成为单位有口皆碑的"金字招牌"，深得领导的欣赏和器重。吴圣云来到局里的第二年便光荣入党，并很快成为局机关党支部的小组成员，算得上是跑步式进步了。

"没有问题"是吴圣云标配的一句口头禅，其实也不是要标榜自己有多能耐，这只是他一种对待和处理事情的态度。

"没有问题？哼！嘴巴都没长毛，夸海口说大话不要本钱呢！"起初，梦呜村人就是这么看他的。

"骗女孩子可能就没有问题！"人们在心里揶揄道。

嫩生生的娃娃脸的确人见人爱，肚子里有多少货色，办事有什么能耐，恐怕得打个大大的问号。

两年多前，初来乍到梦呜村的吴圣云因为自己年轻、稚嫩的外貌和满口的一句"没有问题"，一度不被信任。"嘴上没毛办事不牢"是判断一个不成熟男人的标签，不少村民错把"小吴书记"当成了一个少不更事的大男孩。

殊不知，爱说"没有问题"的吴圣云解决起问题来还真有三板斧，有目共睹的办事能力着实令村民们不得不对他刮目相看。

然而眼下……吴圣云努力回想着，在担任梦呜村第一书记的两年多里，扪心自问，自己还是做了很多工作的，村里的面貌也的确发生了不少的变化。

吴圣云清楚地记得，刚来梦呜村任职那会儿，自己第一次从乡里到村部，近二十公里的山路全靠两条腿，整整走了三个多小时，脚都磨起了血泡。到最后，走一步都觉得钻心的疼，那尴尬的情景至今仍记忆犹新。一向"没有问题"的他，第一次感觉到农村的贫困状况还真不是一般般。

要想富，先修路——从大城市来的吴圣云总算是有了深刻体会。

老实说，当初在扶贫动员大会上，得知自己将被任命到差不多两百公里外的大苗山，甚至连公路都不通的梦呜村做第一书记时，他是有过一番激烈的思想斗争的。本来想找局长说说，希望给自己换一个条件相对好些的地方。不是自己不愿吃苦，也不是自己拈轻怕重挑肥拣瘦，而是位于大苗山深处的梦鸣村条件实在太差，要想在短时间内发生根本性的改变，实现全村限期脱贫的总体目标，凭他一己之力，心里真是没有半点把握。到头来，如果完不成任务，那就不仅自己脸上无光，只怕也要给单位、给组织抹黑拖后腿了。

吴圣云的顾虑不是没有道理的。当他壮着胆子往局长办公室走，一边思忖着如何开口时，刚走近门口，就听到局长在里面大发雷霆。因为门关着，不知道不幸被批的是哪位"不安分"的冒失鬼。只听见局长压着嗓子训斥道："你在这里和我讲条件，挑三拣四，不要去这不要去那，可你有没有想过，那里的老百姓和贫困户们要是知道你这种想法，会怎么想？你当我们扶贫工作是去游山玩水，去悠哉乐哉地享受呀？你这干部觉悟哪里去了！党性哪里去了！"局长的一番话，句句扎到吴圣云的心窝子。

原来这位冒失鬼也跟吴圣云一样，一心想着换一个条件相对好点的驻村点罢了。其实，谁都想为脱贫攻坚任务做出自己最大的努力，关键是自己到底有多大的能耐。或许，这位同事也只是想量力而行，不打无把握之仗而已，然而却忽略了关键一点——你不啃，这难啃的硬骨头又该谁来啃呢？总得有人付出更大的努力和牺牲啊！

吴圣云悻悻地退了回去，不敢再偷着听墙根，心里暗自庆幸，自己不是先去找局长"讲条件"的人，更何况扶贫工作原本就没有任何个人条件可讲。他一拍后脑勺，猛然醒悟，自己在单位是最年轻的党员，至少在年龄、体格上比别人更有优势，自己不去梦鸣村，谁去？亏自己还成天当这个志愿者当那个志愿者，一副热心肠形象，凡事都将"没有问题"挂在嘴上，如果真的像局长批评的那位挑三拣四的同事一样，在思想和态度上可真就有问题了。

何况，领导已经在动员会上说得很明白，有困难自己克服，有问题自己解决，当然，单位是每位扶贫工作者的坚强后盾，一定会全力给予支持。

临行前，局长单独找了吴圣云谈话："小吴，你这次去梦鸣村，任务很艰巨，有什么问题吗？"

"放心吧局长，没有问题！"吴圣云拍着胸脯，向局长保证。

"没有问题，那就安心上路吧，说不定漫漫前路会有柳暗花明呢。"

果然，领导说得没错。到了梦鸣村，吴圣云仿佛一下子明白了，自己当初的想法是多么幼稚，多么狭隘，多么自私。

吴圣云转过身，脚底云遮雾绕的层层梯田，眼下都是空着的，要到开春后才能耕种，听说这是种植优质糯米稻的。放眼四望，已是群山万壑，雾霭迷蒙，他禁不住吸了一口冷气。面对着星星一般散落在大山中尚处于原始状态的村村寨寨，吴圣云心中突然涌起了一阵悲悯。

第一天来村部报到，吴圣云便受到了意想不到的隆重接待。村里特意组织了芦笙队，吹起了欢快的芦笙迎宾曲，对他的到来表示欢迎。苗胞们一个个朴实纯真，心里没那么多的弯弯绕绕，所有的悲欢喜乐全都写在风霜刀刻的脸上，一览无余，就如清澈见底的贝江一般，通通透透。

第一顿晚饭是在宝龙寨村主任周老元家吃的，说是为第一书记接风，但并没有掏村里一分钱。宝龙寨离村部最近，往来方便些。席上不仅有村干部，还有寨子上的几位中年汉子。在大山沟壑中依然明朗的星空下，在村主任家破旧的吊脚楼里，吴圣云与一群人围着火塘打油茶，喝酒。酒是周老元自家酿的重阳酒，口感特别的绵醇甘甜。主菜是苗家最珍爱的酸肉、酸鱼，还有酸鸭子，无论在以往还是现在，都算得上苗家人顶格的待客标准了。

席上，有人唱起了赞颂创世大神纳罗引勾的古苗歌。传说远古的时候，地望天暗昏昏，天望地黑沉沉，这时候出现了一个开天辟地的纳罗引勾。

他粗臂作柄，手掌当刀，把天地切成了两半，两脚踩地，两手撑天，地陷千尺，天高五里。从此苗家的后人们记住了纳罗引勾的大恩大德，世代传扬。

吴圣云一句也没听懂，但他能感受到苗家人心底的激动与豪迈。

"吴书记，你就是再世的纳罗引勾，帮我们苗家脱贫致富来了。来！敬你一杯，喝起！"

吴圣云心里感动，一下子就与这群苗家汉子打成了一片，就像亲热的一家人。外表稚嫩的他骨子里倒是硬汉的性格，喝起米酒来，居然也能与苗家汉子碗对碗地干。

苗胞们把自己比作苗族创世的纳罗引勾，在吴圣云看来的确夸张了些，也许是客套话，但自己是代表了组织，是肩负着使命而来，从某种意义上说，自己将要在这里做的一切，是与纳罗引勾的创世之举一样的，不是吗？

话虽是这么说，被村民们称作"小吴书记"的吴圣云，能为村里带来多大的实惠，能帮他们解决多大的困难和问题，本身就是一个问题。他这副清秀的娃娃脸，看起来就缺少胸藏沟壑的城府，难免不让人心生疑窦与顾虑，不过他那碗对碗喝酒的豪爽劲又委实让人心生佩服。

吴圣云在心里暗暗激励自己，那就试着学做一个当代的纳罗引勾吧，为了梦鸣村人的福祉豁出去了。

白天在寨子里转了一圈，看着这群山环绕的寨子依然处在原始封闭的落后状态，吴圣云内心很是沉重。酒虽喝得欢愉喝得豪爽，但高兴之余还是难免为世代被困在大山深处的苗胞们叹息。可苗胞们自己倒好像不当一回事，整天除了乐呵，还是乐呵，愁云咋就挂不上他们的脸呢？

看着三角炉架上开水翻腾的茶壶，吴圣云突然想起最近在朋友圈里看到的一句格言：做人要像壶一样乐观，屁股都烧红了，还有心情吹口哨。

眼前这群憨厚的苗胞，不就是乐观的茶壶么？

喝酒的人里，除了三位村干部，还有一个叫梁老耿的贫困户屯长让吴圣云印象最深。他喝酒从头到尾都是一口一杯，爽脆利落，从不打顿。梁老耿略显苍老，五十岁不到的人看上去却像个近六十岁的老头。

吴圣云本想叫他梁叔，可村主任开口调侃起来："叫梁哥！叫梁哥！你看人家有那么老吗？都还单着身呢。就像你们城里人说的，叫什么来着？噢，对对对，钻石王老五，值钱得很呢！别说宝龙寨了，整个梦呜村的寡婆子他都看不上，瞄都不肯瞄一眼。"

吴圣云没听明白，村主任说的"整个梦呜村的寡婆子他都看不上"究竟是什么意思。是梁老耿看不上那些寡婆子呢，还是那些寡婆子看不上梁老耿，又或者相互都看不上眼？碍着人家的面子，吴圣云开口问不得。

梁老耿就是九秧的阿爸，初来乍到的吴圣云当然不知道。

后来，吴圣云下宝龙寨工作时，赶上吃饭时间，不是在村主任家"混"，就去梁屯长家"蹭"，当然偶尔也会接受其他村民的热情相邀。入乡随俗嘛，总不能显得那么生分和客气，走得近了，才好沟通，才晓得村民们心里真正想的是什么，要的又是什么，也才好开展工作，为他们办实事，解决实际问题。苗家人就是这样纯朴，你近他一寸，他就会亲你十分，把心都掏给你。

吴圣云最喜欢蹭饭的地方还是屯长梁老耿家。一个人的饭菜好解决，随便对付就是一餐。一碗油茶、一坨糯米饭或一碗玉米粥，几根酸豆角、几片酸萝卜就打发了，简单。关键是梁屯长很热心寨子里的事，不仅人勤，点子又多，连村主任都感叹："做个屯长实在委屈他了！"

梁老耿一个人在家里住，女儿九秧在两百里之外的市里打工，几个月甚至一年都难得回家一次。每次回来是"来也匆匆，去也匆匆"，看一眼阿爸，留下点钱就走。其实，她也没有太多的钱给阿爸，弟弟的学费主要是她这个姐姐负担。依能在南宁读书，更是难得回来，一到放假也在外面打工挣钱，他总不能全靠姐姐的资助。

吴圣云没见过九秧本人，只是在梁老耿家里喝酒时看到过贴在墙上的照片。有穿苗装的，有穿汉装的，九秧眉清目秀长相甜美，看上去很俏丽的一个女孩子。

二

梁老耿养了一条很招人喜爱的小黄狗，取的名字很亲切——汉鹏。听起来就像个活泼的苗家达亨。

汉鹏很结实伶俐，既会撵山，也会看家。平常与梁老耿形影不离，主人到哪它便跟到哪，一副善解人意的样子。难怪寨子上的人都戏称梁老耿和他家的小黄狗汉鹏是一对好兄弟。

"梁老耿，这么早，又和你兄弟去哪相亲了？"每每见到梁老耿带着小黄狗汉鹏出门，很亲密的样子，便有人忍不住打趣。

梁老耿不恼也不臊，嘿嘿一笑："猫仔叫春狗牯起草，哪里有骚自己找，过边去！"

现在是一门两条"单身狗"，可"单身狗"的待遇是不一样的。

小黄狗汉鹏是寨上的"头号男明星"，寨子里暗恋它的粉丝一大堆。光眉来眼去的女朋友就有好几个，韦老洞家的花花、周老良家的黑妹就是它最忠实的追随者，帅气哥哥有魅力嘛。

梁老耿的条件就差太远了。前些年，自己的吉歪（老婆）在宝龙河谷采铁皮石斛，不慎失足跌下谷底，致全身瘫痪，两年后不堪痛苦服毒自尽，丢下他拖着一双上学的儿女，饭都吃不饱，不要说达配家家，就是没了男人的歪昂（寡妇），也没有哪个愿意到他家来当这吃苦受难的填房咪（妈妈）。早几年，一堆欠债压得他气都喘不过来。随着岁数越来越大，续弦的心思也就慢慢淡了下来，一直鳏到如今。儿女在外读书、打工，有小黄狗汉鹏陪伴，他倒也乐得一个人在家逍遥自在。特别是选上了屯长之后，梁老耿有了可操心的公事，更是全力以赴，顾不上找什么女人了。但要说一点想法也没有，那只能蒙自己，寨上的多帕就是他心里惦记的。

"梁哥，你家还有多少欠款没还清？"两个人并排坐在火塘边，吴圣云看着抽水烟筒的梁老耿，关切地问。

"感谢党和政府，自己这些年努力，再加上儿女争气，欠的款还清了大部分，还有六七万就全清了。"梁老耿长长地吁了一口气，似乎轻松了不少。

"不怕，这么多年撑过来，真的不容易！不用愁，很快就能熬出头了！"吴圣云宽慰道。

吴圣云对梁老耿是打心眼里钦佩的。他筹划着自己在梦鸣村挂职期间，一定要为梁老耿家做点什么。他甚至想到了回单位或者在网上发动众筹，帮助梁老耿尽快还清债务摆脱贫困。

"梁哥，要不这样，我想想办法帮你筹集点钱来先把债还掉？"吴圣云小声试问。他能理解，越是这样的困难者，心里便越敏感、越脆弱。

"不用！小吴书记，谢谢你关心。这么多年我都扛下来了，大债已经还得差不多了，我就想凭自己的能力把这座山给全搬下来。我家依能明年毕业，就没有别的负担了，很快能还清的。你有办法还是多为我们寨子和村里操心吧。"

果然是个把面子和骨气看得比什么都重的血性汉子。吴圣云对梁老耿又多了几分由衷的敬重。

吴圣云来到梦鸣村挂职，交上的第一个朋友就是拒绝他为自己筹款还债的梁老耿。

第二个朋友便是梁老耿家的汉鹏，那条可爱的小黄狗。

"汉鹏，敬个礼！"火塘边，小黄狗汉鹏与梁老耿并排而坐，不时拿眼睛望着主人，偶尔伸一下舌头。听到主人的指令，小黄狗汉鹏立马站起身来，精神抖擞，后腿立直，前腿举过头顶，唰唰来了个标准的举手礼，喉咙里发出细细的呜呜声，并保持一百八十度半环绕注目状。

"汉鹏，握个手！"梁老耿伸出右手来。

小黄狗汉鹏乖巧地伸出前爪，轻轻搭在梁老耿的手掌上。

"梁哥，你家汉鹏这么乖巧，训练了多久啊？"吴圣云看着小黄狗汉鹏，有些好奇。

"从小就这样和它玩，玩着玩着就会听话了，嘿嘿。"梁老耿向小黄狗汉鹏使了个眼色，一边吩咐道，"汉鹏，上去和小吴书记握个手，交朋友，他是来帮我们脱贫致富的纳罗引勾呢。"

小黄狗汉鹏听话地走到吴圣云面前，定定地望着他，尾巴不住地摇摆起来。吴圣云学着梁老耿怯怯地把右手伸出来，又不由自主地往回缩。小黄狗汉鹏的爪子在空中划拉着，不肯收回。

"不怕的，小吴书记，我家汉鹏善得很，它从来不伤人，它认你这个朋友呢！"梁老耿在一旁解释道。

吴圣云壮着胆子再次把手伸过去，小黄狗汉鹏的前爪终于试探着搭上了吴圣云的手掌。吴圣云轻轻握了握，小黄狗汉鹏的前掌非常绵厚柔软，弹性十足。而这绵厚柔软的爪子平日在撵山场上却能表现出极度的锋利和坚韧，往前一扑便是致命的攻击，那种威风的场景吴圣云自是不曾见识过。

吴圣云用另一只手摸着小黄狗汉鹏的头，轻轻往下按了按，示意它坐在自己的身旁，小黄狗汉鹏果然安静地挨着他坐了下来。

从此，只要吴圣云到宝龙寨来走访，还没进寨子，小黄狗汉鹏便远远地站在寨子门口的大枫树下等候迎接他了，仿佛提前接到了通知似的。见到吴圣云之后，小黄狗汉鹏就会在前面引路，或者跟在后面护卫他。自从到了寨子，小黄狗汉鹏就跟定了吴圣云。他出汉鹏也出，他进汉鹏也进，他到哪家串门子，汉鹏就躺在他的脚边，不离他半步。

有时候，吴圣云在梁老耿家或宝龙寨随便哪个农户家吃过油茶，时候不早，他又要摸黑回到村部驻地去，只须轻唤一声："走，回水云涧！"小黄狗汉鹏就像听到了指令似的，立即一跃而起，抢在前面为吴圣云带路，一路护送他回到驻扎的水云涧。

吴圣云将自己所在村部驻地的宿舍称作"水云涧"。因为村委会就建在六个屯寨距离相对居中的一个山坡上，离最近的宝龙寨三公里，离最远的古良寨十多公里。山坡地势较高，终年云雾缭绕，旁边又有一条小水沟，一到雨水季节就形成一道自然的长龙瀑布。吴圣云住的宿舍正好临着流水淙淙的小水涧，推窗即可见，便雅兴大发，给宿舍取了这个浪漫而富有诗意的名字。估计他也是从琼瑶阿姨的小说里得来的灵感。

三

吴圣云来到梦呜村的第二个月，就写了一份万言报告。在报告里，他提出了一个详细的"扶贫路线图"，线路图首先要干的一件事就是修路。

要想富，先修路。连路都不通，外面的进不来，里面的出不去，一切美好的理想都只能是空中楼阁，落不了地。吴圣云在报告里振振有词，言语铿锵。

"到现在，村部都还通不上水泥路，脱贫攻坚怎么攻？这是极不正常的。"这是吴圣云写在报告里最扎眼的一句话。

局长看完报告后，特意把回单位"拉赞助"的吴圣云叫到办公室，意味深长地说："小吴啊，你的报告写得很有水平嘛！那些方案都不错，应该能够实施。我们也帮你做些工作，像树苗呀、技术呀，我们都尽力支持。

有什么好点子你尽管提出来，我们一起帮你实现。只是……只是……这个修路的事，是当地政府的统筹安排问题，费用大是一方面，牵涉的面又广，具体问题解决起来比较复杂。你这报告里要求限时修路到村……这个怕一时急不来，要有足够的耐心，我们还得从长计议。"

"我看着周围的村路基本都修上了，可梦呜村村部至今还没有通水泥路。一个行政村六个自然屯，加起来三千多号人口呢，没有一条通车的路，这个贫怎么扶？我实在是心里着急得慌，怎么想就怎么写了。措辞也许有些不当，但也管不了那么多了！"在局长面前，吴圣云再也不想憋屈自己。

"你看你，急什么嘛！我也不是要批评你的意思。没事，话说得过点就过点，领导们会理解。不过有时候政策也是需要合理争取、讲究策略与方法的。你这一棋呢，虽说将得有点过猛，应该也是将对了。长期不通水泥路，这种局面的确应该改变才行。至于局里，明确表态支持你，为梦呜村修建水泥公路筹款筹物，能帮多少是多少！"局长亲切地拍着吴圣云的肩膀，为他打气。

不久，县里正式决定修建一条从荣怀乡道黑熊坳半坡到梦呜村村部的水泥村道。这是市扶贫办直接对口支援的第一条村道，并幸运成了市里确定的扶贫样板路。也许这是上级部门早已计划安排好的项目，也许吴圣云的报告起到了催化剂的作用亦未可知。但不管怎么说，对于闭塞的梦呜村来说，是个天大的喜讯。

半年通车，这速度简直就像是在纸上画圈圈，比吴圣云想象中的快多了。

"要是什么事进展得都能像修这条水泥公路一样，那该多好！"吴圣云看着每天修路的进度，暗暗思忖着。

水泥村道通车当天，村里搞了个隆重的通车仪式，市里、县里的领导都来了。村民们自发地组织芦笙队进行庆祝，场面像过苗年一样热闹。村支书李老干与村主任周老元亲自上阵参加芦笙队的表演。宝龙寨的屯长梁老耿使出了浑身解数，把地筒吹得震天响。那浑厚嘹亮的地筒声仿佛越过苍苍茫茫的大苗山，传到了山外的世界去报喜。

面对众人欢声雷动的喜庆场景，作为梦鸣村第一书记的吴圣云，心情却一点也轻松不起来。在致答谢辞的时候，他当着众人的面，指着远远近近的寨子，激动的情绪里带着一份难以掩饰的沉重："感谢上级部门对梦鸣村的关心与扶持！经过半年的决战，现在，村部的水泥公路总算修通了。毫无疑义，梦鸣村的交通从此将发生翻天覆地的改变，这是梦鸣村的一件大喜事。可是我们再放眼看看，六个寨子只看得见三个，从村部步行到最远的古艮寨和乌英寨，至少还得走上两三个小时，前提是你还得腿脚好。所以，要想彻底改善梦鸣村交通困难的状况，必须全面实现'屯屯通'。只有修好了贯通每个屯寨的水泥道路，梦鸣村才有可能真正实现路通、车通、信息通，也才有可能步入脱贫致富的康庄大道！"

吴圣云的话刚落音，全场一片愕然，继而便响起热烈的掌声，雷鸣一般经久不息。

"小吴书记的提议很好！县里下一步将尽快着手研究通屯道路方案，争取早日实现'屯屯通'，为梦鸣村脱贫致富扫除道路障碍！"在场的县领导当即表态。

全场再次响起雷鸣般的掌声和欢呼声。

就这样，屯屯通公路在村道通车仪式上初步确定了方向，并很快被提到议事日程。

大家都夸赞小吴书记这把火烧得及时、烧得漂亮！

四

然而，修路仅仅是第一步。

一个重大而现实的问题摆在眼前：路通之后靠什么脱贫致富？

因地制宜，打造"一村一品"。没错，思路和方向无疑是正确的，在吴圣云看来，就是"到了哪座山就唱哪首歌"。

大苗山中白云生处的梦鸣村究竟该唱哪一曲，梦鸣村的发展又将以什么项目来打造这一"品"呢？

吴圣云想到了以宝龙寨为代表的梦鸣村特色。这山上有成片的竹海，可以发展竹制用品，可以搞竹笋玉兰片加工，可以种植竹荪——竹荪被称为"雪裙仙子""山珍之花"；广阔的山林可以种植仿野生香菇与仿野生灵芝；石山坡地可以种植猕猴桃；舒缓敞阳的泥沙坡地可以种植大苗山糯米香柚；现有的水田可以种植苗山紫黑香糯稻和玉融香糯稻，玉融香糯稻又可以发展糯米重阳酒产业，稻田养鱼也得配套搞好；清澈的宝龙河可以进行苗家香鸭养殖；"苗家三香"（香牛、香猪、香鸭）中的香牛、香猪也是发展的重要目标……噢！对了，很受欢迎的苗家特色食品——酸肉、酸鱼、酸鸭也都可以批量制作，向外面的市场推广。

不想不知道，一想吓一跳，深山苗家哪一样都具有超高的市场前景呢！梦鸣村的"一品"就是因地制宜的特色农产品。

修路之前，吴圣云心里就有了一个庞大的大苗山特色产业扶贫计划。他要一件一件地落实，让梦鸣村变成真正的"元宝村"，就像宝龙寨的地理外形一样，实实在在地"火"起来。

吴圣云召集村委班子开会讨论梦鸣村的脱贫攻坚规划。他把自己从到村第一天便开始琢磨的计划设想全都摆了出来，一样一样，有根有据，条理分明，听得村支书李老干眼睛鼓得像桐子壳。

"小吴书记，你说的这些种养项目好是好，就怕种不好养不好……种好养好了卖不出去，那可怎么办？"

"我们苗家人只会埋头做事，一没有经济头脑，二没有技术基础，三没有市场资源。这个……这个……一切怕只得依靠你小吴书记的神通广大噢！"村主任周老元也说出了自己的担心。

"我也知道，其实有很多产品，乡亲们以前也一直在种、在养，只是不成规模，多数上了自家的餐桌和果盘子，少数拿到市场上换了油盐和别的日用品。这种小打小闹，肯定不行，必须得找准项目，形成产业，规模发展，才能真正实现脱贫致富。"吴圣云尽力开导着在座的村干部们。他很清楚，要想按照自己设想的路子走，首先必须在村干部中形成统一的认识。村干部的思想都不通透，群众如何动员得起来？"村看村，户看户，群众看干部"，这个什么时候都是做好群众工作颠扑不破的真理，在当下的扶贫攻坚工作上同样适用得很。

"我们要给大家算好这笔账，必须让大家看到美好的前景，觉得有盼头、有奔头、有搞头！"

"大苗山糯米香柚和大苗山猕猴桃，还有'苗山三香'，至少我们可以先把这几个项目搞起来嘛。"

"搞起来，要是万一卖不掉呢，都自己吃？那可吃不完呢！"一些村干部还是有些担心。乡亲们穷习惯了，倒也能够穷得开心，穷得自在。现在动员他们大搞种养，脱贫致富，成功了是皆大欢喜，要是不成功，种出的东西没人要，可就为难人了。

他们的担心不是没有原因的。前些年，也有上面来人推广种植高山油茶，政府推荐的一个大公司，搞什么"公司＋基地＋农户"模式。当时搞得很红火，全村六个屯都积极响应，一共种了不下四百亩。结果，由于技术指导不到位，油茶树长势比想象中差了天远。到后来，听说那个公司倒闭解体，人都不来村上了。本来长势就很不好的油茶树，结的茶籽也没人来收购，一纸合同作了废，最后村民们只好自己挑到小油榨坊榨了油自家吃。有些人家干脆就没去理它了。当初，将项目宣传得天花乱坠，到头来可害苦了种油茶的人。当然，也不敢说这个项目它本身不好，主要是不成熟的技术实在不应该盲目往农户推广。

"这个大家可以放心。这些年我也做了一些市场调查。从整体上来说，纯绿色、无公害的农产品还是很受市场欢迎的。前段时间，我在网上零零星星发布过一些咱们大苗山特产的小视频，也收到过一些商家的回应和咨询，大部分都对我们的大苗山特产很感兴趣。很多问我们有没有规模生产，有的甚至还提出了合作意向，比如我们的大苗山猕猴桃和大苗山糯米香柚，说是我们有多少对方就收购多少，甚至还可以先下订金……"

当时正是南方水果市场的黄金季，很多优质的水果品种供不应求。

"还可以先下订金？"村干部们这下来了兴致。

"是的，他们是这么说的。根据我个人对国内一些水果市场的初步了解，行情的确不错。依靠种植地方特色产品来创业增收，实现脱贫致富，有很大的可行性。"

"光说也没用啊，那是纸上谈兵的事，得有保障才行。"

"我刚才说到的大苗山糯米柚和大苗山猕猴桃，不少果商都说很看好，大有发展前途。有人还明确表示过可以订单收购。采摘季收果保证不低于市场价，当然前提是要通公路，或者能够把货送到有公路的地方集中收购。"

"这个好啊！我们的通村公路不是动工了嘛，再熬年把，通屯公路不也得修起来？"村主任乐得露出满口烟熏火燎的大黑牙，一巴掌拍在屁股上，发出一声闷响。

村支书李老干也来了劲，这是"瞌睡遇到枕头"的大好事。这回得甩开了膀子大干，好好打一场脱贫致富的翻身仗了。憋屈了这么多年，总算要"吹开乌云见太阳"了。

"休几码发！"李老干脱口而出，居然用苗语说起粗口话来，也是得意忘形了。

"李支书，你说什么？我没听懂呢。"吴圣云侧着头问村支书李老干，一脸的不解。

其他的村干部看一眼吴圣云，又瞅一眼李老干，都可劲地抿嘴憋着。这话得由支书自己向第一书记解释，谁也不便插言。

说什么？骂娘呢！大山里的基层干部与乡野之民本无区别，粗俗惯了，一时忘形说漏了嘴。不过这是高兴，心里敞亮。

"我是说这办法不错，有了订金就吃了定心丸，村民收成能有保障，好！小吴书记是市里派来的，到底眼光远，眼界高，见识多，又老练！"李老干尽说着溢美之词，给吴圣云的鼻子搽蜂糖，好彩吴圣云没听懂他那句"休几码发"，他也不必解释得那么清楚。

"别尽给我戴高帽子，受不起受不起！我还以为支书刚才说手机没发信息呢，呵呵。"

"吴书记你谦虚，主意就是高嘛，一句话点醒了我们这帮'梦中人'！我们苗家祖祖辈辈守在这大苗山里，大山到处是发家致富的宝贝，可是不知道去寻、去挖。这订金人家都敢打了，我们还怕个啥嘛！"村主任周老元对着吴圣云一个劲地嘿嘿笑，嘴角的笑意就像勾藤上的双勾——硬实。

"我是说现在虽然有人愿意出订金，但是我们目前没法给人家提供产品，也是白搭。狗咬岩鹰还在天上呢！"吴圣云这是要勾起大家的念头，让大家赶紧打定主意，下定决心。

他在心里盘算过了，现在的嫁接猕猴桃一般两年左右就可以挂果了，大苗山糯米柚也是三年挂果。搞得好的话，在他这三年挂职任内，应该就会有成果出来了。

"这么好的机会不抓住，过了这个村，不晓得还有没有这个店呢！搞搞搞，赶紧赶紧，动员每家每户都搞！"李老干一锤子定音，梦鸣村产业脱贫攻坚项目必须立起来，而且得马上行动。凡梦鸣村村民，一个都不能少。近十年的村支书也不是白当的，在第一书记面前，他必须得拿出点魄力来，免得让人小瞧。

"这订单收购以后发展得怎样，我也没法打包票。市场嘛，总是会有变化的，到真正挂果那时又是个什么行情，谁也说不清楚。再说，种植水果不是吹糠见米的事，想今天种树明天收果，哪那么好！树苗种下去两三年才能有收成，中间还得好生服侍，劳心劳力不说，技术管理也得跟上，浇水施肥、杀虫除病都很讲究。所以我们还是要保持谨慎的乐观态度。"吴圣云客观地分析着，把自己能想到的一五一十地告诉大家。他也不能让大家轻易做出拍脑壳的决定。提议虽好，还要经得起推敲和论证，要大家想得清楚，看得明白，光自己在心里打定主意是不行的。

"那小吴书记你说怎么办吧！你是从市里来的，见多识广，我们信你！"

"我想，市场虽然风云变幻没有定数，但万变不离其宗，发展是大趋势。更何况，我们打的是高山环保牌、营养健康牌、民族特色牌，将来的销售应该是不用发愁的。"

"对对对，讲多了没用，我们先把果子种好了再说。皇帝的女儿还愁嫁？"被鼓动起来的村干部们一个个摩拳擦掌。

"那这样吧，我们先分下种植功能区。石头山片区就种植大苗山猕猴桃，沙土坡地就种植大苗山糯米香柚，然后大家分工找各个屯长摸底统计数据。小吴书记，你看这样分片规划可以吗？"李老干侧身问吴圣云，算是征求第一书记的意见。

到了关键的决策时刻，李老干主动把担子揽到了自己的肩上。他有他的考虑。吴圣云虽说是第一书记，但人家毕竟是上面派下来的扶贫干部，最多也不过在村里待上三年，前途不可限量。要是这项目搞好了，梦鸣村因此按期脱贫，或许可以给小吴书记将来回单位晋升什么的加加分。万一搞砸了呢？回去肯定交不了差，说不定还会背上一个"扶贫不力"的骂名，那岂不是害了人家的前程？如果说是自己主导的项目，起码不该由小吴书记负主要责任。

这就是苗家人朴素的情怀。

"我看李支书的规划可行。"吴圣云点头表示认可。其实这也是他的计划，与李老干不谋而合了。同时，他建议，由村委出面成立大苗山水果专业合作社，对水果进行统一生产和销售管理，减少风险，实现效益最大化。

"至于种苗、肥料、农药及技术指导方面的事，大家不用操心，我会到县上和市里去想办法，尽量争取政策扶持。"

"太好了！这个有点像天上掉馅饼呢！"

动员到每家每户时，村民也都兴高采烈地拥护，光出力气就能脱贫致富的好事，谁要是不稀罕，那才怪呢。

"这可不是天上掉馅饼，得靠大家齐心协力，首先是把果园种好来。"吴圣云提醒兴奋过度的村民们。

"那是当然，果树肯定要种好。小吴书记，你就把心放到肚子里吧，我们苗家人也不是孬种，认准了的事情绝对不含糊！"

群众动员起来了，吴圣云拿着梦鸣村产业扶贫初期种植规划书挨家挨户到处敲门。大苗山糯米香柚和大苗山猕猴桃产业发展首期规划的种苗、肥料及栽培管理技术指导等，一项一项陆续得到了落实。因为是扶贫项目，每个部门都表现出感人的热情和慷慨。

于是，从撩壕开穴，到落肥定植，再到浇水补肥、中耕除草、杀虫防病、抹芽控梢。猕猴桃园还要搭棚架、修剪冗枝……整个梦鸣村干得一片热火朝天的景象，一切都在有条不紊地按照吴圣元的预想向前推进着。从立春到冬至，从年头至年尾，人人都没有停歇与松懈。

作为梦鸣村大苗山特色水果专业合作社的名誉理事长，吴圣云几乎每天在各个寨子里来回地打着转转，像一个上足了发条的钟表。人一圈一圈地瘦着黑着，心却如梁老耿养的那只画眉王，整天蹦跶不停地独自乐呵。在风情苗乡的大背景下，结合苗家传统生活习俗与种植场景同步拍摄的各种小视频，通过吴圣元的快手号、抖音号，不断地刷新着粉丝们探胜猎奇的神秘世界，赢得了越来越多的点赞与喝彩。

<h1 style="text-align:center">五</h1>

自从乡道到村部的水泥公路通车后，吴圣云又不断地在市里和县里的相关部门奔走相告，寻求支持。通屯公路总算有了眉目，一条一条地排上了议事日程。如果进展顺利，再过几个月，全村六屯的通屯道路就可以全部完工，全线贯通，寨寨相连了。

看着一条条通屯道路如卧龙般逐渐延伸过来，一天天逼近各个寨子，吴圣云总算松了口气，脸上也渐渐露出欣慰的笑容。巨幅苗锦上脱贫致富的康庄大道已越来越清晰可辨。

仿佛是为了兑现对"康庄大道"一词的承诺，四月未至，各屯各寨的柚子园、猕猴桃园便探着碧绿的眉眼，到处争抢先机。满山满峒早已闻得见浓郁的花果芬芳了。

屈指算来，转眼已是吴圣云来到梦鸣村挂职的第二个年头。如果不出意外，梦鸣村第一书记的生涯也将在明年的这个时候期满结束，然后重新回到单位，继续做个朝八晚六的都市公务员。不过，吴圣云偶尔想想也会有些自嘲，自己都过惯了白云生处的山中生活，差不多都成半个苗家人了，回去以后还能适应得了吗？两年多里寒来暑往，自己一头扎在大苗山，真正体会到了什么叫"日不出而作，日入而不息"的日子。每天不喝上一碗苦涩的苗家油茶，人就减了元气没了精神，晚上连觉都睡不安呢。

熟悉的朋友都曾善意地调侃吴圣云，是不是被寨子里哪个达配放了情蛊迷了心窍，逍遥快活得乐不思蜀了。他们可是听说，多情的苗妹穿上七彩的"百鸟衣"，脖子上挂了足有十斤重的银项链，环佩叮当，随便在哪道田坎边、哪条水沟旁、哪蔸枫树下，媚眼一抛，情歌一唱，任你有多大的定力，也非要勾走了你的魂魄不可。何况，你这一去两三年，像是在大苗山上生了根，是走不动还是舍不下了？

玩笑归玩笑，但吴圣云承认，他的心确实已被大苗山完全占据了。两年多来，他几乎把所有的精力都放了梦鸣村每个寨子的发展上。一千多亩大苗山糯米香柚、近三百亩大苗山猕猴桃……这全身心的投入，个中的甘苦冷暖只有自己能够真切体会。

还好，功夫不负有心人，总算规模初成了。说痴迷也好，说拼命也罢，反正自己是觉得值了。虽说，这还只是万里长征刚迈出的第一步，梦鸣村脱贫致富的征途依然任重道远。

坐在后山偌大的龙宝石上，吴圣云一手抚摸着形影不离的小黄狗汉鹏，一手举着手机拍摄果园环绕的宝龙寨全景。重重雾霭里，炊烟袅袅的宝龙寨如梦如幻，吴圣云把镜头下的宝龙寨亲切地称为"仙境里的人间烟火"。

拍完全景，吴圣云与一路撒欢的小黄狗汉鹏下到果园拍近景。看着像葫芦一样吊满树枝的大苗山糯米香柚和可伶可俐的大苗山猕猴桃一天天长大，吴圣云心里那个滋润啊！

吴圣云看了一下正在草丛里捕捉大蚂蚱的小黄狗汉鹏，打趣道："我说汉鹏啊，你家老伙计梁哥这柚子园，长得比你还喜气呢！不是吹，全是正经的大苗山一品香糯。看看，还有这猕猴桃，挤挤挨挨的，你不让我我不让你，就爱一起凑热闹。这一大串长成了挑都挑不动，你信咩？"

吴圣云在心里估算了一下，梁老耿家一共种了十二亩大苗山糯米香柚、三亩大苗山猕猴桃，虽说因为地势影响，果林没能完整集中成片，有些零散，管理起来比较困难，但在宝龙寨，按照人口比例，他家算是种得相对较多的。照这个长势，只要市场不生变故，用不了两年，肯定可以还清所有债务，实现彻底脱贫了。

小黄狗汉鹏听到招呼，停止捕猎行动，歪着脑袋，近前两步，竖起两只尖尖的耳朵，认真聆听起吴圣云对它主人家果园的夸赞。可汉鹏听来听去也没听明白只言半语，只巴巴地拿眼瞅着比比画画的吴圣云，兀自扯着长长的红舌头，唾液线都快掉到地上了，也不知道闭拢一下龇咧着尖牙的大嘴巴。

"嗨，人家对牛弹琴，我在这里对狗说农桑。玩去吧跟屁虫，不跟你废话了！"吴圣云右手一挥，一颗石子落到了不远处的草丛里，发出轻微的一声闷响。汉鹏听见了，立即撒腿扑过去，反应迅捷机智，全不似刚才的憨傻样。

看这架势，今年这第一次挂果真是形势喜人，只要做好下一步的病虫害防治，小丰收是铁定的了，到明年产量就能翻番。吴圣云心里顿时涌起一种从未有过的成就感，人也越发舒坦了几分。

"大苗山猕猴桃，真正的 VC 之王，可滋阴清热，生津止渴，疏肝安神抗疲劳，还可预防心脑血管疾病，提高身体免疫力，美容养颜，排毒清肠，缓解坏血病，预防癌症，预防抑郁症，延缓衰老……

"大苗山糯米香柚，国家地理标志产品，得益于大苗山独特的自然环境气候条件，经精心培育形成的新品种，果形端正，皮薄肉嫩、汁多味甜，果肉蜜黄晶莹，香如糯饭，独具地方特色……"吴圣云为刚才拍摄的视频编配着广告词。虽然话说得有些王婆卖瓜之嫌，但果品也是经过权威鉴定，有科学依据，句句实在，经得起检验的。早都进入全球经济一体化时代了，好东西不能藏着掖着，犹抱琵琶半遮面一般羞羞答答，就是要亮开嗓门赚吆喝，让全世界都知道。吴圣云搜肠刮肚，还嫌自己文采不够华丽不够煽情。

丰收在望，吴圣云的扶贫规划也将开花结果，进入成熟期。

吴圣云将大苗山糯米柚与大苗山猕猴桃的长势图片传给了销售合作的水果商秦老板。据说秦老板是华南水果市场的一位重量级人物，他曾经在圈内说过一句非常经典的话："只要我秦某人一脚踹下去，整个华南市场就要发生地震！"虽说有点狂妄嚣张的成分，但其左右市场的实力与影响也是可想而知了。当然，这话仅仅是水果商圈的口头传闻而已，没有人真正证实过它的真伪，也无从证实，或许就是纯粹的以讹传讹罢了。

吴圣云与这位神龙见首不见尾的秦老板已有了近三年的交际。早在梦鸣村尚未正式种植大苗山糯米香柚与大苗山猕猴桃之前，机缘巧合，他认识了同去参加南方水果交易论坛的秦老板。

秦老板一直关注着吴圣云和梦鸣村大苗山糯米香柚与大苗山猕猴桃的种植。没错，定金承诺和订单收购就是他向吴圣云主动提出来的。他看重的就是大苗山绿色环保和民族特色的市场卖点，当然，口感与营养成分也是首要的前提。

果树还未扬花，秦老板就开着他的北京越野车来到了梦鸣村，不辞辛劳亲自考察各屯各寨的果园情况，并非常爽快地与梦鸣村大苗山特色水果专业合作社签订了独家收购合同。合同规定，梦鸣村所有的大苗山糯米香柚与大苗山猕猴桃都由他独家收购包销，价格按市场价统一上浮两个百分点，除他以外，合作社不得向其他任何单位、任何人员另行销售。为表示诚信，秦老板还同意预先向大苗山特色水果专业合作社支付定金三万元。

每隔十天半月，吴圣云就要与秦老板互通信息，沟通交流，以了解市场行情。

丰收在望，价格上浮，又有定金，合同白纸黑字，一切都妥妥帖帖的。打造"一村一品"，依靠特色产业脱贫指日可待了。

眼望着茫茫的大苗山与散布其中的柚子园、猕猴桃园，喜不自胜的吴圣云踌躇满志，心里又做了一个决定：待扶贫任职期满，再申请延期。

他要让大苗山特色水果专业合作社继续大规模扩张，成为梦鸣村脱贫致富的龙头，并带动其他特色产业规模发展，让梦鸣村彻底走出贫困，走向富裕。

"梦鸣村不实现真正的脱贫致富，我就不离开！"吴圣云给自己立下了一纸"军令状"。

六

一入金秋，三百亩大苗山猕猴桃如期通过秦老板的手陆续走向全国各地水果市场。数着成扎成扎的票子，卖果的村民们笑得合不拢嘴。

再过两个月，各地的沙田柚即将上市。而大苗山糯米香柚因为气候条件的特殊性，比平地沙田柚预计延后一个月左右进入成熟期。特别是大苗山糯米香柚，防寒搞得好的话，在塑料棚的保护下，留树期比平地更长些，可以留到春节过后再采摘，这对于市场销售的时间差是非常有利的。

人们盼望着，这一千多亩大苗山糯米香柚能为他们带来更大的喜悦。

然而，天有不测风云。一场突如其来的疫情席卷了整个世界，一夜之间，猝不及防地搅乱了各国的安宁。病毒在世界各地扩散开来，流传之快、影响之广、危害之烈，那真是前所未有。上千万人感染，数十万人丧命，很多国家封城、封国，全球一片恐慌。

往日里车水马龙的街道变得空荡而冷清。人们被困守家中闭门不出，静待疫情得到有效控制。宣传里说的，这也是为抗疫做贡献。不光城市，每个村屯、每个寨子也都如临大敌严阵以待。村路旁的寨门口都设了哨卡，昼夜派人轮流值守，寨内、寨外任何人一律不得随意进出，连只老鼠都不轻易放过。

过了苗年便是春节，吴圣云也被困在了大苗山里。

随着疫情的蔓延，各地的工厂开始停工，学校停课，商店关门，市场封锁，全球经济一瞬间似乎突然按下了暂停键。仿佛除了口罩，全世界再无别的东西能卖了，而这唯一可卖的口罩，却到处缺货。

"水果大亨"秦老板是这次疫情最严重的受害者之一。之前，为了备战春节，他不惜高利借贷，早早囤积了大量的时令水果，这下好了，封城令一出，一箱果也出不了货。而每天冷库的费用就够他受了，况且很多水果经不住长时间冷藏，时间一长就变质，甚至有些水果根本不能冷藏。秦老板咬牙坚持了一个月，终于招架不住。早该入市的大苗山糯米香柚，因为有定金作保障，原想图个好价钱，想要延后到春节前才正式收购发货，然而尚未启运，封城、封村一声令下，就再也运不出去了。再后来，由于无法继续支付冷藏费用和收购水果的临时高利借款，秦老板的公司已直接破产倒闭，与大苗山水果专业合作社的订单收购合同也自然成了一纸空文。秦老板的三万元定金打了水漂。而梦鸣村一千多亩大苗山糯米香柚只能静静躺在地头冷库与楼阁里苦等，甚至无奈地吊在树上荡着秋千，复又成了待字闺中的俏姑娘——找不到心目中的如意郎君。

守着满山满坡卖不出去的糯米香柚，村民们也开始按捺不住了。三年的汗水难道就这样付诸东流么？好多人坐在果园里哇哇地哭起来，甚至还有人无端地怨恨起第一书记"劳民伤财"，是"祸害"梦鸣村的"瞎指挥"。

"什么大老板？分明就是个江湖骗子！要不是他小吴书记听信了骗子的鬼话，瞎眼乱搞，怎么会害得我们白白折腾这两三年？这一岭的柚子嗅都没人来嗅一下，我问谁要钱去？"石老庚杵在柚子园里朝天骂娘的，像头斗红了眼的骚牛牯，满脸凶相。

"石老庚，你可别在这里信口胡言！小吴书记哪点对不起你了？想当初，你家的树苗、肥料，还有栽培技术，哪样不是小吴书记帮解决的。就连这水管子都是人家出钱帮拉起来的，你还要怎样？人不能昧了良心说话！"屯长梁老耿听不下去，就当面数落起来。

"我昧了良心？"石老庚用手指着自己的鼻子，反问梁老耿。

他与梁老耿平素就不怎么对付。贫困户当屯长，他第一个不服气，即使是大家推选的，他也不服气——宝龙寨没人了还！

石老庚家也是贫困户，他也想当这个屯长，屯长每个月有补贴，不是可以解决一点家庭困难嘛。可乡亲们偏偏不选他，他连个提名都没捞着。

真是狗眼看人低！石老庚憋了一肚子的无名火，一直没地方发泄。

"你那样说话不是昧了良心是什么？你家那两亩猕猴桃卖得好的时候，怎么不说人家瞎眼乱搞呢！"

"卖得好有什么说的？我又没发癫！"

"再说，这糯米香柚本来也是个赚钱的项目，人家连销路都帮找好了，合同签了，定金也收了。你又不是不知道，小吴书记付出的心血，莫说我们宝龙寨，就是整个梦鸣村，没人能比得过。但人算不如天算，谁晓得在这节骨眼上出了这害人的疫情。你说这全世界的疫情，是哪个人能扛得住的？联合国都够呛呢，就你衙门上估大粪（瞎揣摩），怎没掂量得出来！"梁老耿黑起脸，很不客气地给了嚎丧的石老庚一顿狠骂。他很替小吴书记抱不平。人心都是肉长的，要是这些话传到小吴书记的耳朵里，一片好心被人当成了驴肝肺，人家会怎么想我们苗家人呢！

石老庚是个出了名的刁钻货，整个宝龙寨就数他名堂花样多，可真要他想个正经道理，肠子里倒腾半天，也倒腾不出什么来，就会胡咧咧。这不，被梁老耿一顿狗血淋头数落下来，面子、里子都没了。他自知说不过梁老耿，但心里又不得劲。最让这个老贫困户最耿耿于怀的是，以前政府每年多少有些打酒钱来安慰，这两年倒好，什么补助都往那喂不饱的果园里填去了。如今果倒是结出来了，却生生卖不出去，只怕得烂在果树上，扁担没扎两头滑，哪个敢讲不心痛？

　　"你老耿屯长能耐啊，小吴书记一天到晚在你家吃吃喝喝的，指不定给了你多少好处！反正这园里的柚子卖不卖得出去，你也不在乎！"石老庚昂起个公鸡头，喉咙里愤愤地咕哝着。

　　"石老庚你嘴巴放干净点！我得什么好处了？柚子卖不出去，老子比你还急，就盼着卖了这批柚子能还些欠债，减轻点负担！"梁老耿也红着脖子没有好气地说。

　　"你没得好处，怎子还这样维护小吴书记，哪个鬼老二信？"石老庚吐出气哼哼的一句来。

　　"你晓不晓得，果子卖不出去，小吴书记比我们还要急一万倍，他天天都在想办法呢！"

　　"他急什么急！果园都这样子了，他还有心思一天到晚拿个破手机，这里拍拍，那里拍拍，游山玩水，开心得很。没看他到哪里都一副嬉皮笑脸的样子？你们是一路的，当然看得习惯，我石老庚就看不习惯！"石老庚似乎找到了攻讦小吴书记的"有力证据"。"也难怪，反正这地不是他的。搞成了，是他扶贫有功，回去得提拔重用；搞不成他又没损失什么，三年期满照样回他的大城市去，大不了再另换人来折腾。我看他啊，就是拿我们这些苗家人当试验品！"

　　"石老庚你混蛋！难道人家要一天到晚挂着个哭丧脸才是急，才是关心么？人家是领导，也要讲领导形象的。再说了，他每天在果园里拍视频，放网上去，就是在帮我们找销路，不是在玩，懂不懂？你脑子开窍点，人家一个年轻娃崽，不在大城市里享受，跑到我们大苗山来扶贫，一待就是三年，连家都没回过几次。帮我们申请资金，落实修路，建果园，办起了专业合作社，地头冷库也修好了，连寨子的卫生、防火都搞得妥妥帖帖的。他图的是什么？又拿你试验什么了嘛？真的是！"石老庚油盐不进，梁老耿心里更加窝火，但他还得耐着性子为小吴书记申辩。这些年交往下来，小吴书记是个什么样的人，梁老耿这个苗家汉子了解得太清楚了，心里跟明镜似的。

"我说不过你，不和你打口舌了，浪费口水！"石老庚扭过头，故意从梁老耿身边猛蹭过去，带出一股呼呼的冷风，差点没把梁老耿蹭倒在路坎边。梁老耿踉跄着后退了几步，才重新站稳脚来。

"别这么冲，没人想和你打口舌！一口唾沫一颗钉，你自己仔细掂量着，今天的话说得厚道不厚道，麻溜不麻溜！我们苗家人不是不晓得感恩，更不是不明事理、分不清好丑的，别丢了苗家人的脸！"望着石老庚一扭一跺的背影，梁老耿吼着嗓子。不管他听不听得进耳朵，自己的态度亮在这里了。

第三章　第一书记的抉择

一

好不容易盼到疫情小范围解封，憋得快要发疯的人们终于可以走出家门，到外面去透一口气了。

但梦鸣村的大苗山糯米香柚依旧被困在闭塞的大苗山里出不去。

破产的秦老板早已杳无音信，眼下是指望不上他了。元气大伤的水果商们也都还没能从疫情的肆虐中缓过气来，果市顾客寥落，冷清萧条。

唯有异军突起的电商，趁势抢占了传统市场的"半壁江山"。疫情所带来的各种不便，改变了人们以往的生活习惯和生活方式。在各个城市，网络购物几乎一夜之间成了时尚，被很多消费者视为购物首选方式。

在媒体推波助澜的宣传下，应运而生的"互联网＋扶贫"新模式，让很多滞销的农产品仿佛一下子看到了未来的金光大道。

吴圣云决定另辟蹊径，以网络直播带货的形式打开一条全新的销售之路。无论如何都不能让村民们这两三年的心血付诸东流，一定要把滞销的柚子卖出去，否则全村的人心就会散乱，以后要想再聚拢起来，就没那么容易了。"一朝被蛇咬，十年怕井绳"，没法再相信啊。

吴圣云早前在网上注册了快手、抖音账号，经常在那里发布一些自己拍摄的小视频。人们总认为这个爱到处乱拍的书记，有些不务正业，不像个来扶贫的第一书记。要不是他为村上做了那么多的好事，除了那些同样爱玩手机的年轻人，哪个会理睬他嘛。但吴圣云一直坚持着，经过一段时间的经营，快手账号居然收获了三千多个粉丝。

吴圣云越发觉得该是用网络为大苗山扶贫攻坚"建功立业"的大好时机了。直觉告诉他，培育网红直播带货，完全可以成为一条目前市场困境下扭转乾坤的柳暗花明之路。接下来，直播带货全民营销经济模式的爆发式发展，必定迎来一个前所未有的经济新时代。其实，在很多地方早就涌现出了不少成功的范例。比如贵州黎平的盖宝村第一书记打造的浪漫侗族七仙女直播团队，让昔日偏僻闭塞、贫穷落后的侗寨盖宝村成了时代的新宠。直播带货，每年不仅为村里的老百姓直接销售高达数十万元的土特产，还帮助村里办起了侗寨乡村特色旅游，使盖宝村彻底摘掉了贫困的帽子，走上致富的康庄大道。他们制作的短视频还漂洋过海，登上了美国的时代广场，引起国际轰动，并多次被中央电视台专题报道，可红火了。

"直播带货在不远的将来必将火爆全球，谁抢占了这个先机，谁将会是市场的赢家！"

眼下最急人的是全村的糯米香柚销售问题。吴圣云计划在村里组建一个直播团队，通过直播带货为村民们卖柚子，首先缓解大苗山糯米香柚滞销的燃眉之急。当然，也可兼卖其他的特色农产品，同时为整个大苗山的民族文化、风俗民情、美丽风光做包装宣传。说不定将来还能搞旅游开发呢，那就还有许多文旅产品可以拓展啦。

吴圣云明白，从早期的博客微博，到微信公号、头条号，再到快手、抖音、小火山各大短视频平台，以及国内外数不胜数的视频直播网站的兴起，每位网红的大火，都依赖着这个繁荣的自媒体时代。在信息爆炸的自媒体时代里，只要有一部智能手机在手，人人都可能随时随地成为一个出色的媒体人，成为一个炙手可热的网红，成为一个无敌的带货主播，无论你是大学教授还是山野村姑，是耄耋翁婆还是蒙童稚子。

"短视频的时代，每个人都有 15 秒的机会成为网红。"这是时下最流行的一句话。为什么不抓住这一闪而过的 15 秒呢？吴圣云在心里反复拷问着踌躇的自己。

要破解当前的困局，看来只此一条"华山道"了。越是关键时刻，作为全村的第一书记，越得拿出力挽狂澜的魄力来，否则就愧对组织的信任与重托，愧对梦呜村三千多号村民的热切期盼，也愧对了自己的一番雄心壮志。

"支书、主任，我们村的糯米香柚要想尽快卖出去，其实还有一条路子可走。"吴圣云找到村支书李老干和村主任周老元商量搞带货直播的事。

"什么路子？你说嘛，都快火烧眉毛了，还打什么谜语！"村主任周老元永远比村支书李老干性子急，抢在前面问开了。

"老元你嚷什么？听小吴书记细讲！"村支书李老干吧嗒吧嗒吸两口烟，再徐徐地吐出来，在眼前绕成一条轻盈翻腾的小白龙。作为全村多年的"掌门人"，该有的稳重还是要有的，尤其在年轻的第一书记的面前，不能显得没有一点城府，被一个毛头小伙随便一句话就忽悠了。

"我不是着急嘛！"直来直去的周老元不太习惯李老干的处事作风，总觉得他有些爱摆谱。

"是这样，你们平时也看见了，我这个人比较爱上网，可真不是随便玩的。其实，我一直在网络上为梦呜村寻找脱贫致富的机会。以前拍了很多视频，放到网上，就是为了宣传咱大苗山，宣传梦呜村的。可别说，还真的发现有不少商机呢！"吴圣云字斟句酌，尽量不说漏什么。

"那还不赶紧侃摆侃摆，先给我们洗洗脑。看着这漫山遍野和堆满屋角的糯米香柚，人都急得跳墙脚了。"村主任周老元脸上放出了少有的亮光。

"眼下我们可以通过网红搞带货直播，尝试在网上卖柚子。"

"慢点慢点，你讲的这个'网红'是哪个寨子的能人，还是你在城里哪位可靠朋友？他真有这么厉害，能帮我们卖柚子？"周老元以为吴圣云说的"网红"是某个很有能耐的人物，怎么从前就没听小吴书记提起过呢？这也难怪长期困居在大苗山里的周老元孤陋寡闻，其实很多城里人照样不知道什么叫"网红"。

"主任，我给你解释一下，'网红'不是一个人的名字，是一群人的称呼。这么说吧，'网红'就是网络上的红人，但他们不光在网络上很出名，还很走红，就像电影明星一样很受网友的喜欢和追捧。每个网红都有很多追随者关注他们，这些关注网红的人就是网红的粉丝。网红搞带货直播，基本上就是通过粉丝的购买来卖货的。当然，要是做大了直播活动，不是粉丝的人也会进来，也会买。"

"我懂了，网红就是网络上的大明星！"周老元拍拍大腿，若有所悟的样子。

"嗯，有点这个意思。"吴圣云点点头，周老元的领悟力还是很不错的嘛。

"那小吴书记的意思是——请个网红来帮我们卖柚子啰？"李老干终于开腔了。

"对的，不过我们目前请的只能是普通的主播。现成的网红我们还请不起，也难找到合适的人选。但我们可以把招来的主播培养成自己的网红。"

"实际上就是雇个打工的卖货员，让他在网上吆喝呗？"

"当然，也不只是卖柚子。我们可以成立一个网店，这个网店和直播室在一起。凡是村里能卖的东西，都可以通过主播放在网上去卖。同时还可以宣传我们大苗山的风光景色。苗家的风土人情和风俗习惯，内容可丰富了。当然，目前必须全力卖柚子，柚子卖不出，一切都是空谈！"

"这个好啊！又卖东西又搞宣传，办法不错，一举两得！"周老元使劲点着头。

吴圣云打开手机，进到快手平台，随便点进一个直播间。直播间里，一个看上去不过二十来岁的主播妹妹，穿着十分"清凉"，一边在展示自己的直播间，一边带着嗲腔嗲调，搔首弄姿。一会儿扯着公鸭嗓子吼唱，一会儿故意凑近镜头，露出半明半暗的前胸，举止轻佻撩人。屏幕上，一闪一闪地尽是些鲜花、汽车、火箭等礼物，看得李老干和周老元两个面红耳赤。

"这个这个……好不好呀小吴书记，你搞这种直播？"支书李老干一边看一边犹疑地问吴圣元，明显不习惯。

"我们搞的当然不是这种！刚才是随便打开的一个直播间，给你和主任看看什么叫'直播'。不过现在的年轻人倒是很喜欢这样的直播，打发无聊嘛。我再给你看看另一个吧。"

吴圣云又搜索了一个叫"李子柒"的网红，找到一些她做美食的小视频。

"喏，这个是小视频，可以给人反复看的，和我之前放到网上的小视频差不多，只是内容不同。"

"可以请这个人来吗？"

"嚯，我们可请不起她！这个人叫李子柒，一个四川妹子，以前也是在广东打工的，后来回家做美食小视频搞直播，在网上卖东西。前不久，有人计算了一下李子柒的收入，她一年就有好几个亿，你们说通过她卖了多少东西出去？"

"她一个人一年就得几个亿？！"周老元张大的嘴都收不拢了。仅凭大苗山上"白云深处有苗妹"的联想力，无论如何也是他不敢奢望的，这样的神奇简直比天鼓传说还要不可思议。在他的意识里，天鼓传说倒比那四川女孩仅靠小视频直播一年赚几个亿的可信度还要高得多。

"你别不信！李子柒现在都在帮我们柳州卖起螺蛳粉来了。听说将来她还要来柳州建个螺蛳粉厂呢！你们知道她一天能卖出多少包柳州螺蛳粉吗？"

"多少，一千包？"

"再猜。"

"难道还卖得一万包？"

"有记录，她三天卖五百万包。想都想不到吧？"吴圣云又点开一个直播视频。

"李子柒还不是最多的。这个叫李佳琦的男人，外号'口红一哥'，专门直播卖化妆品给女粉丝。喏，这个就是带货直播——现场卖东西，我们要做的和他这个模式差不多。"

"样子和镇上摆地摊、卖药酒的江湖客有点像，他这样能卖得掉吗？"刚刚还兴高采烈的周老元不免皱起眉头来。

"这个是卖口红的直播。网上介绍他曾经帮一个上市公司直播卖麻辣香肠，五分钟的直播，一共卖掉了十万多包麻辣香肠，你算算。"

"我的天，五分钟十万多包呐！"李老干眼睛鼓成了桐子壳，半天回不过神来。

"还有更神的呢！直播的第二天，那家上市公司的股票直接涨停了。当天收盘一统计，好家伙，一天涨了五点五个亿！"

"你在说天书吧小吴书记？"

"这还没有完呢！第三天股票还在继续涨，又涨了将近一点五个亿。这不是说天书，而是活生生的现实，就是直播带货创造的神话。"说到激动处，吴圣云也忍不住手舞足蹈起来。

吴圣云告诉李老干和周老元，这个被称作"口红一哥"的湖南小伙李佳琦，还做过纯公益的扶贫直播。他走向农村扶贫第一线，了解各类农产品的销路情况，帮助贫困户售卖自家的农产品，带动了三地一千多户贫困家庭总增收四百多万元。

还有薇娅、辛巴……名字一长串，数都数不完。每一个名字的后面，都是卖得红火上天的各种产品，他们简直就是世界神话般的销售王者。

"但我们不全学他们，也学不来。我们得有自己的东西，走民族特色，走绿色环保，走营养健康，这是我们的强项。"

"这个好！"村支书李老干点着头。

"我给我们准备要开的直播账号想了一个名字，但不懂取得好不好，请支书和主任帮把把关。"吴圣云抿抿嘴。

"什么名？"周老元有些迫不及待。

"'云中苗妹打同年'！我是这样想的，我们这大苗山又高又深，每座苗寨都在云雾之中，所以我们的主播就像云中的仙女一般，又漂亮又神秘。而'打同年'是我们苗寨子最盛大的狂欢节日。"

"'云中苗妹打同年'——唔，听起来不错。名字起得好飘噢。"李老干沉吟着。

"白云生处有苗妹——呀，吴书记，你真是个撩妹的高手呢！"周老元半开着玩笑，不由得往对面山腰上缠来绕去的团团白云瞥了几眼。绰绰云影之下，就有几位苗家女子正在果园里进进出出地忙碌着，灵巧的身影时隐时现，与飘忽的白云正好形成美丽的互动。

最近，周老元常常听见小孙女引花在背一首唐诗，中间有一句"白云生处有人家"，耳朵都听得起了茧子。待吴圣云说起"云中苗妹"，顿时灵感一闪，竟脱口而出"白云生处有苗妹"来。没读过几本书的周老元，居然恰到好处地将古人的"白云生处有人家"化用到"云中苗妹"的现代意境里来了。

吴圣云惊了一跳，望着打哈哈的周老元，竖起了大拇指，赞道："哇，想不到主任还这么有才！宝龙寨大才子，不，梦鸣村的大才子！"

"哎呀，小吴书记，你就别往老元脸上贴金了。他哪懂什么湿意还是干意，再给他戴高帽子，他身上一热，满身的狗虱就要跳起高来了。不过，以前年轻的时候，坐妹（以择偶为主要目的的社交活动）抱姑娘倒是把好手，宝龙寨没人抱得过他，对吧周老元？"支书李老干也猛不丁玩起幽默来，把嗫瑟的周老元饱饱地嘲弄了一通。

"小吴书记，别听支书记说大话，支书年轻时那才够猛呢！苗家十三坡，你问他哪个坡的达配不晓得他，人都喊他'芦笙金不倒'呢！"

两人相互攻讦，因为没有外人在场，虽然带着荤意，倒也无伤大雅，反而衬出几年来这两个黄金搭档的和谐来。

"支书、主任，你们两个平时不见这么打趣的，是不是也憋得太久，要释放释放心情？"吴圣云的眼睛左右来回晃动着。支书和主任关系融洽，说明心和劲儿都在一处，这样他这个第一书记的工作也就好做多了。回想这两年来的工作经历，也的确是这样。两位领导在决策全村的一些重大事情上，步调高度一致，工作开展起来就很少碰壁卡壳，十分顺利。

"谁说不是呢！这两个月，该死的病毒都快把人逼疯了。再不自我减减压，只怕人都要被整垮呢！"支书李老干干嘘着，"扯远了扯远了，刚才小吴书记提的想法，还没侃摆清楚呢，接着侃接着侃。"

"名字的话，我建议'打同年'和'十三坡'一起要，双保险嘛，又聚人气。或者轮流来换着用也带劲，'同年'打腻了就换'十三坡'。你看我们苗家十三坡，大年初一就开始搞起，搞完了走寨打同年，又热闹又好耍。嘿嘿，日子长呢！"

"搞起什么，你周老元就是听话听半截。"李老干不满周老元的粗浅浮躁。

"唔——'十三坡'这个名字也不错，不过还是用一个好。就定'云中苗妹打同年'吧。现在的主要问题是如何启动账号运行。"吴圣云调转话头。

"小吴书记，我建议呀，还是用我们村的名字更妥帖！'梦鸣苗妹'，又浪漫又有民族特色。'梦鸣苗妹'，汉话的意思就是我们苗妹，还有点自信呢！"关于取名字，作为梦鸣村的第一把手，李老干终于有了自己确切的意见。

"梦鸣苗妹——"吴圣云反复念叨了几遍，然后双手一拍，"嗯，好哇！我怎么没想到？这名字好！那就定了——'梦鸣苗妹'，简单易记又有特色。"

周老元接口继续刚才的话题："小吴书记，你刚才说的那个账号呀网名呀什么的，反正我也不懂用处有多大，但我觉得吧，要拍得最多的，那肯定就是'十三坡'了，这个可是得了国家什么遗产来的。"讲到得劲处，周老元口中的唾沫星子都架不住往外喷飞起来了。

"国家非物质文化遗产！"李老干瞥了一眼周老元，这么重要的荣誉他居然记不住。

"对对对，国家非物质文化遗产！这可是真金白银的大荣誉。"周老元拍着脑袋。

"放心，'十三坡'当然是要多拍的，不过那是以后的事情了。"吴圣云附和着。现在既然要听他们对于账号开通后营运的具体意见，就涉及资金的筹集和使用，扯远点也无妨。

"账号开通后营运的事，这个我们也不懂，只有你是行家，你说怎么搞就怎么搞吧，反正我们举双手赞成！"周老元抢先表态。

"我也是老元这个意思。小吴书记觉得哪样搞好，就按你的思路去做得了。"李老干与周老元态度一致。

"那我们先商量一下这个直播室放在哪里好吧？做直播得先有一间直播室。"

"你是说还得有间房子，是吧？"李老干问道。

"对，肯定得要个房间。我们先按两个主播来安排，根据直播发展的情况，以后人员还要增加，要组建一个直播团队。"

"你这个直播间，是不是也像咱村里的广播室？"李老干磕一磕燃到一半的烟灰，继续问道。

"和广播室有点挂边吧。但那是播音，这是直接录视频。你们刚才也看到了，网上那些直播，好多都是在房间里进行的。对了，有点像我们现在的微信视频，可以互相看得到，能讲话，还能打字交流。不同的是微信是一对一的，直播间是很多人同时可以和主播聊天，看主播怎么吆喝卖货，当然最重要的是可以现场下单订货。"

"哦！这个房间好办，就定在村部呗。挪一挪，腾出一间房子来不就得了，一间不够搞两间。"周老元脱口而出。

李老干也同意周老元的想法，村部是村里的产业，可以自由安排调剂。

"直播间安排在村部，这个有点不太好吧？"吴圣云犹疑起来，"村部不是作为直播间的理想之所。在村部搞带货直播，对群众会有影响，来村部办事的人免不了生起好奇心，肯定想去看稀奇。不懂内幕的人也可能产生误会，甚至以为村委真的不干正经事，尽搞花哨把戏。拿这个来说事也说不定。再说，这种环境也不适合。受到外界影响，主播肯定也不能安心做直播，有顾虑放不开；即便硬着头皮勉强做起来，也很难达到想要的效果。做个包装仓库倒是可以。对了，以后的网店包装与发货仓库可以放在村部，便于收货与包装、发货运输。”

“小吴书记说得蛮有道理，那看来这个直播间还得另外选地方。可村里的公产再没有别的房子了，难不成去租村民家的小木楼来搞？”周老元挠着头皮，一时没了主意。

“没错，我们就考虑租一栋老乡的空房子来搞。等以后条件好了，再专门盖一栋特色木屋兼作直播间和展示厅，还可作为村里未来的旅游接待室。当然，旅游开发还只是个构想，暂且先不考虑。”

招两个小姑娘来做主播，就能帮全村人卖柚子和其他农特产品，这事太划算了。无论如何，李老干与周老元心里一万个赞成。

二

“运营这个‘梦呜苗妹’的账号，我想采取向村里全体村民自愿集资募股的方式。人人可以申请持股，这样筹集资金的压力小，营运风险也好掌控些，将来赢利了大家都受益。”吴圣云开始饶有兴味地介绍他的具体计划。

“什么，搞这个东西还要村民出钱入股？”周老元有些不解，吴圣云这个提议完全出乎他的意料。

让群众出力好办，动员动员做做思想工作，哪怕用点行政手段也没多大问题，一般还是说得通的，可硬生生要大家拿钱出来入股，这个就不太好说了。当初听信了第一书记的“蛊惑”，大家辛辛苦苦两年多种的柚子，本来想着投产了便有收成，日子会好过些，没想到最后却卖不出去。窝了一肚子的火正没处发，好多人私底下正嚷嚷着要找第一书记算账呢，这个时候还想让他们拿钱出来入股来搞什么带货直播，这不是开玩笑嘛！哪个还信你？

"村民投资入股是最理想的操作办法，风险共担，利益共享。"吴圣云自有他的道理。

"问题是你前面没说过要筹资啊！"支书李老干也疑惑起来，这是一个雷池，碰不得，至少在没有解决好糯米香柚的销售问题之前不能提，不然会捅出马蜂窝来的。

"房子的租金、购买拍摄和直播设备、主播的服装道具、账号营运流量推广，以及主播的工资开销，等等，也是需要钱的嘛。"吴圣云一样一样地掰着手指头，数给支书和主任听。

"那你说说，这个资金总共得凑多少？"李老干皱着八字眉问。

"如果宽裕的话，有个二十五六万，应该就能运营得很好了。甚至还可以挤出几万元来建一栋新的直播小楼。木料嘛，村里想想办法，找点捐献或便宜收购一些，是完全可以的。"吴圣云以为全村三千多人，只要发动得好，凑个二十来万元应该是比较容易的。何况这个事情，一旦做起来就能立竿见影。

"集资这个事恐怕有点难噢，这么一大笔钱……"支书李老干发表自己的看法，其实也算表明了自己的立场。这个贫困村的老支书，一提到具体的钱就犯晕。

但不管怎么样，为了表示对第一书记的支持，李老干与周老元经过一番商量，还是决定以村委的名义向全体村民发起集资入股创建直播带货团队的倡议。

但倡议的结果却令吴圣云十分沮丧，可谓当头一棒了。

年轻人倒是很有热情，他们平时都爱玩手机，爱看带货直播，可全村六个屯寨也没有几个年轻人在家待着啊。疫情解封后，他们都已到外地打工挣钱去了。留在寨子里的人又是清一色的老人和孩子，他们当然理解不了——大多数人连智能手机都不用呢，哪还会相信搞什么手机直播卖东西能赚钱的事，何况还要向大家集资筹钱。

"这个事好瞎掰的，搞不得！"

村民们几乎是一边倒地反对。人家上面干部来村里扶贫，都是送钱送物，你吴圣云来这里做第一书记，怎么就倒过来了呢？没错，你是为村里做了不少事情，路也修起来了，果园也建起来了，甚至连地头冷库都有了，可这也不能作为你向老百姓摊派要钱的借口呀！

"哄鬼呢！要不就是中了邪祟鬼迷心窍了，不理他！"

一提集资就遇到了坚决抵制，村民没法理解。其实，村干部能理解网红扶贫的也仅在少数，就连乡领导听说后也大多表态不赞成。石乡长还特意打电话给吴圣云，提醒他一定要脚踏实地，不可头脑发热行事，务必求稳求重，千万别弄出些不可收拾的乌龙事来，否则对扶贫工作的大局产生不良影响就麻烦了。

通过向村民集资创建直播团队的设想行不通，但吴圣云决心既下，就绝不肯因此半途而废。目前的形势下，除了这条路，已再难找到其他更好的办法，继续干等下去无疑就是死路一条。

吴圣云一咬牙，决定拿出自己的三万元积蓄来作启动资金。这是他参加工作以来的全部家当，但还是远远不够，最少也得六七万才能勉强启动。

向来很要面子的吴圣云，厚着脸皮到处打电话找亲戚、朋友借钱，可对方一听说他要拿钱做直播，就委婉拒绝了。

钱不到位没法启动，吴圣云脸上整天愁云密布。支书李老干和主任周老元看在眼里，心中十分过意不去，只有他俩理解小吴书记的心情。

"老元，我们村里的账上还有多少？"支书猛不丁问主任。

"好像还有三万多吧，紧巴巴的。"主任一脸无奈相。三万多元的家底，对于一条三千多人的村来说，实在是有点说不出口。

"这样吧，从村里拿出三万元来，先给小吴书记垫上，你看如何？少是少了点，但村里也只有这么大的能耐了。"支书与主任商量，但实际已是吩咐的口吻了。

"村里就这点家底，万一打了水漂，怎么向班子交代？怎么向村民们交代？"平时说起话来热情洋溢的村主任周老元，真正要他拿出村里唯一的资金来，就有些犹豫不决了。不是他舍不得，是他要为村里负责呢。

"万一蚀了本，就算是村里投资亏损，总不能让人家小吴书记一个人扛着吧！"

"可是石乡长也不赞成小吴书记的方案呢！要是被上面知道村里把钱全给了小吴书记，追问起来怎么解释？"

"解释什么！有什么解释的？难道你还不清楚么，实在出了问题要追究责任，那就我来负好了，要赔钱的话也由我来赔！"李老干对周老元支支吾吾的态度很不爽。

"我不是这个意思，支书。既然说到这个份上，哪能由你一个人担责，肯定得我和你一起扛。我周老元也不是个怕事的怂人。"周老元拍着胸脯，口水都飞到了李老干鳌黑的脸上。他就这副德性，说话一激动，就禁不住口水四溅。管你面前是谁，仿佛不喷对方一脸，就显示不出自己的态度似的。

"这不就得了嘛，婆婆妈妈的，就这点出息！对了，我自己还有四千元的私人款，到时也给你，你一起交给小吴书记吧！"

"那我也凑够三千元交给小吴书记，算是表个态！"周老元生怕支书记小瞧了自己没立场、没态度、没担当。

钱取出来后，李老干和周老元把吴圣云郑重地请到办公室来。

李老干愧疚地说："小吴书记，这段时间你操心这个带货直播的事，我们也没能使上什么劲，抱歉啊。"

"支书，你这样说得我无地自容了……"吴圣云看看这阵式，知道有事情要发生，而且一定很严肃。来梦呜村这么久，还从来没有遇到过呢，到底这是怎么了？

"小吴书记你别自责，该自责的应该是我们。直播的事你也清楚，村里人一时想不明白，不愿配合，强扭不来，也没办法。这三万块钱是村里这些年来的积蓄，我和主任商量，也不能光看你一个人着急，于是征求了其他村干部的意见，他们也一致同意将这三万元拿来投资。"李老干说罢，示意会计将装钱的纸包递给吴圣云。

原来是这回事，还以为又碰上什么过不去坎的麻烦事了呢。吴圣云一时感动得不知如何是好。

"那真是太感谢了！不过这是村集体的钱，不能动用，我自己再想别的办法筹。"

"拿这个钱是村两委集体决定的，你可别嫌少，这已经是村里全部家底了。"周老元从会计手里拿过装钱的纸袋，硬往吴圣云的手上塞。

"可是——"这下吴圣云接也不是，不接也不是。

"可是什么！你搞这个直播本来就是为了帮咱全村人解决卖柚子的困难，结果责任却落到你一个人头上。我们大家反都作壁上观了，没道理啊！"李老干猛吸了一口烟，呛得直咳起来。

吴圣云还想推却，周老元可不干了，口里直嚷嚷着："你不想收这个钱，莫非是要自己单干不成？"周老元用起了激将法。

"既然这样，那我只有恭敬不如从命了。不过请支书、主任放心，这三万元算是我个人借村里的。我保证，一定会在我离开梦呜村之前想办法归还，一分都不会少！"吴圣云接过周老元递过的纸包，感动得双手发抖，只觉得这小小的纸包有千万斤之重。

"先别想着还钱，把直播搞起来再讲。大家都盼着糯米香柚的销售能起死回生呢！"

"那我也在这里声明，将来直播如果有了收益，全部归村里所有；赚了我不分钱，到时候只拿回自己的本金；要是经营不善，亏本了，那我就自己扛下来，绝不给村里增加负担！"为了表示自己说话算数，吴圣云当着大家的面写了一份借款书，郑重地交给村会计。

"等等，这里是支书的四千元，还有我的三千元！你先拿去用着，算是我们两个对筹建'梦鸣苗妹'直播团队的一点心意。"周老元又从口袋里掏出一个小纸袋来，递给吴圣云。

"这个不行啊！"吴圣云怎么也不肯收了，支书和主任两家本来都不宽裕。

"那就算我们两个的投资款吧。"李老干说得铁板钉钉，不容辩驳。

吴圣云明白，再推辞下去，就要发生不愉快了，只得一起收下。

吴圣云又要给李老干和周老元写张借条，却被两人坚决拒绝了。

"亏了算我们的投资，若有盈利的话算我们借你的，到时还我们本金就是。还写什么写，多余，搞得这么生分！"

吴圣云坚持以风险担保的方式从村里"借"出三万元来，加上李老干与周老元凑的七千元和自己原本的三万元，总算是基本凑够了团队建设的启动资金。

兵马未动粮草先行，有了钱才好办事情。

三

吴圣云早已看中了宝龙寨一栋暂时没人居住的两层小木楼，想租来作直播间。

木楼很小，又处在寨子的最边缘处，虽然因为年久失修，显得破破烂烂的，但很符合吴圣云理想中的感觉。

吴圣云看中的小木楼是"梦呜村青年协会"微信群里一个叫勾勒的达亨家的。勾勒是寨上的孤儿，读到初中毕业，不到十六岁就外出打工了。这几年他在广东进厂，倒是长进了不少，听说还学了一门做人造宝石的好手艺。要不是因为没资金，他甚至都有回乡自己开厂的打算。最让人佩服的是，他一个孤儿，却主动放弃了村中分配给自己的贫困户扶助指标，说不需要，当贫困户没什么光彩的，他要凭自己的本事发家致富呢。

　　仅凭这一点，吴圣云就对勾勒刮目相看：这小伙子有志气，将来一准能成事。

　　吴圣云清楚地记得，两年前自己刚到梦呜村时，找了十几个回家过节的年轻人交流、谈心。年轻人都有想法，只是在村上暂时没有一个让他们发挥能力的平台。可一说起梦呜村未来脱贫致富的远景，一个个眼睛里满是美好的憧憬，当即提了不少的意见和建议。宝龙寨的勾勒就设想今后能在家乡开个人造宝石厂，从广东进购原料，加工出来的成品再返销给广东的厂家。吴圣云也听说过，在玉融县以及临近的县份，其实早有好几个村寨成了远近闻名的"宝石加工村"，经营的模式与勾勒的设想几乎一样，生意做得很红火，市里的报纸还曾对此做过专题报道。

　　吴圣云发起开通的这个"梦呜村青年协会"微信群，就是要拢住这些有理想的苗家青年。尽管眼下他们大多在外打工，但他们才是梦呜村未来发展的中流砥柱和真正希望。吴圣云也曾动过心思，动员这个微信群的群友注资，但考虑到村里一边倒的反对现状，便打消了这个念头。先搞起来，看效果再说吧。他相信，只要能给大家带来真正的实惠，大家迟早会支持他的做法的。而且，将来还得依靠这帮年轻人把电商产业做大、做强呢。

　　"梦呜"就是"我们"的意思，不懂苗语的人往往把它调侃成"苗家人兴旺发达得梦呜呜地响，好像宝龙河的大瀑布，醒着呢"。吴圣云越来越觉得这个调侃不无道理。当然，真正醒着的是有理想、有冲劲的梦呜青年。现在，关键是自己得先为他们做出一个可以效仿的榜样来，开好了这个头，让他们看到家乡未来实实在在的美好前程。

吴圣云试着给远在广东的勾勒打电话："喂，勾勒吗？我是梦鸣村的第一书记吴圣云，还记得吗？"

"你好吴书记！记得记得，请问找我有什么事吗？"勾勒深感意外，自己早已放弃了村上的贫困户指标，第一书记还找他做什么？

"是这样，我们准备在宝龙寨搞一个宣传梦鸣村的直播团队，目前主要想通过直播带货帮村里卖柚子。全村上千亩糯米香柚丰收了，但今年因为疫情的影响没人来收购，一直卖不出去。"

"在寨子里搞带货直播？这个好啊！吴书记，我支持你，有什么用得着我的，尽管说！"

"现在正在找做直播的房子，我见你家的小木楼一直空着，你一年也没回来一次，能不能考虑先租给我们做临时直播楼？"吴圣云试探着问道，毕竟对方除了这栋小木楼也没有其他多余的房子了。

"要用多久？"

"这个还不知道。如果做得起来，怕要用个年把甚至更久，直到建好新的直播楼。"

"反正我家也没什么东西，吴书记你要用，就尽管拿去用吧。房子有点人气还好，什么租不租的。对了，钥匙梁屯长那里有，你想用的话随时问他要就是了。"

"租金肯定得给你，这是规矩。我去找梁屯长时再打电话给你。你交代梁屯长，看怎么帮你收拾收拾家里的东西。"

"那行吧！我在广东，太远了，也回不去，别的什么忙也帮不上，不好意思了。"

"谢谢，你已经帮了我一个大忙了。"

直播室的事意外顺利地解决了。吴圣云与勾勒口头讲定，租金年付，可以先欠着。

吴圣云回了趟市里，在朋友的推荐下购买了直播用的华为 P30 手机、单反相机、稳定器、三脚架、灯光、麦克风等一应设备，总共花了一万多元。回村后，他又拿出几千元向村民买了几套苗族服装及部分小银饰。大件的银饰一时买不了，只好到时候再向家里有的村民临时租借，这个应该没有太大的问题。

吴圣云又请来搞摄影的朋友，拍摄了一组大气的梦鸣村、宝龙寨全景及苗族风情图，然后设计制作成直播间的背景图与网上店铺封面。

一切准备妥当，就等主播就位了。

第四章　众里寻"她"千百度

一

九秧一走下汽车，就听到从寨子西边芦笙坪的方向传来阵阵纷繁的嘈杂声。

"好像很热闹呢。"九秧微微皱了一下眉头，有一丝好奇。这个时候又不是什么节日，寨上不应该有大的活动呀。

这时，九秧隐约听到有人在喊"老耿"。"老耿"是阿爸的名字。

"莫不是我阿爸——"九秧心头一紧，不敢再往下想。阿爸今早来的电话太突然太诡异，会不会真出什么大事了？

未等勾乌锁好车门，九秧便加快脚步直往芦笙坪的方向奔。

"九秧，你等等我嘛！都已经到家了，不用这么急吼吼的。"勾乌一边拿遥控锁着车门，一边紧赶慢赶地追了上去。

鬼打的，原来竟是一场虚惊！

九秧走近芦笙广场，才发现这里正在举行什么活动。广场上的人虽然不多，但气氛蛮热闹，看样子有点像文艺演出。梦呜村有好几个寨子是县里和市里评定的文艺村寨，其中就有因"牙变嬉春"而出名的宝龙寨。

说起宝龙苗寨的"牙变嬉春"，那可有得侃了。

"牙变嬉春"是宝龙苗寨传统的一种坡会闹春活动，一般在农历正月初三举行。身着盛装的寨民来到榕树下的芦笙广场，吹起芦笙，跳起踩堂舞，然后由枪手向天鸣枪，枪声引领"牙变"进寨送福。

"牙变"是宝龙苗寨传说中的山神，专为苗家人祛病除灾保平安。"牙变"节上，必须由七名以上单数达亨脸蒙旧衣物、身披用旧布条和稻草扎成的披褂，扮成"牙变神"，呼啦啦从山上冲到寨子里来，拜过寨中的天龙石，便开始游寨串巷闹春祈福，给寨民送来欢乐。不论男女老少，谁得到"牙变神"的拥抱，来年日子必将红红火火。寨子里流传着一种说法："牙变"抱一抱，病魔全赶跑；"牙变"抱两抱，粮食满仓有依靠；"牙变"抱三抱，升官发财就来到。很多情窦初开的达配被扮成"牙变"的达亨抱过之后，竟生出了万般的不舍。活动一结束，便有人成双成对地相约着跑向了屋后的山坡树林，甚至趁机上了吱呀作响的吊脚楼绣房里。

可是，现在早过了正月初三的日子，农历二月都来了，怎么还有"牙变"表演呢？难道是因为今年的疫情，把活动推迟了？

芦笙广场的年轻人更不多，他们大多外出打工了，有些根本就没回来过年。九秧一眼扫过去，也没几个认得的。也难怪，以前跟大家一起走过几回寨打过几回同年，但那时少不更事的，纯粹图着好玩，并没有与友寨的人有过什么特别的交际，更没认真交过什么朋友。不过，打同年的情景依然历历在目，让人难以忘怀。

在苗家，最盛大的活动莫过于走寨打同年了。九秧依然记得，一个村寨的人吹着芦笙，一齐来到结对的寨子，然后两个寨子的人相聚一堂同吃同睡同乐。白天少不了吹芦笙跳踩堂舞赶坡会，到了晚上，年轻人热衷对歌坐妹联络感情，年长者则以喝酒、聊天为乐。一般，打猪同年为一天一夜，打牛同年则要乐上三天三夜才散。打同年结束的时候，就要先商量好来年怎样去对家寨子打同年了。临别时，还要将牛头、牛尾和其他礼物给前来打同年的兄弟寨带回去，寓意着有头有尾。

"啊，今天寨里这么好耍呀！什么喜事？"勾乌追上九秧，看着芦笙场上的热闹场景，瞅一眼走在前边的九秧，咧嘴感叹起来。他这一惊一乍的，突然生出一种久违的狂欢的冲动，不自觉地伸手去拉九秧的手。

"我哪里知道什么喜事？不过，我给你个警告哈，回了寨子给我老实规矩点，别多手多脚打歪主意，小心哪个手指捱折了！"九秧狠狠地剜一眼勾乌，一甩手，手指头打在勾乌的手背上，直疼得勾乌的嘴巴歪了半边，却又不敢哼出声来。

九秧自然不知道今天有什么喜事降临寨子，即便有什么喜事也与自己毫无关系。她也不是回来参加什么庆祝狂欢的，即便见了眼前的热闹场景，也依然挤不出半点快乐的心思来。

九秧是个孝顺的女儿。虽然阿爸不让她考大学改变了她一辈子的命运，她也为此一直耿耿于怀，但她并不怪罪阿爸做出那样的决定。她理解阿爸当初的苦衷和难处，知道他也是万不得已才出此下策的，知道他内心深处也曾有过后悔与愧疚，只是不便向自己表露罢了。她已经做出了牺牲，为弟弟，为全家，这是她身为女儿和姐姐的职责与义务，没什么条件可讲。如今，阿爸的病令自己思绪难安，牵肠挂肚。如果阿爸真的病得严重，正如勾乌所说的，看来也只得接他到城里的医院去治疗了。虽然有了新农合，但昂贵的医药费肯定是一个沉重的包袱，这让她有点头大。

正当九秧目光游离之际，人群中发出了一阵"呀呜"的欢呼声。一群"牙变"开始从寨子中央的天龙石后张牙舞爪地蹦出来，在人群中抱抱这个又抱抱那个，被抱到的人也情不自禁地发出一阵阵快乐的尖叫。

循声望去，九秧一眼认出了已化过妆的阿爸梁老耿。

这可奇了怪了。

广场上，梁老耿一手捂着胸口，大声地咳嗽，一手拄着拐棍，颤巍巍地从芦笙柱下走出来。全场只有梁老耿一个人被"牙变"紧紧抱过之后，没有表现出一点开心快乐的样子，反而咳得更加厉害，仿佛要把心肝脾肺全都咳出来似的。他喘着老长的粗气，嘴里说着含混不清的苗话，意思像是："哎哟哟，我要死了。"乍眼看上去，表情十分痛苦，然而仔细观察却不难发现，他那东张西望的样子，分明有些掩饰不住的夸张和滑稽，不像是一个真正得了重病的人。

"牙变"退场后，一位打扮得花枝招展的也宜（阿姨）挎着一个竹篮快步走过来。竹篮里装着两个大柚子，她急步走到梁老耿跟前，关切地问道："老耿，你哪里不舒服？"

"咳，咳，咳，就是咳嗽，难受得很呐——"

隔着密集的人群，九秧还是听得见阿爸痛苦的回答，不看表情还真难分辨真假。

"哎呀老耿，你这个病呀，可以吃点咱这个糯米香柚，顺气止咳，好得快呢！拿两个吧。"

九秧认得，也宜是本寨的多帕。原来她是在趁机向阿爸推销自家种的糯米香柚呢。

表情痛苦的阿爸本不想理会多帕也宜，但经不住也宜的热情介绍和推荐，碍不过情面，只好从她的篮子里拿起一个柚子来，然后用鼻子凑近闻了闻。也许是柚子皮散发出的香气让人闻着舒服，阿爸竟不住地点起头来，脸上也露出一丝勉强的笑容。

怪了，怎么旁边还有一个年轻小伙一直在拿着手机拍摄呢，还不时地让阿爸与多帕也宜调整位置和表情？

究竟是什么套路？九秧心里困惑起来。阿爸病成这个样子，本应该去看病的，乡医院远点不方便，村卫生所总可以啊，怎么还要来芦笙广场受这份折腾？

"莫非他们是在表演节目？那阿爸这病到底是咋回事呢？"

九秧猛然醒悟，阿爸的病分明是故意装出来的。

"阿爸——"满脑子糨糊的九秧终于忍不住大声喊起来，拨开前面的拥挤的人群，向梁老耿直奔了过去。

梁老耿听到叫声，一时没反应过来，也不朝九秧的方向看，只淡淡地回了一句："别光顾着喊我，这么好的糯米香柚，想买的话赶紧掏钱吧，迟了就卖完啰！"

原来，说着痴话的梁老耿早已全然入戏了。

"阿爸，是我，九秧！你这是在做什么嘛？"九秧走到梁老耿面前，对着他问道。

梁老耿一怔，定眼一看，立即回过神来，捧着柚子的手僵在了半空中，也没想起把柚子放回多帕的篮子里，良久，才瓮声瓮气地问："九秧，你怎么回来的？回来也不提前跟阿爸讲一声。"

"勾乌专门送我回来的。"九秧用嘴向身后的勾乌努了努。

"罢育（叔叔）好！抽支烟。"勾乌微笑着向梁老耿点头问好，从口袋里掏出一盒烟来，手指一弹，弹出一支，将烟毕恭毕敬地递到梁老耿跟前。

梁老耿接过烟，勾乌赶紧为他把火点上。

梁老耿吧嗒几口，瞅着勾乌，仔细打量起来，似乎要把勾乌肚子里装着的小九九看个透，直看得心虚的勾乌一阵发毛。

"你们……"梁老耿诘问着，目光灼灼。

"你还说呢！你早上打电话给我，又不讲话，我这边只听到你不停地咳，后来就突然挂了，我接着又打给你，你电话却关机了，再也打不通，把我急得没办法，只好求勾乌开车送我回来看个究竟。"九秧噘嘴道。

"也不是专门送九秧回来，我也好久没见我咪了，想她呢，顺便回来看看她。"勾乌连忙解释，生怕梁老耿起了疑惑。他与九秧八字没一撇的事，哪敢在此抖搂。

"阿爸，你是不是病了？"九秧拉起梁老耿的手，小声地问。

"嗨，你看我哪里像是病了嘛！阿爸身体好得很，就是那个痛风的老毛病老犯。不过也不打紧，碍不了什么事，做事情样样还来得，你不用担心挂肚。"梁老耿清了清嗓子，转眼看着九秧，也没句感谢勾乌的场面话。

"那你早上打电话又不讲话，还咳那么狠，也不应我，为哪样就关机了？"九秧不满阿爸的回答。

"我也没有打电话给你呀！早上我们一直在排演节目，不小心手机掉到石板坎下，摔坏了，还没来得及拿去街上维修呢。一个破手机，那么不经得，摔一回就开不了机了，电也充不上……"

梁老耿这才想起早上自己的手机被摔坏的事，向九秧解释了原委。不想只顾着跟九秧说话，却把等着继续表演节目的多帕晾在了一边。

"原来你是在演节目啊！都是你那不争气的手机惹的祸！早叫你换个好点的，你就是不听！害我空担心，急急忙忙瞎跑这一趟！"九秧口气中带着关切的怨艾。

"九秧，我等着你罢（阿爸）表演呢！"被晾在一旁的多帕抿着嘴唇，提醒道。

难得有个机会与梁老耿一起合作演出一回，表演到一半，正在兴头上，却被人无端地打断，是一件很扫兴的事。多帕的不满明显写在了脸上，可又不好发作。

多帕心里藏着一个不可示人的天大秘密，她呀，心想在这次的表演中，寻找机会不露痕迹地将自己的小心思示意给梁老耿呢。

多帕是寨子里出了名的苗歌手。寨子里每逢过节日搞活动，多帕的歌总是唱得最响喊得最亮的。难怪有人撩贫（开玩笑）说，多帕是宝龙苗寨的"刘三姐"呢。多帕听了，心里就像宝龙河的那条小瀑布，涌起一股一股小激动，脸上如五月里开满贝江两岸的杜鹃花一样，泛起朵朵红云。

多帕的歌，她只想唱给一个人听，这个人便是梁老耿。

梁老耿心里怎么想的，谁也说不准。但能与多帕一起同台表演，是寨上多少男人梦寐以求的心愿呢。

二

多帕是前年死了勾佬（老公）的歪昂，人长得贼俏。三十岁的寡妇，背后看着，腰身比没出嫁的达配还挺拔。勾佬殁了不到两年，来保媒拉纤的把她家的门槛都踩破了，可来来去去就是没个对得上眼的。她也不得罪人，总笑嘻嘻地回绝了人家："不好意思，你们的热情我心领了，可我还没想好嫁不嫁呢！"

一个寡妇，还带着个拖油瓶，居然对热心的保媒人说自己还没想好嫁不嫁，这分明就是打人家的脸了。你一个寡妇婆子不想嫁人？哄哪个！鬼才信呢，保不准自己暗中早通了哪个野汉了。

"呸，装什么正经！要不是有个小勾迭拖着，只怕早就像元宝山上的小天鹅飞到九霄云外去了，哪还等这帮鬼嘎佬整日想得口水都流到裤头上。"碰了钉子的媒婆子心有不甘地啐哝，极力贬损着对多帕原有的好印象。

"鸡肚里不晓得鸭肚里的事，乱操空头心呢嘛！"多帕心里冷笑，没人懂得她的心思。也难怪，人家又不是自己肚子里的蛔虫。

多帕虽然没有像那些媒婆子所说的"暗中早通了哪个野汉子"，但她的心也不是一潭死水。硬说自己还不想嫁人，那的确是哄鬼的。多帕心中实则早已经有了属意的男人。自己也说不清是从什么时候开始，就对寨上的老鳏夫梁老耿暗暗有了好感。只是她隐藏得好，从不流露，也就没人察觉得到罢了。

同在一个寨子住着，鳏寡本来是一点就着的干柴烈火，瞎眼的媒婆偏没瞧得出来，也就没人帮着牵线撮合。倒是外村外寨的人老想来钻空子，搞不清究竟哪回事。

最可气的还是梁老耿本人，像极了一条冷血的南蛇，连打个屁都不朝多帕家的方向转。有时两人在寨子里不巧撞见，梁老耿还故意岔到一边去，话都说不上一句，生怕多帕把他吃了似的。

"不知道这个憨老耿心里想哪样！梅妮过世这么多年，骨头都打得鼓了，难不成还被她勾着魂？不开窍的嘞汉佬（鳏夫），打光棍倒打出瘾来了还！"多帕每每想起，心里就免不了惆怅满腹，像个打翻了酸醋坛子，好不是个滋味。

这回，村里要搞网红带货主播选拔大赛，小吴书记到宝龙寨来找多帕，想让她试一试。小吴书记听过多帕唱苗歌，对多帕的才艺很是欣赏。"文艺村屯苗歌传承人"的牌匾还是小吴书记从县里帮领回来，亲自交到多帕手上的呢。如今牌匾挂在多帕家木楼的厅堂里，很是光彩耀眼。多帕有时干活累了，或是寂寞无聊了，瞥一眼那金光闪闪的牌匾，精神一下就起来了，就会对着牌匾情不自禁地唱起自编的《苗歌越唱越来神》来：

"飘过那个十里坡哎，

飞上那个九霄云哎，

情意浓浓韵味足哎，

迷住几多过路人哎，

迷住几多过路人哎咳喔，

呀——呜——"

歌声清脆甜美，带着苗家女梦幻般的奔放和憧憬。不过，在多帕的歌声里，却又无端地多了一份迷离的暧昧与隐隐的幽怨。

吴圣云就是追着多帕这美妙的歌声找上门来的。

"多帕姐，你苗歌唱得这么好听，当心把树上的画眉鸟都喏（哄）下来啰。"门没关，吴圣云站在门口，微笑着向屋里正唱得欢的多帕打趣道。

"哟，是小吴书记呀！今天得空到寨子里转转？"多帕对小吴书记的到来感到很开心，"进屋喝碗油茶咩？"

多帕正准备打油茶。这个时候快近午餐饭点了，请第一书记进屋喝碗油茶，是苗家的好客礼数。多帕虽然是一个寡妇贫困户，但行得正走得端，对年轻的第一书记没什么可忌讳的。如果换作别的不相干的男人，那肯定不好意思往屋里请了，毕竟"寡妇门前是非多"，总得有所顾忌时刻提防着才是。说不定哪个爱嚼舌根的家伙，正躲在鸡窝柴垛的背后，贼眉鼠眼地偷窥，等着编一堆不怀好意的风流八卦到处嚼耳根呢。

吴圣云也不推辞，跨脚进了多帕家的火塘屋，打算就在多帕家吃碗"连心油茶"，顺便解决中午的肚子问题。这大苗山的村村寨寨，进家里喝油茶是一种最平常、最和谐的生活方式，也是帮扶干部与贫困群众拉近距离、交流情感的最好机会。过分客气反倒会被苗家人误解，有瞧不起苗家人的嫌疑，难免会让苗家人心生隔阂，工作起来不磕磕绊绊那才怪呢。

多帕搬了张小板凳，用袖子揩了揩凳面上的灰尘，请小吴书记坐下，然后盛上一碗刚做好的喷香的油茶，双手递给吴圣云："小吴书记，没得哪样招待的，莫见怪哈。"

吴圣云正想伸手去接多帕送过来的油茶，这时，五岁的小勾迭晃着个大脑袋从里屋跑出来，手上捏着个变形金刚，口里嚷嚷着："咪，瓦（我）也要喝油茶，瓦饿了！"

吴圣云认得，小勾迭手中的那个变形金刚是自己去年冬天回市里时，从小侄子淘汰的一堆玩具中挑出来带回梦呜村，特意送给小勾迭的。当时，他带回了一大箱子从各家收来的小孩玩具，自己也添钱新买了一些，一起送到了村上的幼儿园，只留下这个变形金刚和一把发光手枪，作为生日礼物，特意送给了小勾迭。

　　有一次，吴圣云在宝龙寨走访时，偶然看见小勾迭向多帕要玩具。小勾迭闹得很凶，说依西有个变形金刚，他也想要，依西平时不肯给他玩，还骂他。

　　多帕说等下个月勾迭过生日，一定给他买。

　　"咪说话不算数，蒙（你）前回讲给瓦买手枪的，也没得买呢，又想骗瓦，哼！"小勾迭气嘟嘟的，扯着多帕的衣襟不依不饶。

　　"改天好吗？咪保证给蒙买。"多帕哄着儿子勾迭。

　　"瓦不嘛，瓦现在就要！瓦要依西那个一样的！"勾迭认了死理，不肯罢休。

　　倔强的小勾迭更来劲了，扯住多帕衣襟的手不仅不放，还顺势躺在地上打起了滚子。

　　多帕被勾迭缠得火起，失了耐性，扬起巴掌，对着勾迭的屁股一巴掌拍了下去。

　　"呜呜——瓦就要依西那样的变形金刚，呜呜——"

　　吴圣云走上前去，蹲下摸着小勾迭的大脑袋，安慰道："叔叔给你买，怎么样？"

　　"蒙说的是真的？不骗人？"小勾迭收住了哭声，眼睛乜斜着吴圣云，擦去掉到嘴巴上的黄鼻涕。

　　小勾迭与吴圣云并不陌生，算起来两人前前后后打过不下二十回"交道"了。

"勾迭，怎么跟书记罢育讲话呢！"多帕用眼横着勾迭，觉得自己的达今（儿子）这么不懂规矩没有礼貌，是自己没教养好，丢了自己的脸面。

"叔叔保证不骗你，变形金刚还有手枪，一样都不少！拉钩怎么样？"吴圣云伸出右手，做出拉钩的架势。

"拉钩就拉钩！"小勾迭猛地爬起来，伸出手来，果断地与这个不亲不热的书记罢育拉上了一钩。

"拉钩，上吊，一百年，不许变，谁变谁是小狗蛋！"

没到半个月，变形金刚与发光手枪，吴圣云一样不少地送到了小勾迭的手上，欢喜得小勾迭成天攥在手里，见人就显摆："书记罢育送瓦的变形金刚和手枪，哪个想玩吗？"

"书记罢育，蒙比瓦咪（我妈妈）讲话算数呢。瓦咪尽骗人！"小勾迭一边玩着玩具，喜不自胜地说。

"勾迭可不能这样说妈妈！你妈妈怎么会骗你呢，唔？"吴圣云充满爱怜地轻抚着小勾迭的小脑袋。

"瓦晓得，瓦咪没得钱嘛。依西得喝娃哈哈酸奶，瓦也不要瓦咪给瓦买呢。"小勾迭突然一转脸，替多帕说起好话来，一副十分懂事的模样，嘴角处还露出一缕童真的微笑。

那一刻，吴圣云的鼻子一酸，心里很不是滋味。自己来梦呜村扶贫，头上戴着这么大一个高帽子，却眼看着孤儿寡母连些简单的玩具都没有，连喝瓶酸奶都成了难以实现的奢望。

吴圣云想起了自己曾经在很多场合夸过海口的那句话——"问题不大"。

"真的问题不大吗？"吴圣云扪心自问，心中涌起了一阵深深的愧疚与不安。

好在这两年来自己的努力没有白费，路修上了，果种上了，地头的冷库也建好了，就连灵芝与竹荪的种植也有了眉目，"苗山三香"的开发养殖也初步有了着落……然而，算盘打得太精，也会有闪失。

眼看着全村人两三年辛辛苦苦种起来的糯米香柚丰收在望，却偏偏在这个节骨眼上碰到了销售困难，真是急死了人。

除了继续寻找别的解决途径，吴圣云把大部分的精力押在了网络电商尤其是带货直播的项目上。六万多元的启动资金已筹集到账，顶着巨大的压力，吴圣云像只上紧了发条的钟，一个人拼命连轴转。很快，他便申请了电商网店，注册开通了"梦鸣苗妹"快手和抖音直播的运营账号。

"梦鸣苗妹"必须火起来，孩子们爱玩的玩具、爱喝的酸奶，还有别的营养品必须丰富起来，家家户户的钱袋子必须丰满起来，否则我就不离开梦鸣村！"吴圣云咬紧牙口，攥着拳头，给自己又立下了一纸"军令状"。

三

万事俱备，只欠东风。

这"东风"就是坐镇"梦鸣苗妹"的主播。

晚上，吴圣云一个人闷在村部的宿舍里看电视。自从来到梦鸣村，他已不记得自己有多久没看过电视了，一是没有时间和心情，二是用手机上网多了，对电视便有种自然的疏远。

今天是个例外。

吴圣云半躺在床上，遥控器拿在手里频繁地切换着电视频道。

吴圣云的心思不在电视上，关于"梦鸣苗妹"的主播，他还没理出一点头绪来。

偶然换到八桂台，正在重播一个叫《寻找刘三姐》的选秀节目。

看着看着，吴圣云一下子来了灵感：不如就像《寻找刘三姐》一样，咱也来弄个寻找"梦呜苗妹"的活动？

吴圣云把海选"梦呜苗妹"的想法跟李老干和周老元提了。海选的现场地点就定在宝龙寨，因为将来的直播间就设在宝龙寨勾勒家的小木楼里，得先让主播先熟悉熟悉自己将来要"上班"的地方。

李老干和周老元倒没什么意见。选吧，不就是搞场活动嘛，可以先让各个屯寨的屯长摸一下底，尽量动员有想法的人来参加。

至于选不选得出理想的人来，他们就不敢打包票了——这个事谁也打不了包票。

吴圣云突然想到了多帕，觉得多帕与自己理想中的主播人选多少有些挨得上边儿。她人长得漂亮大方，既会唱苗歌，又会跳苗舞，口齿也还算伶俐，年纪虽然稍稍大了点，也不是说只有年轻的达配家家才能做主播呀，至少可以让她参加海选试一试。

吴圣云本想让梁老耿去动员多帕参加海选，他是宝龙寨的屯长，职责所在。哪晓得这个平日里硬朗、爽快的苗家汉子却扭扭捏捏起来，既不说去也不说不去，半晌没一句确切的答复。

"你倒是痛快点！去还是不去？"吴圣云有点不满梁老耿的表现了。

"我怕不好去——"梁老耿想到了"寡妇门前是非多"的古训。

前阵子，寨子上的二愣子荣丢不知怎地进了多帕家的楼门，结果被多帕两竹扫把给撵了出来，脸上比进去时多出了几条血条子。当初，明明没人瞧见现场，可没半天，"荣丢被多帕堵在楼角用竹扫把划了个大花脸"的传言，便风一样地刮遍了整个寨子，而且传得有鼻子有眼的，听了直瘆人。

传言当然也毫无例外地跑到了梁老耿的耳朵里。

梁老耿对多帕其实早就动了心思，只是担心自己的条件太寒碜，从不敢造次。虽说自己是个屯长，家里却一直顶着个"贫困户"的帽子，再不抓紧把它给甩了，不要说脸面上过不去，这腰杆子怕是在寨子里也直不起来了。

多帕就不一样了。人家年轻漂亮，几多后生汉子都瞄着呢。小勾迭是拖累了她，但将来无论她是嫁出去还是招个上门达虾（老公）进来，情况立马阴雨转晴天。

这个自己没得比。

就是这个"没得比"，让梁老耿深感气馁，觉得自己矮了半截人。平常走路和多帕照面连招呼都不敢打，哪还敢向她直接示好表明心意？就怕一言不慎自讨没趣还惹人耻笑，只好强按着像春天里蕨菜、笋子一般疯长的念头，一个人偷偷躲在自家，做着"癞蛤蟆吃天鹅肉"的春秋美梦，满腹惆怅付予一杯杯浑浊的米酒。

可梁老耿又不愿多帕错失这次机会，于是给吴圣云提了个建议："你看这样行不行……小吴书记？"

"要哪样？你讲嘛！"吴圣云这边正急火，受不了往日爽直的梁老耿在故意兜圈子。

"我建议小吴书记你亲自出马去动员多帕，她最信得过你，平时有什么事总提到你小吴书记。我这嘴笨笨的，不会说话，只怕说不动她呢。"梁老耿说的这点，吴圣云倒是深有体会，多帕对自己起码还是信任的。

"梁哥，你该不是喜欢上多帕姐了吧？不然怎么这么怕她？"吴圣云似乎发现了梁老耿心中的秘密，笑着调侃道。

"别开玩笑小吴书记，我哪敢有这个念想，攀人家的高枝呢！"梁老耿连忙否认，但语气里却不由露出了"此地无银三百两"的破绽。

"开玩笑开玩笑！不过，要是多帕姐肯来参加选拔的话，我想安排你们两个合演一个节目，你来给多帕姐当配角如何？"吴圣云看着梁老耿，诡秘一笑，等着梁老耿的反应。

吴圣云突发奇想，真要是把他们俩凑到一起，倒也不失为一桩美满姻缘。他们的困难都源于家庭的突然变故，与一般的贫困户不同。如果两个能走到一起，凭他们的同心合力，在梦鸣村率先实现脱贫，甚至成为致富的典范之家，应该是很快的事。

　　"让我去配合多帕演戏？"梁老耿睁大眼睛盯着吴圣云。

　　"怎么，你不愿意？"吴圣云是在试探梁老耿的态度，只要他肯答应，后面就有大戏可唱。

　　"不是我不愿意，我是怕多帕不愿意，我配合不好她，影响她的表演呢……"梁老耿的肚子里果然藏着想头。

　　"多帕姐那边不用你管，我去做工作。"

　　"那要是多帕同意了，我们演什么？"

　　"嗯……这样吧，你就扮一个病人，多帕姐扮一个前来看你的水果种植能手，然后你们两个就顺便扯几句介绍一下梦鸣村的大苗山糯米香柚。"

　　"意思是就这样把我们的大苗山糯米香柚广告打出去啦？"

　　"没错，就这样把大苗山糯米香柚广告打出去！"

　　"哪有这么容易噢！"梁老耿半摇着头，觉得光凭这样不牢靠。

　　"没试过怎么知道容易不容易？再说，这只是排练一个节目，通过表演来选拔主播。以后真正做起带货直播来，还会用上好多招数的。"

　　"那我就听你安排吧！多帕实在不同意，我给别人当配角也可以的。"梁老耿有点像向小吴书记表决心，意思是自己作为屯长，当然不能拖第一书记的后腿。

　　吴圣云一离开，梁老耿便想象起了与多帕一起表演节目的情景。思量自己怎么装病的样子才能逼真，多帕见到后怎样动了恻隐之心，拿竹荪一般绵软白皙的手轻轻拂拭自己渗满大汗的额头，并俯下身子温柔地问自己哪里不舒服。多帕身上特有的那种体香逐渐弥漫了梁老耿整个脑海，最终令他陷入久违的幸福中……

做通梁老耿的思想工作后，吴圣云立刻便去找多帕。一碗油茶下肚，他把事情全跟多帕说开了。

多帕原本对参加这个主播选拔不感兴趣，小勾迷已经够让她操心，她再没精力干别的事了。

多帕在寨子里算是个手机迷。尽管有个小勾迷形影不离地跟着，但年轻人的喜好，她照样一个都不落下。她曾在寂寞无聊的时候，背着小勾迷，浏览过一些让人面红耳赤的直播节目，她总觉得那是个有伤风化的行当，骨子里并不认可。

何况人言可畏。她一个死了勾佬的歪昂，成天在网上与人家眉来眼去打情骂俏卖弄风骚，这么丢人现眼像什么话？自己不羞，可寨子里的人怎么看，全村的人又怎么看？

"没错，你小吴书记是答应了有工资发，可人活一张脸树活一张皮，成天在网上露个肚脐眼晃来晃去的，这个人我可丢不起！往后还要不要过日子啊？我还寻思等脱了贫，自家的条件好了，再找个正经勾佬过下半辈子呢！"多帕感谢小吴书记一直以来对自己母子俩的照顾，但对于参加主播选拔还是不愿应承下来。

"什么露肚脐眼？是你想歪了好咩，我们才不要这个呢！"

"不露肚脐那露什么嘛？"多帕的脑海里依旧满是那些女孩袒胸露乳做直播节目的不堪画面。

"我们这个直播真不是你想的那样子。我是村里的第一书记，我们是以村里的名义开设账号带货直播的，说白了就是在网上卖我们寨子自家的农产品，你说能乱来的吗？"

"那要啥子搞呢？"多帕心中还是没有个概念。

"我们这个直播呀，是专门推销大苗山各种各样的特色产品的，比如眼下我们最念着卖出去的糯米香柚，以及紫黑香糯米呀、灵芝呀、竹荪呀、'苗山三香'呀，等等，反正凡是咱苗家有的，什么都可以拿到直播上介绍，卖！"

"就是电视购物台里做推销那种？"

"差不多吧，但比电视里那种更灵活更方便。另外呢，就是介绍我们大苗山的山水风光、民风民俗、风土人情。其实介绍这些最终也是为了推销我们的产品。"

"你说的是这样子哈，我还以为是那样子的呢！"多帕羞红了脸，为自己先前的误解感到不好意思。

"你以为呢！难不成我还会挖个坑让你去跳啊？"吴圣云嘘了一口气。

可对于参加带货主播的选拔，多帕还是提不起太大的兴趣来，她心里没个招。

"你就表演一个节目给大家看看，算是帮我一个忙。成与不成还没准定呢！"

"让我唱苗歌？"

"那可不止，唱歌的同时还要和人搭档表演一段故事。"

"什么故事？"

"就是一个男的病了，你拿一篮大苗山糯米香柚去看他，然后介绍这个大苗山糯米香柚怎么好怎么好啊，就得了。"

"怎么好怎么好……我哪里讲得出嘛？"

"不会讲没关系，到时候我会写好脚本台词，教你怎么讲的。"

"不行不行，唱苗歌还可以，演故事我可没那个本事！"

听说还要和一个男的一起来演，多帕心里就别扭起来，又想着打退堂鼓了。她现在最敏感的就是接触男人。自从上次荣丢在她面前耍赖皮，被她一顿扫把撵了之后，对于一般的男人，她真是有些厌恶了。

唯独梁老耿不一样。这个连走路都怕与她打照面的男人，却对多帕有着磁石一般的吸引力，越是难以靠近她便越想亲近他。多帕曾经多次创造过两人偶遇的机会，但每次都功亏一篑，总是被梁老耿巧妙地岔开了。仿佛两条相向的平行线总是交汇不到一处，真不晓得梁老耿是有意躲避还是无意错过。不过这剃头挑子一头热的事，她一个长年守寡的歪昂，又怎好明着向人家表白啊，那岂不太作践了自己？多帕也就只好一直闷在肚子里空想着自己的心思。多帕自己有时也怀疑，自己是不是灵魂出窍了，反正一想到梁老耿这个空心的枫木墩子，整个人就像一头发情的小母猪，五心不定六神难安，俊俏的脸也会火辣辣地发烫起来，好像有一层浓稠的红油皮子敷着裹着，牵扯不开。

吴圣云想再开导开导多帕，正待开口，手机响了，是梁老耿打来的。

"小吴书记，怎么样，多帕同意吗？"听声音梁老耿有些急切，怕是在心里按捺不住了。

"梁哥别急，多帕姐这边我正在做工作呢。"吴圣云故意把音量提高了许多，好让旁边的多帕也听得清楚。

"小吴书记，是梁老耿来的电话吧？他又喊你去吃中午啦？"多帕装出一副漫不经心的样子。

一听吴圣云"梁哥梁哥"地叫着，多帕就像打了鸡血似的一下子来了兴致。不用猜想，十之八九是梁老耿。平时来宝龙寨，除了村主任周老元，小吴书记最爱走近的人就是梁老耿了，这一点多帕可是观察得真真切切。

实际上，梁老耿的一举一动都在多帕的眼皮底下。

"嗯，是老耿哥。这个节目我本来安排你和他来搭档演的。老耿哥那边，我好说歹说，他总算同意了。现在到了你这边，却不肯给我这个面子。哎，我再去找谁合适呢？"吴圣云叹着气，脸上一副愁闷的神态。

"哎呀，小吴书记，我答应你还不成嘛，看把你急愁得。你平日里帮了我那么多，我要再不参加这个节目，那可真对不起你了！"听说是安排自己与梁老耿搭档演的节目，多帕的态度一下来了个一百八十度的大转弯，答应得比吹过宝龙坳口的过山风还快。理由给得还这么冠冕堂皇，她自以为巧妙地用障眼法把梁老耿给撇开了。

多帕突然的表态倒把正在踌躇的吴圣云惊讶得跟什么似的，狐疑了好一阵子。他没有忘记之前自己想要撮合梁老耿与多帕的突发奇想，但他没料想到的是，不仅梁老耿对多帕早已心生爱慕，多帕对梁老耿更是相思已久。这一堆干柴烈火还隔着一道防火墙没有打通，原来自己就是那个抡大锤的人啊。

对于多帕来说，让她与梁老耿联手表演节目，那真是迢迢银河架起了一道鹊桥，终于有机会与心上人面面相对眉目传情了。

梁老耿的心里更是乐开了花，这一回再也不用躲躲闪闪藏在背后偷瞄，终于可以光明正大地与多帕"肌肤相亲"了。哪怕，她是给自己拭一下额头的汗，多少也算啊。如果再趁机拉拉手、碰碰腰什么的，只要别人看不出来，她又没表示反感，那后面就真有戏了。要是小吴书记能再出面撮合一把，一准能成。

梁老耿与多帕各怀心思地答应了参加"梦呜苗妹"的主播选拔，都在暗自期待着后面有什么好戏发生呢。

四

"多帕也宜，你们继续吧，我和阿爸的话讲完了！"九秧看了一眼多帕，退到一旁，向多帕表示歉意。

多帕与梁老耿继续往下表演。可多帕的心思，因为九秧突然横插这一杠子，已经全被打乱，再也找不到刚才那种轻松自如的感觉，后面的台词老是说错，骑虎难下的她只得硬着头皮勉强把节目演完，草草结束，也不知要怎样与梁老耿暗送秋波眉目传情了。

好在有九秧和勾乌在场，节目虽然表演完了，多帕总还有借口与梁老耿待在一起继续聊天。

多帕拢拢乌亮的头发，眼睛看着九秧，怯怯地问："九秧，看你多帕也宜刚才演得怎么样？没丢丑吧？"

"噢，你是问我吗，多帕也宜？"九秧一时没有回过神来，她的目光一直注视着场上那个场控兼拍摄的帅小伙，她被小伙子指挥若定的气场镇住了。

梁老耿和多帕表演完毕，又上来一组表演吹芦笙的，还化了浓妆，芦笙吹得震天响，场面很热闹。接着是一组苗歌合唱，再接着是一组苗家摆手舞，后来连做酸肉的家伙都搬了出来，一个个表情夸张、动作滑稽搞笑。

"是啊，当然问你呢！"多帕的语气比之前变得亲昵了许多。

多帕突然明白过来，要想与梁老耿搞上关系，必须先跟九秧搞好关系，得到九秧的好感。要是九秧了解自己的心思，想必一定会支持自己与她阿爸好的。

"如果九秧从中烧把火——"多帕开始期待起来。

"很好啊，多帕也宜，你刚才演得真好，我都感动了，以为你真的是来看望我阿爸的呢！"九秧说这话有点违心，但她知道，人家要的就是当面的夸赞，她才不管你违心不违心呢。

"我阿爸也演得不错。你们两个配合得这么默契，是不是私底下早已排练过好多回了？"九秧转而把眼睛投向梁老耿，语气与目光都含着意味深长的调皮，她在试探着拿两人打趣呢。

九秧隐隐觉得阿爸与多帕也宜表演的背后，似乎还藏着些不为人知的小秘密。当然这只是一种猜测，没根没据的，也不好贸然捅破。

经九秧这么一问，梁老耿仿佛藏了很久的一条小尾巴终于被人揪住了。只见他的脸轻轻抽搐了一下，紫铜的脸色闪过一丝难以察觉的暗红。这个微妙的变化，除了与父连心的九秧，估计就只有心有灵犀的多帕能够体会得出。

"对了阿爸，你们今天这是表演什么节目搞什么活动呀？弄这么大排场。"为了调节气氛，九秧识趣地把话岔开。

"村里要搞什么带货直播嘛，正选主播呢！"多帕主动抢先回答。

"什么，村里要搞带货直播？"九秧以为自己听错了。

"我们村之前来了个扶贫的小吴书记，你长年不在家，也没得机会和你细讲。小吴书记前两年号召咱全村种柚子、猕猴桃，他到上面去争取政策扶持，又免费提供树苗，补助肥料农药钱，响应的人家不少，整个梦呜村几乎每家每户都种上了柚子、猕猴桃。后来开始投产，也丰收了，本来有大老板提前下了订金要来收购的，可没想到突发了疫情，那大老板收完猕猴桃之后，就没再来要柚子，听说是破产了，搞得全村一千多亩的柚子到现在一个也卖不出去。小吴书记一急，想了法子要搞这个直播来销售，启动用的还是他自己的钱呢，没花咱村民一分钱。"一说起小吴书记来，梁老耿眼睛就放亮。

"多帕你说是吧？"梁老耿将眼睛转向多帕。

"是啊，小吴书记真的好关心我们，可村里有些人还成天说他不务正业！我看那些说他的人才不务正业呢！"多帕心怀感激，别看她是个年轻寡妇，是个寒酸的贫困户，可她也是一个眼里进不得沙子的人。她不容许别人说小吴书记的一句坏话。一个人好与不好，她心里自有一杆公平秤。

"你多帕也宜是小吴书记看中的主播人选之一，小吴书记亲自动员了好久才肯出面参赛呢。我给你多帕也宜配个戏，配得不好怕是要拖她后腿噢。"梁老耿在九秧和多帕面前谦虚起来。

"你阿爸演得比我好！"多帕也跟着谦虚，但她的心里乐呵着。梁老耿并不是那么冷漠无趣嘛，看来他以前故意回避是装的。

尽管眼下村里的糯米香柚销售遇到困难，可梁老耿与多帕对小吴书记的佩服一点也没有减少，反而更加信任了。

人不能昧着良心，不分青红皂白，睁起眼睛说瞎话，一股脑儿把责任推给人家。所以，那天石老庚在果园里大声大叫怪罪小吴书记的时候，梁老耿当着面把石老庚骂得够呛，丝毫不留情面。

"人家小吴书记自己筹钱搞直播帮村里卖柚子，成与不成，诚心摆在那里，我不信哪个能够比得了！"梁老耿吐一口唾沫在地上，然后拿鞋底狠劲一擦。

第一书记要在村里搞带货直播，九秧觉得这事很新鲜，她下意识地又将两眼转向正在芦笙场上忙来忙去的吴圣云。

在九秧的眼里，这个第一书记，的确是个风火干练的小伙子。他在场上的一举一动、一言一行，都透着一股胸有成竹的将帅风范。不知怎的，九秧第一次见到他，便有些小欣赏、小愉悦、小激动。

九秧斜眼看了看跟在自己身边小心翼翼的勾乌，不由得将两人做起比较来。

不得不承认，在寨子里为数不多的几个大学生中，勾乌算是比较出色的，有眼光、有胆略，还有些小本事。自己一个人在外打拼，几年下来，虽不说混得风生水起，但小老板的确做得滋滋润润的。如今他在城里车子也有了，房子也有了，事业也基本成型了，说是寨子里年轻人成功的榜样都不为过。

可是，拿勾乌与不远处的第一书记一比，女孩子的敏感立马发现了两人之间的差距，这差距不止一点点，简直是一条难以跨越的鸿沟。

究竟是怎样的差距让九秧的心里产生了如此悬殊的感觉呢？九秧一时

找不到恰当的词语来下结论。

好像……对了，是"层次"，也可以说是"境界"吧。他们不是一类人，根本没有可比性。说白了，勾乌就算再能耐，也够不到这小吴书记的层次上来，达不到小吴书记的境界。别看人家现在只是一个被糯米香柚的销路搞得焦头烂额，甚至被村民误解、责难而有口难辩的挂职村支部第一书记。

难怪自己成天与看起来"十分优秀"的勾乌在一起，却不羡慕他眼下的成功，原来是勾乌的这点不能让自己产生仰望的冲动。

九秧的肠子里打着九九，但她很有自知之明，其实自己也是属于像勾乌一类的人，境界与这位第一书记也隔着一条难以逾越的鸿沟。

"哎，看看人家第一书记，你也学着点儿，千万别起为富不仁的心思！"九秧用胳膊肘碰碰一边的勾乌，不知为什么突然就说出这句不油不盐的话来。

"我怎么就为富不仁啦？再说，我也没有富啊！"勾乌被九秧兜头扣一屎盆子，有点丈二和尚摸不着头脑，不知九秧话里究竟是什么意思。

勾乌努力想从九秧的眼睛里读出一些话外之音，可九秧的眼睛却如头顶的云朵，飘忽不定，让人难以捉摸。

参加海选表演的人都展示过一遍自己的十八般才艺之后，轮到吴圣云上场总结了。

吴圣云面带微笑，走到场子的中央，清了清嗓子，开始讲话。参加表演和没有参加表演的人们还沉浸在刚才节目的兴奋中，相互议论，声音远远盖过了吴圣云。他们中绝大多数根本没把今天的活动当成什么选拔，而是被长期隔离在家之后首次"出笼"的狂欢。至于选拔不选拔得上，仿佛不是他们所关心的。

"请大家肃静！听第一书记讲话！"村支书李老干直挺挺地站在高高的芦笙柱下，声嘶力竭地吼道，脸上显出少有的威严。

这一喊还真管用，闹哄哄的场子很快安静下来。

"小吴书记，你讲。"李老干给吴圣云递了个眼色。

吴圣云再次清了清嗓子，开始说话："各位乡亲，今天，我们的表演总的来说都很不错。大家的热情高涨，表演很积极很投入，效果也很明显。辛苦了！过后，我会把今天拍摄的视频分别发到我们的快手和抖音账号上去，请各位下载了快手和抖音的乡亲，在平台上关注我们'梦鸣苗妹'的账号。没有下载的待会儿留下来，我帮大家下载，教大家如何观看，好不好？"

"好啊！好啊！"人群中发出稀稀拉拉的应和声。吴圣云一时没想起，眼下留守在村寨里的，大多数是些老弱之人及小孩家家，这些人中，并没有多少个用智能手机的，有也不懂怎么用。

"至于今天有没有人入选，等村里评出结果再另外通知或张榜公布了。谢谢大家！"吴圣云说完，向大家挥了挥手，示意散场。

可并没有多少人立即离去。原来，人们还在等村支书发话呢。这么多年来，大家都习惯了，凡有什么聚会、活动，寨上搞的就听屯长发号施令，村上搞的就等村支书或村主任发话，才算是有组织观念。今天这活动是以村上的名义搞的，那得村主任或村支书来宣布散场才行。小吴书记是第一书记没错，可他是上面派来的，不在村里排位，当然不能作数。

"没听小吴书记说吗？除了有手机要下载快手和抖音看视频的留下来，其余人都散了吧！"村支书李老干大手一挥，广场上的人才三三两两地开始散去。

九秧叫住多帕："多帕也宜，你的手机下了快手和抖音没有？"

"我不懂啵。"多帕摊摊手。

"那你平时不看直播？"九秧问。

"看啊。"

"你在哪里看？"

"花椒啊，斗鱼啊，还有六间房什么的。"多帕脸有些发热，她平时看的直播多半是在一些无聊的平台，说出来自己有些不好意思。

"我帮你看看。"

多帕把手机递给九秧："那你帮我下吧，顺道教我怎么用。"

九秧为多帕下好快手和抖音，然后手把手地教她如何关注'梦鸣苗妹'账号，如何观看账号上录制的视频。

"喏，这里还有很多账号，不过是别人的，你喜欢看哪个就点进去。还有，点完关注，你就成了人家的粉丝，以后人家推出什么新的视频，就有信息通知你去观看了。当然，你们也可以在里面互动的。"

"什么叫互动？"

"噢，就是你可以看到里面的主播，主播也可以看到你，你们之间可以说话、交流什么的。"

"这样子啊？"多帕以前只会看直播，还不知道直播原来有这么多名堂可玩，算是开了眼界了。

"做直播的人都有吸引粉丝的门道。"九秧继续给多帕解释。

"那要是我个人也想搞直播呢？"多帕怯怯地问。

"这个简单啊！喏，你看这里有个'实验室'，点进去，再点'我要开通直播'。然后按要求上传你的身份证照片和你手拿身份证的照片，这道程序叫'身份认证'。"

"我现在没身份证照片呢！"

"不要紧，回头我去你家帮你弄吧。"

那边，一群人正围着吴圣云，请他帮下载快手和抖音，他一个人似乎有点忙不过来。

"九秧，你过去帮一下小吴书记吧。"梁老耿一边走向吴圣云，一边向九秧招手，示意让她跟上来。

"我也去。"勾乌赶忙跟在九秧后面，自告奋勇地说道。

五

实际上，从九秧闯入芦笙广场的那一刻起，就引起吴圣云的注意了。这个漂亮达配仿佛从天而降，让吴圣云有一种说不清的惊喜。他原以为这是哪个寨子没赶上报名，现场临时参加选拔的姑娘，可一直等到表演结束，也不见她有这个意思，期待中就不免又生出几分惆怅和失落来。

"各位也宜、罢育，各位爱爱（姐姐）、呆呆（哥哥），我们来帮你们吧！"九秧在人群外喊道。

"九秧，勾乌，你们哪时回来的嘛？"

人们"轰"地一下围了过来，一边将手机递给九秧和勾乌，一边热情地跟他俩寒暄着。他们和小吴书记一样，早就看见九秧和勾乌了，只是现在才说得上话。

人们一窝蜂转向了九秧、勾乌，吴圣云被撂在一边，成了个旁观者。

吴圣云哑然一笑，自己还没机会先找这个漂亮达配好好谈谈呢，倒被村民们抢了先机。

"小吴书记，这我家九秧，今天刚从市里回来。"梁老耿走到吴圣云面前，指着人群里的九秧呵呵笑着，露出满口黑黄的牙。

梁老耿取下腰带上的小烟袋，卷了一支喇叭筒，递给吴圣云，自己则吧嗒着那杆一尺来长的竹柄铜烟锅。两年多里，梁老耿早把市里来的斯文小伙吴圣云给整治出来了，喝米酒、嚼老坛酸肉、灌老油茶、抽老焊烟，他样样来得，和寨上土生土长的达亨们简直没有两样。甚至还上了瘾，吴圣云久不久就要到梁老耿的吊脚楼里去吸两口，说上一会儿话。在宝龙寨，在整个梦鸣村，除了李老干、周老元几个村干部，就数梁老耿与吴圣云最聊得来了。

"你家九秧？"吴圣云睁大双眼瞅着梁老耿。

吴圣云知道，梁老耿有一对儿女。儿子依能现在在南宁读大学，女儿九秧为了帮家里还债，供弟弟读大学，念完高中便外出打工去了。在外打工的九秧自己倒是一直没见过，依能见过一两次，都是他放假的时候在寨上见的，好像还和他在他家喝过一回米酒。吴圣云依稀记得，依能很能喝，真要比起来，自己可不是依能的对手，他酒量比梁老耿还大。

之前虽没见过当姐姐的九秧，但吴圣云很钦佩她，一个苗家女孩子，甘愿牺牲自己的前程去成全弟弟的学业，得需要多大的勇气啊。而当初的她，内心又曾做过怎样痛苦的挣扎和煎熬，没有人能够体会。这些年，九秧一个人在外打拼，很少回家，大概还是有些难解的心结吧？

"嗯，我家九秧。她以为我病了，一大早就请了假赶回来看我。也怪我那破手机，早上排练节目时掉地上摔坏了，到现在还没空拿去修呢。"梁老耿解释着，又像是自说自话。

"九秧有两年没回家来过年了，我想她心里还是怨怪我的。要不是我偏心她弟弟，她早该大学毕业出来工作了。她在学校的成绩原本比她弟弟还好。是我对不起九秧，谁让她是个达配，偏又生在我们这个倒霉的家呢。唉！是她命不好。没办法，这辈子只能委屈她了。"说着说着，梁老耿的眼眶湿润了，他有些抑制不住自己的情绪。平时九秧打电话回家问长问短，他总是一副不耐烦的样子，为的无非是节省几毛钱的电话费，却从未顾及女儿的感受。现在回想起来，自己还真是一个铁石心肠的人啊。

吴圣云来梦鸣村这么久，与梁老耿也算是忘年之交，还从未见梁老耿抹过眼泪，现在冷不丁见了，心中委实不落忍，便任梁老耿继续说下去。

"本来咧，年前她就打电话说要回来过年的，可近过年那几天，厂里要忙着赶一批货，全厂没日没夜地加班，说是早签了合同的，如果年前出不了货，算违约，要挨罚很多钱。好不容易等到发完货，可以回来了，结果该死的疫情来了，封城封路了，买不到车票。可怜我家九秧一个人又在外面过了个冷清年。现在疫情解封，估计厂里又要忙得不可开交，却阴差阳错'出了鬼'。早上排练时，我不小心摁到了手机，拨了九秧的号码，哪晓得手机掉地上摔坏了，害九秧担惊受怕，她放心不下我，大老远跑回来，还以为我出什么大事了。嗨，这孩子操心多，我在家好好的，能有什么事嘛！"梁老耿一边絮叨，一边抬起满是蚯蚓一般的手，轻轻地拭了下枯涩、潮红的眼睛。

吴圣云再次把目光投向九秧。九秧正忙着为乡亲们下载快手、抖音，动作娴熟麻溜，弄完一个便耐心地示范一遍，教他如何使用观看。忙得不可开交的九秧，脸上却一直洋溢着甜美的笑容，好像山崖上拂过树梢的阵阵云霭，轻灵熨帖，谁见了都眼明心亮，掩不住欢喜。

等九秧和勾乌忙完，人们散去，广场上只剩下零丁的几个人时，梁老耿才叫九秧过来与小吴书记打个招呼。

"这是从市里来我们村扶贫的小吴书记，是个大好人，他帮了你阿爸不少的忙呢！"梁老耿扯着九秧的衣袖，上前一步。

"小吴书记好，感谢你不辞辛苦到大苗山来帮我们脱贫哈！"九秧爽朗的语气里带着些烂漫少女的俏皮。

"九秧达配好。如果没猜错的话，这位帅哥达亨是你男朋友吧？"吴圣云与九秧热情地打着招呼。他看得很清楚，从一进芦笙广场，勾乌就没离开过九秧一米远，标准的形影相随。

"呀，小吴书记你开什么国际玩笑！我与他？哪跟哪呢。"九秧被吴圣云这样一问，只觉得好笑，哈哈打得比铜锣还响亮。

吴圣云的误会没有让九秧显出半点尴尬，倒让一旁的勾乌窘迫得面红耳赤，脸上挂着很不自在的干笑。

"小吴书记，这是我们寨的勾乌，大学生，现在也在市里发展，听说当上小老板了，是吧勾乌？"梁老耿向吴圣云介绍。

"老耿罢育，你打我个嘴巴得了，什么老板嘛，就是混口饭吃而已。"勾乌连忙为自己开脱。

"不错嘛勾乌，谦虚过分就是骄傲哦。你为宝龙苗寨为梦鸣村的年轻人树立了一个好榜样！"吴圣云拍了拍勾乌的肩膀，对他竖起大拇指。

"别夸我了，小吴书记才是我们学习的榜样咧！"勾乌脸上的窘迫渐渐消退。

村支书李老干与村主任周老元收拾完场地也过来了。周老元照例请吴圣云、李老干去他家打油茶，还问梁老耿去不去。

"今天我家九秧回来，要去就去我家，哪能去你家嘛。我也好久没得尝我家九秧的手艺了，正好让她给你们也露一手！"梁老耿坚持要大家一起去他家。

"这样吧，我和老元各回各家。小吴书记你自己决定去哪家。九秧、勾乌他们刚回来，还是先回自己家里去合适。"村支书李老干不想给梁老耿家添麻烦。

结果是李老干与周老元各回了自己家，梁老耿硬扯着吴圣云去了他家。分开前，梁老耿还招呼勾乌晚上有空过来一起喝两杯。

六

九秧的手艺果然不错，油茶做得比梁老耿好喝多了。

"再来一碗！"三碗之后，九秧又要给吴圣云继续添油茶。

"来喝酒！喝酒！九秧取杯子过来！"梁老耿喝到一半急火了，手中拎起一个装酒的可乐瓶，往桌子上一放。

于是油茶改成了米酒。九秧也陪着喝。

"九秧，你喝没喝得啊？"吴圣云心里没底，虽然他也领教过了，在这以酒会友、以酒叙情的大苗山里，哪个寨子都不乏能喝酒的女高手，甚至连"高山流水"（一种苗家待客最热情的敬酒方式。将一只大碗放在客人嘴里，酒壶从高处顺倒酒至碗里，然后流入客人嘴里）的阵仗她们都敢挑战。

"没事，九秧陪小吴书记喝两杯！"梁老耿一句话露了九秧的酒量。

"小吴书记，这一杯谢谢你这些年来对我阿爸的关照，我干了！"九秧已经听梁老耿讲过吴圣云很多的好，自己对这个小吴书记刮目相看的同时，又心怀敬佩，甚至产生一种莫名的亲切感。

"我还要谢谢你阿爸呢！我来梦鸣村这两年多，你阿爸倒是帮助了我不少，他是我在梦鸣村最好的大哥了。"

几杯酒下肚，大家话多了起来。聊过了家长里短，聊过寨上村里的公家事，最后聊到吴圣云力主的带货直播项目。

"小吴书记，不怕你见怪，我说句直话哈。"九秧抿一口米酒，轻启双唇。

"哎呀，客气什么！有什么锦囊妙计，赶紧说出来，群策群力嘛！"吴圣云向九秧投去期待的目光。

"那我就不客气啦！"九秧的爽朗劲上来了。

"洗耳恭听。"吴圣云的表情真诚而谦逊。

他相信，在大城市待过的九秧在这个项目上一定有自己独到的见解，可以为他提供一些有价值的参考。尤其是在直播带货初创的这个关键时刻，哪怕一条小小的建议都是极好的。

"你搞这个直播来宣传我们大苗山，推销我们大苗山的农产品、土特产，实现电商精准扶贫的目的，绝对是个好主意、是条好路子。说句心里话，我一百个赞成！"

"谢谢。"

"将来一定是电商的天下。现在媒体，哪天不在宣传电商扶贫？在城里，网上购物已经不仅仅是一种时尚、一种潮流，更成为普通百姓所需的"家常便饭"了。特别是年轻人，没过网购的恐怕也找不出几个来了。"九秧侃侃而谈，在这方面她确实有发言权。她自己就是一个网购控，衣服、化妆品就不说了，连个拖把都要到网上去淘。

"你说的没错，电商是种势不可挡的营销形式，何况它已经不只是一种趋势了。"吴圣云的语气中满是对未来美好的憧憬。

"小吴书记，我完全赞成你的观点！"

"而且，现在政府部门也很重视直播电商的发展，特别是在农村电商这一块，差不多每个县市都成立了一个专门的农村电了商务中心来推销各地的农产品、土特产。具体的运作我还不是太清楚，不过据了解，大多数目前还处于自生自灭的状态，宣传、包装、销售、物流，直至售后服务，包括政策配套等都还不是很完善，也就造成了电商市场的某些混乱，影响了电商的良性发展……这也是我们当前必须正视的现实。"吴圣云似乎找到了倾诉的知音。

"这都有个过程。要么自我修正，要么外力干预，否则就将被别的形式取代。"九秧似乎看得更透彻，"再一个，现在做电商的基本都在城里开店，没有哪个是在农村的，尤其是我们这些偏远山区。山高路远交通不便，物流等各方面的条件也确实有限，人家哪里愿意上山来长驻嘛！白白吃苦受累不说，经济效益恐怕也得大打折扣，搞不好弄到最后就是竹篮打水一场空。"

"还是个现实问题，营商环境很重要。但我偏就不信这个邪，有困难就想办法克服嘛！我一定要把这个电商直播点开在白云生处的大苗山上，让世界都瞪着眼睛仰望我们大苗山，欣赏我们大苗山的美景，品味我们大苗山的土特产。到时候，梦鸣村全面脱贫致富就是件水到渠成的事情。"

"好，小吴书记有气魄，我为你这宏图伟略点赞！来，干杯！"九秧被吴圣云慷慨激昂的情绪感染了，举起酒杯与吴圣云豪爽一碰。

"没有问题！"吴圣云的口头禅又脱口而出了。坐在一旁的梁老耿也不打岔，他知道这个时候，在两个侃侃而谈的年轻人面前，自己是插不上嘴的，也没必要插嘴。做个安静的倾听者比什么都重要，尽管他也听不太明白。

"当然，我们现在最迫切需要解决的，还是全村那一千多亩大苗山糯米香柚的销路问题。现在留给我们最多也就两个月的时间。等到天气全面转暖，柚子过了最佳保存期，就经不住留了。至于其他的项目，以后可以慢慢搞起来。"吴圣云呷一口米酒，思绪也从美好的远景拉回到眼前的现实。

"是啊，果熟蒂落，再不抓紧解决，只怕就要烂在果园里了，到时还得耗费人工处理。所以，你的直播得赶紧运作起来啊！"九秧很清楚，不到一个月，所有的柚子都得下树，再不下树，果子就要上水变味，然后慢慢腐烂，还会严重影响到果树生长和来年的开花结果。而下了树的果子，就更存放不了多久了。

"依你看，我们这个带货直播究竟要怎么弄效果才好呢？"吴圣云往前探了探身子。

"唔，这个我也说不好。不过——"

"不过什么嘛？你说。"

"当然是得先尽快把直播团队组建起来，没有主播一切都是空话。"

"所以才搞了今天的选拔活动嘛。"

"那恕我直言了，从今天参选者的表演看，我觉得不合格。选主播又不是选节目。"九秧直话直说。

"怎么讲呢？"

"其他那些表演唱苗歌呀吹芦笙呀的节目，以后做点文化介绍的视频是有必要，但今天拿来参赛，显然就是凑热闹。如果要做那些实况解说之类的直播，你口才不好，解说生硬，都没几个人看！"真人面前不说假话，九秧也不管小吴书记听不听得进去了。

"九秧，在小吴书记面前，你瞎吹什么！"梁老耿不想因九秧的话扫了吴圣云的兴，搞得好不好也是人家第一书记一个人在操弄，又没个得力的助手帮出主意。再说，他自己对这个项目就很有信心，没觉得今天的选拔活动有什么不好。

"九秧，你讲得有道理，我倒没有认真想过这一层。"吴圣云抚着梁老耿的肩膀，看着九秧。他的确很欣赏她直率的态度，一是一二是二，不藏着不掖着。

"而且说句实在话，我阿爸和多帕也宜的那个节目，内容虽然符合比赛的要求，但整得有点不伦不类。我阿爸得了那么重的病，多帕也宜一上来就介绍糯米香柚如何如何好，难道吃个柚子真就治得了他的病？"九秧认为这样的表演没啥新鲜感，根本就不吸引人，当然也不能令人信服，宣传的效果肯定不理想。

"我不赞成你讲的！我给我和你多帕也宜的表演打一百分。我们演得可认真了！"梁老耿虽说是为多帕当了一回自己的配角才打的分，但他俩的确是用了真感情去演的。

"哎呀阿爸，叫我怎么说你呢！不是说认真了就是演得好的！"

"难道不认真就能演好？"梁老耿觉得九秧在钻牛角尖。

"不是这个意思！我们先要搞清楚，这不是在演戏，这是在做直播选拔，还是带货的直播。这种节目本来就应该带点喜气，你们却整出个病恹恹、受苦受难的场景，让人一看心里就堵得慌，晓得咩？反正我认为这样做直播是犯大忌的。"

"那你认为，我们的表演应该怎样才算是好？"不服输的梁老耿反问起九秧来。

"这个嘛，我也说不太清楚……"

"你没经验，又说不清楚，那还要一耙子打死人！"

"有时直觉比什么都准确，都重要！"吴圣云连忙替九秧打起了圆场。他自己就是一个对直觉很看重的人。

"我之前其实也曾有过做电商、开网店的想法。早先看过一些直播带货和网络销售的视频节目，但也只是略知皮毛，并不真正懂得其中的诀窍，毕竟没得亲身体验。"九秧微微一笑。

"那就谈感觉呗！知无不言，言无不尽。"吴圣云再次向九秧投去热切的目光。

"总之吧，我认为，主播再能说会道，这些都只是外在的东西。网络直播销售的实质是跳过所有的中间环节，让主播直接与消费者对接，在保证商品品质的前提下给予他们足够的优惠。作为主播，哪怕你带的是自己家的货，也应当首先站在消费者的立场，与他们建立一种良好的互动，分享有趣的东西，不断地吸引他们，让他们产生购买的冲动。换个说法就是着魔了，被带货主播设身处地地洗脑了。"

"说得那么玄乎，我都听懵完了。"梁老耿嘀咕着，喝了一口酒。转而又想，听不懂就对了，说明自家达配学问深，有两把刷子呢。

"为什么人们都喜欢把网购没节制的人叫'剁手党'，就是这个道理。大网红李佳琦、薇娅，他们之所以能够海量带货，就是因为真的能够给消费者带去很大的实惠，而不是净搞一些噱头之类。当然，产品的卖点最重要。我说得没错吧？"

吴圣云冲着九秧会心地点点头，说："对啊，我们要向消费者展示、推销自己的产品，无非就是讲特色、讲品质、讲实惠，得吹糠见米——这个不就是所谓的卖点嘛！"

"那具体来说，我们大苗山的产品，卖点是什么？"吴圣云继续追问九秧。他其实早知道，卖点是需要设计经营的，而他自己早已在心里搜肠刮肚地设计过千万遍了。

"我觉得吧，应该首先打高山环保牌。我们大苗山终年云雾缭绕，森林茂密，负氧离子丰富，空气清新干净，环境优良。大苗山农产品、土特产绿色环保是一方面，口感独特、营养健康又是一方面。最关键一点是，我们的产品是唯一的，是别的地方所不可复制的。还有价格实惠，买到就是赚到，这一点也不容忽视。"

吴圣云惊诧于九秧对大苗山独到的领悟，不愧是个地道的苗家儿女！她所说的，与自己心里想的几乎不谋而合。

"要是你能回到这里当这个'梦鸣苗妹'的头部主播就好了！"吴圣云兴奋地说出自己的期望。

这是吴圣云的心里话，也是他的肺腑之言，但吴圣云也知道这只是自己的一厢情愿。九秧这些年在城里辛苦打拼，孜孜以求的就是远离闭塞落后的宝龙寨，日后当个潇洒、有优越感的城里人啊。

"呀，小吴书记你可别撩我了，我哪是这块料，可担不起你振兴大苗山宏图大志的重任！"九秧不是在自谦，她对吴圣云这个扶贫计划的确也心存疑虑，而且认真思量起来，自己也根本没这个能耐。带货直播的爆款网红，真不是谁想当就能当得了，这个自知之明九秧还是有的。

既然九秧说自己不能胜任，还有谁能担得起呢？唱苗歌的多帕姐、跳摆手舞的梅乌，还是吹芦笙的多吉？吴圣云在脑海里一遍又一遍地过着电影，可过来过去，除了九秧，仍旧找不到合适的人选。

七

果然不出九秧所料，吴圣云把那天人们表演的视频一段一段剪辑了之后，分别上传到了快手和抖音的账号上，点击观看的人寥寥无几，留言区里的几个评论也几乎是清一色的差评。残酷的现实让吴圣云十分懊恼，如果不能改变这种状况，那接下来的正式直播无疑会受到冷遇。要想在短时间内达到理想的吸粉量，使直播带货进入正轨，开启良性循环模式，实现大苗山糯米香柚最迫切的销售目标，恐怕难度有点大。

吴圣云看着自己视频号上惨淡的"战果"，深深地叹了口气。

一夜未合眼，头昏脑胀的。清早起来，吴圣云又转悠到宝龙寨。或许，转一转还真能转出一些灵感来。

未进寨子，吴圣云便远远望见一片轻盈的雾霭中，有两个人正站在东山坡柚子园的路坎边指指画画。他记得，那一片柚子园是梁老耿家的，旁边紧接着的则分属于多帕家和石老庚家。

"该不会是梁老耿和多帕吧？"吴圣云心里猜疑着，走了过去。

走近才发现，那两人却是梁老耿和九秧。吴圣云一拍脑袋，他居然没想到，九秧还在寨子上，没有回市里去呢。

只见梁老耿选了一个个大而饱满的柚子，用果剪把柚子剪下来，递给九秧。九秧一脸嬉笑着双手接过柚子，高高举起，抬头凝视着手中的柚子，大声地问道："阿爸，我们家的柚子都是这个样子啊？"

"你不看见了嘛，不光是我们家，全村的糯米香柚都是这么大个、饱满的。"梁老耿也高声答道，对着整个柚子山双手骄傲地比画了一道长长的弧线。

这场景让吴圣云灵感顿生，多美的一幅画面呀！

九秧和梁老耿没有发现吴圣云的到来。吴圣云掏出手机，把整个场景悄悄录了下来，录完一整段，才走上去打招呼。

"梁哥，九秧，你们早呀，在忙什么？"

"不早了，太阳都八丈高了。还能忙什么？我领九秧来看看我们家的柚子园。这长势，她还没见过呢！"梁老耿笑着，伸手接过吴圣云递来的纸烟。

"小吴书记，你这么早就来下寨了？"九秧一边就着路坎徒手剥起柚子，一边爽朗地与吴圣云搭话。

吴圣云以前没见过徒手剥柚子的场景，何况剥的人还是个斯文秀气的女孩，今天算见识了。他觉得这是个有看点的小绝招，又自然又新奇，拿来放到网上，肯定能吸引观众的眼球。于是，赶紧把尚未点着的纸烟夹到耳朵后背，一边应答着，一边又掏出手机将九秧徒手剥柚子的画面录了下来。

"小吴书记哪天不是早早下寨子，他挂心我们的果园呢，比自己家的事还要紧。"梁老耿吧嗒两口烟，喷出一股蓝白色的烟雾。

"就这么好一个人，还有人在背后碎哝他，挑他的毛病，说他的风凉话。我看呀，是那些人自己有毛病！"梁老耿为吴圣云鸣着不平，石老庚说的那些难听的话还言犹在耳。

不光石老庚，背后说小吴书记坏话的人还有一大把。每个寨子、每个屯都有那么一些爱嚼舌根的家伙，唯恐天下不乱。

"梁哥，可别在九秧面前乱说，影响不好。现在柚子不是还没找到销路嘛，自家的辛苦血汗没个着落，谁都着急难受，就是说句牢骚话，也没什么恶意，不怨人家。"吴圣云心里感谢梁老耿对自己的信任，但对于个别群众的不满和不解，他作为一名扶贫干部，应当理解包容，岂能斤斤计较。

九秧将剥好的大半边柚子递给吴圣云："小吴书记，你尝尝味道怎么样。"

"唔——化糖度高，糯香浓郁，口感好，还是咱农家有机肥种出来的柚子好吃！"吴圣云接过柚子轻轻一咬，汁液饱满，清甜爽脆，唇齿留香，这真是一等一的上品糯米香柚啊。

"那就再来几片？"九秧又将柚子递过去，嘴角露出一抹好看的笑容，滴溜的眼眸清澈通透，瞬间将吴圣云给牢牢吸住了。

吴圣云伸手接过柚子，脑海里再次涌起一个强烈的念头，要是能将九秧留在寨里加入自己的直播团队，由她来担任这个头部主播，那该多好啊！以九秧的灵性和悟性，"梦鸣苗妹"一定会火起来，成为大苗山的金牌网红、带货大咖。

然而，这样的念头就像一个美丽的肥皂泡，在吴圣云的眼前匆匆一闪便飘过了。九秧在外打工，虽然难免受到委屈，但怎么着也比待在这大苗山里整天过着日出而作日落而息的日子强得多。听说，她最近又拿到了大学文凭，这么一个要强的女孩子，肯定是铁了心要在外面奔她的锦绣前程的，哪能轻易回来做这个前途未卜的山寨大主播，人家脑子又没进水！

吴圣云不敢多想，也不忍多想。前路漫漫，看来他还得自己一个人慢慢折腾。

第五章　星空下的梦鸣之盟

一

　　吴圣云将九秧手捧大苗山糯米香柚举头问天与徒手剥柚的视频，发到快手和抖音平台后，反响出奇地好。比起之前那些主播选拔表演视频的人气与吸粉效果，强了不止一两倍，简直是一个天上一个地下。仅仅两天，观看的人数居然逼近八千，粉丝一下子增加了好几百，评论区的留言也是清一色的好评，甚至还有不少上了星级。

　　这让近来心情郁闷的吴圣云欣喜若狂，突然间有一种拨云见日的感觉。

　　"九秧，你回城里上班了没有？"吴圣云兴奋地打电话给九秧。

　　"还没呢，可能大后天回去吧。有什么事吗，小吴书记？"

　　这是小吴书记第一次给九秧打电话，九秧不知道，这个给她留下良好印象的第一书记，会找她做什么。

　　"九秧，你看了我放到快手和抖音的视频没有？前两天我把你和你阿爸在柚子园的视频放了上去，点击量超过八千了，粉丝涨了好几百呢。你行啊！"吴圣云向九秧报喜。

"是吗？看来我还蛮有观众缘的！不过视频能吸引观众肯定是你拍得好呗。对了，你拍的视频我还没看呢，那天，我就见你拍我剥了个柚子。"电话里的九秧语气平和，听不出有多大的兴奋与喜悦，似乎与她并无多大的关系。也是，这样的喜讯，对于九秧来说意义不大，她的兴趣原本就不在这里。

"对对对，就是你剥柚子那段，还有你阿爸拿柚子给你，你接过柚子，手捧香柚举头问天那段。"

"我什么时候还举头问天了？"九秧不解。

"这是随便起的标题，做个噱头嘛，给人一点联想的空间，意思是双手捧着柚子抬头往上看呢。这段视频是我在山下面悄悄拍的，你俩当时都没注意我在场，拍起来更自然，呵呵。"

"没想到你还搞得这么高深，都让我云里雾里整不明白了。"九秧的话还是那么轻描淡写，这多少给情绪高涨的吴圣云泼了点冷水。

吴圣云意识到，自己真是剃头挑子一头热了。这原本就不是九秧所关注的事情。偶然回到大苗山的她，不过是因为自己与她阿爸交好的缘故，跟自己有过一次英雄所见略同的把酒交谈，然后又碰巧做了一回意料之外的视频拍摄客串，仅此而已。她终究是只要飞出大苗山的火凤凰，而且已经在往外飞了。

九秧自有她追求的理想，强求不得。再过两天，人家就要回到打拼多年的市里去了。那里有她苦苦追寻的梦想，尽管这个梦想有时候还有些朦胧、有些混沌。

吴圣云第一次一个人在村部的宿舍里喝起了闷酒，一部分为"梦鸣苗妹"主播团队组建人选的问题，一部分则为了九秧。其实想来想去还是一回事。

不知怎么，不期而遇的九秧竟成了吴圣云心头无法绕开的一道坎。他总觉得冥冥之中，是老天把九秧派给自己，担当这无可替代的头部主播，与自己一同为梦鸣村的未来描绘一幅美好的蓝图，开拓一条大苗山脱贫致富的网红大道。可拳头打在棉花团上，就是弹不起来。

一杯米酒灌下肚，吴圣云感觉头脑一片空白。

四天之后，吴圣云在宝龙寨口的大枫树下再次偶遇了九秧。

早上，吴圣云照例出门去宝龙寨查看果园情况。天上堆起了厚厚的云层，虽然还不见太阳露脸，但很明显，冷雨天就要过去，好天气很快就会到来。不过，这样的好天气对于早已成熟仍留挂枝头的糯米香柚来说，未必就是一件好事。随着天气渐渐转暖，柚子下树的时间越来越紧迫了。

还没到寨子，小黄狗汉鹏就迎了出来。几天没来，这老朋友有些激动，前脚一蹬，便与吴圣云抱了个满怀，毛茸茸的头靠在吴圣云的怀里起劲地翻着拱着。

吴圣云捧住汉鹏的头正要亲下去，却抱了个空。未等他抱稳，小家伙一下撒腿便往回狂奔起来，还不时回头对吴圣云抛着媚眼。跑到半路又折转回来，猛摇几下尾巴，然后又跑回去，就这样来来回回欢快地捣腾。

吴圣云不明就里，调皮的汉鹏今天是怎么啦？又激动，又急躁，还这么神神秘秘，到底要唱哪一出？

果然有名堂。不一会儿，在寨口的那颗大枫树下，汉鹏的后面，青亮的石板路上，九秧与梁老耿正朝自己这边慢慢地走过来。梁老耿挑着一对烟熏的箩筐，九秧则在后面低头跟着，看起来情绪有点儿不太对劲，不像那天她在家喝酒时的兴致高，也没有那天在柚子园里的神色好。

不是说过前两天就回厂里上班了吗，怎么还在家里没走呢？

"小吴书记早！"隔着欢腾的汉鹏，梁老耿老远就跟吴圣云打起招呼来。

"梁哥早，你们这是要去哪？"吴圣云看看父女俩，问道。

"去摘几个柚子，家里放着慢慢吃，甜净些。"梁老耿看看扁担两头的箩筐，笑着，露出两排烟熏火燎的黄黑牙。柚子摘下来要放在家里储藏一段时间，才会糖化，汁水丰富，口感好。

吴圣云将目光转向梁老耿身后的九秧，语气里带着一丝明显的关切："九秧，你前几天不是说回市里上班去吗，怎么，又延长假期了？"能再见到九秧，无论如何，他的心里是高兴的。

"嗨，本来讲好昨天动身的，可哪晓得厂子里突然来电话，通知说现在厂里部分人要放长假，轮岗上班，放多久不知道！"梁老耿抢先替九秧回答。

"不是到处都喊复工复产嘛，怎么又放起假来了？"吴圣云一脸错愕。

"那坏了良心的领导，原来挖了个坑，让我家九秧跳进去。九秧先前按照领导的意思，在家里多住了几天，结果却被通知放长假。看来八成是回不去厂子上班了。"梁老耿说着说着来了气，一脚踢在一块凸起的青石板的边角上，本想着发泄一下胸中的那股怨气，却被痛得龇牙咧嘴直跳起来，一个趔趄往前，好几步才稳住脚。

"阿爸！你看你，路都走不稳了。我都没生气，你气什么嘛！放了长假，我正好可以在家多陪陪你。等我哪天耍够了，再出去另外找事情做。"九秧怪着梁老耿，其实也是心疼阿爸。她的心里很不是滋味。前一天还撩贫勾乌大老远开车回寨子来接她去上班，等人家车子一到，放长假的通知跟着就来了，这不欺负人嘛。不是九秧怕被放长假，本来她就有另谋高就的打算，只是在这节骨眼上，厂领导极不厚道地给她来了个猝不及防的下马威，让她有口难辩，关键时刻还让勾乌见到了自己的那副窘迫样。

"梁哥，九秧讲得对，她的事情急不来的，你管好自己的柚子园就得了。"吴圣云接过九秧的话头。在这种情况下，他也不知道该对九秧说些什么好，一言不慎可能就碰到人家心中的痛处。但他很理解，倔强的九秧此时并不需要什么廉价的同情与安慰，也不需要什么空洞无益的鼓励。

"就是，多余，操这空头心。"九秧嘟着嘴，喃喃自语。

吴圣云发现，九秧嘟起嘴来特别好看，萌宠少女韵味十足，有一种令人难以抗拒的独特魅力，不仅牢牢地抓住了自己的眼睛，更攫住了自己的心。

三个人话说了好一阵，吴圣云因为还有别的事，不得不与父女俩告辞。

别过梁老耿与九秧，走在路上，吴圣云脑海里一直在神游。忽然，他感到自己成功的机会终于要来了。他暗自庆幸着，看来这回是老天爷铁了心要帮他一个大忙。

吴圣云决定再找九秧谈谈。趁着放长假，先不去另找工作，请她暂时加入自己的"梦鸣苗妹"团队，先帮自己把直播搞起来，争取在柚子销售的难题上打个漂亮的翻身战。至于以后，她想再回城里另寻发展，也不耽搁。

这样想着，吴圣云烦闷的心情顿时变得开阔、轻松起来，竟吹起了欢快的口哨。《苗岭春早》这首曲子还是前不久从网上学会的，曲子创作的年代已久远，可早春的苗岭快乐常新。

二

听说，过些时候市里会有一个网络销售扶贫大赛，获胜的参赛者将有资格得到政府的直接扶持。这样的话，说不定就可以解决大苗山糯米香柚的滞销问题！吴圣云非常心动，这是一次不容错过的绝好机会。

中午，吴圣云照例去梁老耿家蹭油茶。

喝油茶只是个借口，他想与九秧摊开来说，无论如何，他要力邀九秧加入"梦鸣苗妹"团队。

九秧正围着火塘忙得一头汗水。打油茶看起来简单，真正做起来，工序流程其实很复杂，单是准备各种小配料就够费神了。

梁老耿从三角撑架着的老铁锅里舀起两碗油茶水，自己先猛喝一口，一碗递给吴圣云加料子。梁老耿有个习惯，就是先要喝上一碗"纯净"的茶水，然后再正式开喝加了各种料子的油茶。喝油茶，茶水的熬制很讲究。油茶好不好喝，基本上取决于茶水做得好不好。

茶水刚进嘴，梁老耿便吐了出来，正好落在灶塘边的一堆火灰上。噌的一声嘶响，茶水立即被暗红的火灰化成一股蒸汽了，裹着火灰一道，腾起一团滚烫的灰色蘑菇云，差点蹿到梁老耿的脸上。

"九秧，你做的这是什么茶水？口都进不得！"梁老耿揩着嘴角，大声吼起来。

"怎么了？不就是像以往一样的做法嘛！"九秧一边忙着炸油果和阴米（喝油菜主配料），一边端起那碗梁老耿喝过的茶水，一舔，浑身一颤，是咸苦了。

九秧才想起，刚刚自己准备给铁锅里的茶水放盐调味时，见小桌上的盐罐是空的，便从餐柜里找出半包盐来。本想一起倒进盐罐，再从盐罐里小勺小勺地往茶水锅里调，可能是受了放长假的刺激，竟一时走了神，不知不觉将小半包细盐全倒进了铁锅。

"小半包盐都在这锅茶水里了，不咸才怪呢！"九秧咕哝着，一边将锅中的茶水倒出来，另外炒茶，再续上清水，重新熬制。

"做事牢靠点，别想东想西的！"梁老耿看着九秧，嘶声叮嘱。

梁老耿很心疼九秧。眼下九秧遇到了这道难过的坎，可自己却束手无策，只怪自己没有能耐。这些年，要不是九秧帮衬着家里，儿子依能的大学哪能上得这么顺畅。可是现在，谁来帮帮陷入困境的九秧呢？梁老耿越想心里越感到不是滋味。

不一会儿，新的茶水煮好了，入口清香，咸淡正好。

"唔，好喝！又得喝我们巧手九秧做的油茶了，谢谢啊！"吴圣云啧啧赞道。

"刚才茶水没做好，出丑啦，让小吴书记见笑了！"九秧为自己刚才的失神过意不去。

"风吹松针层层落，春来新芽枝枝发。没什么好伤的，人生的路还长着呢，谁知道前面是平坦还是坎坷，拼到最后才能见真章。"吴圣云也不知怎么了，突然就冒出这么一句来。

三人维持着一阵尴尬的静默。

"梁哥，九秧，想跟你们商量个事。"三碗油茶下肚，吴圣云看着梁老耿和九秧，终于憋不住了。

"什么事？小吴书记，你说！"梁老耿扯着长调。

九秧双手捧着油茶，眼睛亮汪汪地看着吴圣云。她已在心里猜了个七八分，估摸着吴圣云要讲的事八成与她有关。

"是这样啊，早上也听讲了，九秧这段时间在放长假。我突然有了个想法……"

"你该不会是想让我家九秧回来和你一起搞那个什么网络直播吧？"梁老耿似乎也猜到了吴圣云的意思。

"没错。我想请九秧暂时加入我们的'梦呜苗妹'直播团队，由九秧来领队，做头部主播。"

"这个事吧，我倒是没什么意见，反正九秧现在放着长假，闲着也是闲着，只要九秧自己愿意就行。"梁老耿觉得自己亏欠九秧太多，从今往后的事都由她去安排，不作干预。

其实，梁老耿的内心还是希望九秧留下的。一来他相信第一书记做的事不会错，二来也想趁机与女儿多处些日子，更想让九秧好好平复一下烦闷的心情。另外，他还有一个秘密的想法，就是有九秧在家，说不定可以创造些与多帕接触的机会，或许这事还真能成呢。梁老耿清楚，小吴书记对多帕印象也不错，那天选拔表演，还特意表扬了多帕。除了九秧，不要说宝龙寨，只怕整个梦鸣村都难找出一个比得过多帕的女子来了。

"要是九秧、多帕两个都做了主播，那我岂不是可以天天找借口上直播楼去，送水送饭送温暖……"梁老耿想得美滋滋的。

不料，吴圣云的请求在九秧面前却吃了一个大大的闭门羹。

"请我回宝龙寨来做主播？有没有搞错啊，小吴书记你开玩笑吧？"九秧盯着吴圣云，直看得吴圣云心里发慌，仿佛要把他的五脏六腑都看穿似的。

"我哪敢开玩笑呢，我说的是真心话！九秧，你看啊，眼下既然放了长假，原来的厂子短时间肯定是回不去了……"吴圣云开始游说九秧。

"厂里回不去，我也不能赖在大山里干等啊。这几年我起劲考文凭，为的就是今后在城里有更好的发展。你现在叫我回宝龙寨，这算哪门子事？"九秧瞅着吴圣云一声冷笑。

"哎呀九秧，你先别把话说满嘛！你等厂子放假完了再回去上班也好，或者另外找一份新的工作也好，我肯定是支持的，也没有说一定要让你一直待在宝龙寨做这个主播嘛。"

"那你是几个意思？"

"一个意思。"

"哪个意思？"

"就是想趁你放假这段时间，短则两个月，长嘛随你……请你出马帮我把这个直播先搞起来。"吴圣云态度很诚恳，眼里几乎要放出光来。

"书记大人，我真的得出去找事情做呢。厂子里放了我的假，我还得继续过活。阿爸现在不要我管，可我弟弟读书总要用钱的。"九秧说的是句大实话，没有了工作，也不能蹲在家里坐吃山空呀。

"九秧你别误会！我们这个直播团队呢，也不是做义务劳动的杨白劳，正儿八经是有工资报酬的。"

"是吗？报酬怎么来？将来我不说，眼前呢，怎么搞？"

"首先，我们现在已经筹得一笔运作资金，可以给主播人员发放一些固定工资。刚开始不多，每人每月可能也就一千元左右，领队的话或许有一千八吧！"

吴圣云很理解九秧所说的生活现实问题。他早就计划好了，原先筹备的资金，除了购买必要的设备，基本上要投放在主播身上。培训与工资费用，至少得先定个半年以上的计划，确保不断供。

"千把块钱能抵得了什么？"九秧在鼻子里哼哼。

"这只是固定部分嘛。喏，将来给村民带货直播代言这块，肯定会收取适当的佣金提成。还有观众粉丝现场打赏主播的，多少也可算一块收入。再就是我们将来也要开设特色网店，网店的收入也可以分成一部分……"吴圣云掰着手指头，认真地与九秧一一道来。

"你对运营这个带货直播真的这么有把握？"虽说九秧对电商的前景也很看好，但项目具体落到相对闭塞、连条水泥路都还没完全修通的梦鸣村，她心里多少还是没有什么底。

"把握不敢说，但我确实很有信心。"吴圣云下意识地拍了拍自己单薄而瘦弱的胸脯。

"九秧啊，你可别轻看了小吴书记。你看，村子里每个寨子现在都在修通屯的水泥公路，这可都是小吴书记想办法在政府立项拉资金搞起来的。还有这果园，这地头冷柜，这香猪、香牛、香鸭这苗鸡养殖场，还有灵芝竹荪种植，紫黑香糯稻推广栽培……哪一样不是小吴书记的功劳？"

梁老耿终于忍不住替吴圣云说起话来。他担心九秧回到城里去，什么时候才能找得到工作还是个未知数，万一老是找不到合适的工作怎么办？现在疫情影响那么大，哪个行业都很难做，开不了业复不了产的单位大把多呢。

"信心？光有信心顶个屁用啊！没十足的把握，我不敢冒这个险。我可不比你小吴书记，成也好败也好，都影响不了你的工资收入和远大前程。你吃的是皇粮，旱涝保收，是赔是赚不关你事。到时候扶贫挂职期限一满，屁股一拍就走人了，后面谁来收这个场！"

"九秧，你越说越不像话了。你知道搞这个直播小吴书记付出了多少吗？"

"小吴书记付出了多少？"九秧反问梁老耿，她觉得阿爸有点偏袒吴圣云。

"他向村里提出来筹资二十六万元，可到头来一分钱也没筹到，没人肯再相信他能把这个事情做成。还是他把自己的积蓄全拿出来，又以个人名义向村委会借了一部分钱才开始弄起来的。村委会的借款可是白纸黑字写了借条摁了红手印的，他能屁股一拍走人吗？平时，他的工资全部拿出来帮助村里的贫困户，你还在这里说人家的风凉话！"梁老耿打着响亮的饱嗝，重重地横了一眼口无遮拦的九秧，转过身来对吴圣云表示抱歉："小吴书记，莫见怪，九秧因为被厂里放了长假，心里不痛快，说话有点没大没小的，你多担待着点。"

"没事的梁哥，你跟九秧说这些做什么！九秧不是你说的这样，她心里通透着呢！"

"我知道，这孩子就是心里不痛快。"梁老耿从一旁的柴火堆里捡起一根小木枝，折断了往嘴里挑，牙齿被什么东西塞得难受。

"哎呀阿爸，你说什么呢，我哪里不痛快了？！"九秧的口气里明显带着对梁老耿的一丝不满，看来她是真不痛快。

"坦白跟你说吧九秧，我一直在通过各种渠道筹集资金，主播的待遇将来肯定还要往上涨的。不说三五个月，一年后月收入没个五千八千甚至上万的，我认为就是失败！"

吴圣云当然有他的设想。搞这个直播，本来就是为了解决糯米香糯的销售问题，发展梦鸣村的经济，加快脱贫致富的步子，自然不能让作为"功臣"的主播们光为他人做嫁衣，自己却过着吃不饱、穿不暖的穷酸日子，而应该成为先富起来的一批人。李子柒也好，李佳琦也好，薇娅也好，别看他们现在一个个红上了天，一年上亿的交易额进账，可哪个不是从默默无闻的小主播开始做起来的？

"小吴书记，我现在真没这个兴致，你还是另请高明吧。我胜任不了，会让你失望的。"九秧依旧油盐不进水泼不入。

"九秧，你好好考虑考虑吧，就当是帮我的大忙了。你看，目前除了你，还能找谁来撑起这个直播团队？那天的选拔比赛你也看到了，真没个合适的人选！"

"当初你们的选拔赛本来就没我的事嘛。"

"所以老天爷及时把你送回来了，现在你又放了长假，这不明摆着让你回来帮我一把的嘛？喏，我保证，只要你帮我把这个直播搞起来，将来你要是再回市里去谋发展，我不仅不会拦着，还会调动所有亲朋好友的关系，帮你！"

"别这么说小吴书记，我可受不起！"九秧本来对吴圣云印象不错，经他这么一说，突然觉得眼前这个年轻的第一书记，实在有些油滑和难缠。

"那你要怎样才肯留下来嘛？要不这样，工资待遇由你来定？"吴圣云铁了心想要留住九秧，哪怕她开出再高的条件，只要在他能够承受的范围之内，他也认了。一将难求，九秧在他的心里，有"除却巫山不是云"的重要性。

九秧也不知究竟要怎样才肯留下来。她开不出什么条件，因为她压根就没有要留下来的兴致。她的心全在几百里外的那个城市，那里才是她追逐梦想的地方，她已经把整整七八年的青春时光都抛洒在那里了，岂能轻易割舍。

这时，手机响起来。九秧一看，是勾乌打来的。

"勾乌啊，你在寨门口等我一下，我马上过去！"不愿再跟吴圣云蛮缠下去的九秧，总算找到了一根逃离的救命稻草。

九秧挂了电话，甩了甩一头飘逸的长发便往门外走，一边跟吴圣云招手再见："不好意思小吴书记，勾乌找我有点急事，失陪了。你和我阿爸慢慢喝，继续聊。"

话还没说完，她两只脚已经跨出门槛，飘然而去了。

"九秧，你给我回来先——"梁老耿对着九秧离去的背影拉开喉咙大喊，可九秧都懒得应一声，人很快转过小巷口不见了。

鬼打的勾乌，偏偏在这个时候打电话来搅和！难为小吴书记，一个中午的游说算是白费了。

"来来来，莫管她先，我们两个再整杯米酒喝，顺顺肠。"梁老耿手里攥着两个空酒碗，起身往屋角的酒坛走过去。

三

寨门口的那颗大枫树下，与勾乌并排而坐的九秧，从地坎边扯起一株嫩嫩的折耳根来，在手指上缠缠绞绞。桃形的叶子被缠绞出青绿的浆水，散发着浓郁的味道，有些清凉，有些腥臊，有些刺鼻。

"勾乌，你对小吴书记搞的这个带货直播怎么看？"九秧将绞断的折耳根放在手掌上转着圈揉搓几下，折耳根很快碎成了渣渣，九秧将它高高一抛，便抛向旁边的小溪。

"你说什么？"勾乌侧过头。

"我问你怎么看小吴书记搞的这个带货直播！"九秧眼望着前方，提高声调。

"这个嘛，怎么说呢……"勾乌搞不清九秧到底想要他说什么，便故意打着哈哈。

"你这不是屁话嘛！你怎么看就怎么说，装什么憨痴！"

"那你是怎么看的呢？"想不到，勾乌反过来倒打一耙，先套起九秧的看法来。他也没有别的心思，就想顺着九秧的心意说，博取她的欢心而已。勾乌能够猜得到，九秧猛不丁提这个问题来，一定有她的深意。

难道九秧想留在寨子里做带货直播？

"我不看好他的这个带货直播，原因我也说不清楚，反止就是直觉。"

"我也不看好，不过我声明，不是附和你啊，我真是这么看的。"勾乌顺着九秧的话。这马屁拍得，勾乌都佩服自己了。

九秧的看法与勾乌不谋而合。勾乌感到很庆幸，不用隐藏，不用遮掩，不用伪装，就遂了九秧的心愿，多么好。

"那你说说不看好的理由。"九秧没放过勾乌，她还是认为勾乌在故意耍滑头。

"理由嘛多了去了，首先条件不成熟。"

"这有什么条件不条件的。现在但凡有一部手机，六岁的小孩都能把直播玩得溜熟溜熟的。"

"现在说的是带货直播，是要拿产品去换真金白银的，不是小孩子玩家家，也不是大姑娘挤眉弄眼打发无聊时光。"

"那你说吧。狗嘴里还真能吐出象牙来了。"

"一是大环境不行。农村电商虽然是个新生事物，但社会的关注度仍然很不够，有误解，产品很难批量卖出去，而且后续服务能否跟得上也是个问题。二是产品配套计划欠缺。目前，能成规模的也就那一千多亩的糯米香柚，产品太单一了，卖完这个又卖什么呢？难不成货源又要断线吗？三是直播团队到现在还没个影子。人气聚集、粉丝积累需要时间的运作，谁来做这个吸粉王？还有两个来月，柚子再卖不出去，就得全拿去沤肥了。这第一个产品要是卖不好，全村人还会信吗？说得难听点，只怕他小吴书记到时候都下不来台啊。"勾乌分析起来，居然比九秧还头头是道。

"照这么说，小吴书记这个直播项目就这么被你一票否决了？"

勾乌说得如此悲观，这让本来深有同感的九秧反倒有了一丝反感。也难怪，两个人关注的落脚点不同。

"不是被我否决，本来就这么回事嘛！"勾乌有些自鸣得意，竟没嗅出九秧话里的另一层意思。

"就你牛！"九秧别着脸，从鼻子哼出三个字来。不知道为什么，明明是自己对小吴书记的直播项目不太看好，却并不希望从别人那里听到一点说他的不是。

"我哪敢在你九秧面前装牛嘛，只不过说了句实话而已。"勾乌捡起地上的一颗小石子，狠劲一扔，小石子飞出老远，在半空中划出一道优美的弧线，嗖的一声没入陡坡下的草丛里。

勾乌终于意识到自己刚才的说法，并不是九秧心里真正想听的。

"我说九秧，莫不是小吴书记想留你下来当主播吧？"勾乌心里一紧，把猜测的话说了出来。

"你说得没错，小吴书记还真有这个意思。"九秧也不隐瞒，她出来找勾乌，就是想听听他的看法，好让摇摆不定的自己最后拿个确切的主意。

"真的？"勾乌睁大着双眼，不敢相信。

"还煮的呢！"九秧鼓起两个腮帮子。

"小吴书记什么时候和你说的？他怎么知道你要放长假的事，你居然跟一个不相干的人全说了？"

这么多年的交情，却抵不住一个才见过几天的小吴书记。勾乌心里很不平衡，语气也变得重起来。

"怎么，你就相干啦？"九秧不屑于勾乌自以为是地帮自己选边站队。

"不好意思，算我说错话，但我还是认为你没必要说。"

"哎呀，我也不是主动说的啦！早上我和我阿爸去柚子园摘柚子，刚巧在路上遇见了小吴书记。是我阿爸的嘴没把门，把我放长假的事说给他听了。中午小吴书记到我家喝油茶，就提出想让我趁现在回来当这个直播主播。"

"然后你就动心了？"这回轮到勾乌不依不饶。

"我又没答应，正为放长假的事烦着呢。小吴书记硬是死缠烂打，拿种种理由来游说我。正好你打电话过来，我就推说你找我有事商量，自个儿出门来了。让小吴书记和我阿爸在家慢慢聊。"

"原来是这样子，怪不得你刚才要那样问呢！"勾乌算是基本摸清了事情的来龙去脉。

"不是，你个臭勾乌，我又没答应，你置的什么气？"

"我这不关心你嘛，怕你误入歧途啊！"勾乌故意拖长了尾音，想来点小幽默，调节一下刚才紧张的气氛。

"平心而论，我对小吴书记还是很佩服的，他有思想，有闯劲。"

"可也有很多人认为他不靠谱。作为村里的第一书记，他成天拿着一部手机到处耍，没个正形……"

"你这话我不赞成！小吴书记来这两年，为梦鸣村做了多少实事，这是有目共睹的。听我阿爸说，他把自己的工资全都拿出来帮助村里的贫困户了。为了这次的直播项目，又把自己的家当全搭了进去。这样的第一书记，去哪里找嘛！"

"那又怎么样？他现在打起你的主意来了。他有没有替你想想，你离开宝龙寨这么多年，在外苦苦打拼，难道就是为了今天回来当这个山寨小主播吗？"勾乌越说越激动。

"你胡扯什么！小吴书记能有什么动机？"

"你是当局者迷吧？反正我把话撂在这里，信不信由你，我还就觉得他动机有问题了！"

"我不迷，我清楚得很！眼下小吴书记的直播团队还没有组建起来，是因为缺主播这些人。而我也认为，在他目前所接触到的这些人里面，我可能是比较理想的人选……"

"这么说，你是想留下来跟小吴书记一起搞这个带货直播啰？"勾乌有些怅怅然。

"谁说我想留下来了？我要是想留下来的话，还来找你商量个啥呀！"

"那你怎么处处维护小吴书记？你们才认识几天，你对他了解多少？"

"不是我处处维护他。我是没认识他几天，但他为我们村做的事情，那些琐碎的细小的，像修路、建果园、建冷库，搞"三香"养殖和林下种植，这些事实都摆在那里嘛。其实，只要是个有心人，哪个都能看得到，难道你勾乌就一点也听不到、看不见吗？"

"我又不聋又不瞎，你说的这些，我当然晓得。"

"晓得你还瞎说什么！"

"我这不是怕你意志不够坚定，经不住忽悠，一拍脑袋就答应回来做这个山寨主播嘛！"

"你有什么好怕的！即使回来，也是我九秧回，你操的哪门子心！"九秧冷笑起来。

"我不仅怕，还非常怕好咩……"勾乌半张着嘴，被九秧饱饱地呛了一家伙，有一肚子说不出的委屈。

"再说，在你勾乌眼里，我真这么幼稚，是个随便忽悠就会瞎拍脑袋的笨瓜吗？那你也太看得起我九秧了！"九秧嘴里还是不饶人。

"我说不过你，不说了，反正都会惹你不高兴。"勾乌知道自己话又说拐了，在伶牙俐齿的九秧面前，不知如何圆场。再顺着这个话题扯下去，只会越扯越被动，越扯越不愉快。

勾乌忽然想起，这次回来时自己带了一些专治痛风的药，还放在车上忘记拿下来。这药是专门买给九秧阿爸的。上次回来的路上，听九秧说起过，她阿爸有严重的痛风。勾乌记在了心里，回到市里后，特意找中医开方，跑到药店买了一大包。

"对了，我回来之前买了些治痛风的药，给你阿爸试试。还丢在车子上，我过去拿一下。"勾乌站起身来，往停车的方向挪了挪脚步。

"你给我阿爸买的痛风药？我又没跟你讲过要买药啊！"九秧万万没想到勾乌会来这一招，心里的柔软处被触碰到了。

"我是找一个老中医帮开的药方，要是效果好的话，以后按这个方子继续买。你阿爸这个病平常不碍事，犯起病来是真的很折磨人。"听了勾乌的话，九秧心里涌起一丝感动。

"那就谢谢你了。多少钱？回头我微信转给你。"既然人家有这份好心，买都买回来了，却之不恭啊。

"讲这干嘛，又不值几个钱！只要这药对症，能减轻点病痛，就万事大吉了。"

"桥归桥路归路，一码还一码。这个药钱我一定得给你的，你也不必跟我客气！"九秧坚持着，她有她的原则。虽然心里感谢，但还是不想让勾乌来帮她操这份心。

"我还是建议你，什么时候方便，带你阿爸去大医院检查检查，找个信得过的医生好好治治。"

"我也有这打算。"

"治病得趁早。你阿爸这个病是慢性病，治疗起来有点麻烦，越拖到后面越难治。趁你放长假，干脆接他去市里治治，照顾起来也方便。"

"唔，我考虑考虑。"

"这样吧，我这两天也没什么事，可以在家多住几天。赶紧和你阿爸商量商量，确定好了我们一起回市里。"

两个人一前一后边说边往车停的方向走去。

"噢，对了九秧，小吴书记让你回来当主播的事，你到底怎么想嘛？"勾乌这回有点惴惴，音调也放得特别低，但他到底还是忍不住再问一句。

"我能有什么想的！小吴书记不过随口说说而已，我本来也不感兴趣。"

"那就好。九秧我跟你说，这人在山里待久了，精神也会麻木疲沓的，趁早回市里吧。"勾乌不失时机地见缝插针。

"可是我现在回去做什么呢？到处都不景气，也不是找工作的好时候。"九秧叹了口气。这是她第一次在勾乌面前表露出自己对前途的无奈。

"要不这样吧，你先去我那里上班。我店里正缺一个内部主管，一直没找到合适的人选。你要是肯屈就，那就帮我解决一个大问题了。"

"你哄我开心吧？还内部主管，屁大的门面充这么大排场！想要我去帮你当'花瓶'就直说。"

"我知道我那就是一座小泥庙，肯定屈尊了你这位大菩萨。但你也别小看，我店面的效益还是可以的。这些年，我从一无所有，到现在买了车买了房，全靠这个店子。而且，现在店面也比以前扩大了不少，你也看到了，没有蒙你吧？"

"我知道你没蒙我，你也蒙不了我！"九秧并没有小看勾乌的能耐，头脑活络的他，做生意绝对是一把好手。

"只要你肯来，待遇由你来定，我保证不说二话！你要是愿意，我们可以长期一起合作，店面算你一股都成。当然，以后你若是拣得高枝了，随便你飞，我也绝不拦着。你就当我这里是个临时落脚点，来去自由，总可以吧？"勾乌步步为营，想着先把九秧诓过来再说。

"勾乌，你这是'醉翁之意不在酒'，不会给我挖个坑吧？"九秧反问道。

勾乌被九秧这话一塞，一时哑了口，不知如何回答。他这点蹩脚的小伎俩，哪里蒙得过鬼机灵的九秧。

"九秧，你想多了，我能有什么'醉翁之意'嘛，还挖坑呢！你不给我挖坑，我就烧高香了。"勾乌的脸上红一阵热一阵。

"当然，有我也不怕。坑我也敢跳，万丈深渊又怎样！"九秧给勾乌抛了一个媚眼，顿时让勾乌想入非非起来。有也不怕？这么说，可不可以理解为九秧早已在心里留了一个位置给自己，只不过平日里不轻易亮出来呢？

"要是真有坑，我呀就躺在下面，给你垫底，你只管跳就是，死也是我先死！"勾乌也学起九秧的幽默和俏皮来。

"看看，狐狸尾巴露出来了吧？你是想让我与你死同穴啊！好你个臭勾乌，安的什么心！"九秧卷起袖子，给走在自己前面的勾乌后脑勺一记香拳。勾乌猝不及防，一个踉跄，差点滑到沟坎里去，逗得九秧哈哈大笑。

"所以我讲嘛，这个坑，要挖也只有你挖给我。不过呢，你挖的坑再深，我也愿意跳，保证连眼睛都不眨一下！"

九秧刚刚说的"死同穴"究竟是什么意思？这话的前半句可是"生同衾"啊，她这是要暗示什么吗？勾乌顿时心猿意马起来，想着是不是干脆趁机向九秧表白自己对她的爱慕，试试九秧到底什么反应。但终究他还是不敢，万一九秧一翻脸，后面就不好玩了。

"你确定自己脑壳里面没放烙铁，不发烧吧？"九秧将手背往勾乌的额头上一贴。

那一刻，勾乌真想一把捉住九秧贴在自己额上的纤纤玉手，放到自己那突突狂跳的胸口上来啊。

"哪里啊，从头到脚，浑身发冷倒是真的。特别是这脊背骨，更是凉飕飕的。不信，你自己摸！"勾乌故意拿背往九秧身上靠。

"你还想再吃一拳啊？"九秧伸出拳头用力抵着勾乌的后背腰，像电视上谍战片里的地下工作者拿枪从背后顶着敌人。

九秧猛然意识到，再这么玩下去，只怕两人就要玩出格来了，便赶紧刹了车。

说起来，寨上不少的达亨达配，就是平常在一起玩闹时，任由体内的青春荷尔蒙无限膨胀，结果不注意就玩出了很多并不如意的姻缘乃至孽缘。干柴烈火只烧上一把，过后便是渐渐冷却的灰烬。

九秧知道自己对勾乌有好感，否则也不会几次让他几百里来回接送自己回家。但她不能确定的是，这种好感是否就是所谓的爱情。平常，九秧总觉得自己与勾乌是无话不说的好哥们，并没有那种男女之间相互吸引爱慕，可是如今，她竟有些懵了。

"哎，到时我要真找不到工作的话，肯定去你那里混，你可别不收留我！"九秧拍了拍勾乌的肩膀，装出一副无所谓的样子，还挤了个调皮的鬼脸。

"只要你不嫌弃，我的小店随时虚位以待。"勾乌的眼里闪着希望的光。

四

"引共给我！"

"荣多给我！"

"乌能给我！"

还没走到停车的地方，勾乌与九秧便听见一帮小孩的追赶打闹声从前方传过来，像是来回跑着在争抢什么东西。

突然，啪的一声闷响，随之而来便是一阵清脆的玻璃碎裂声。

紧接着是阵阵惊慌的尖叫声，有人惊恐地说："你砸到车子了！"

"不好，怕是挡风玻璃或车窗玻璃被这帮鬼娃崽给砸烂了！"勾乌丢下九秧，三步并作两步往车的地方快跑过去。

地坪上，几个小孩排成一队，正对着勾乌的车子傻傻出神，地上还滚着几个黄澄澄的大柚子，其中两个表面却沾满了泥巴。车子右前窗上也是污泥累累，玻璃已碎裂，还好没砸到前面的挡风玻璃，否则麻烦就大了。

"快跑！有人来了！"

有人看见走过来的勾乌，立刻发出"警报"，于是众小孩撒开腿四散而逃。

"哪里跑！都给我回来！"勾乌大喝一声，立马飞奔着追赶过去，三步两步便揪住了跑得最慢的那个小孩的衣领，像拎小鸡一般将他往汽车的方向边拽。小孩被衣领勒住了脖子，痛苦地半张着嘴，拼命地挣扎着、大喊着："放开我！放开我！"

勾乌拽着小孩走到汽车旁，顺手一掼，小孩便跌坐在地坪上，瘫成一团烂泥，皴裂的脸涨得通红。

"跑哇，信不信我打断你们的腿！"勾乌气得咬牙切齿。

其他的小孩被勾乌的吼声唬住，全都像被施了魔咒一般立在原地。见同伴被擒的那副狼狈样，谁也不敢再逃跑半步，一个个瞅着暴跳如雷的勾乌，生怕他像老鹰抓小鸡似的也对自己下狠手。

勾乌走到车子边，从头到尾绕着车子查看了一遍。除了右前窗玻璃被砸烂，其他几处被砸了有泥巴痕迹，倒没什么大碍，只是脏了点。但左边车身有两道明显的划痕，看得出来，是有人故意拿尖石头或别的硬物刮出来的。

"都给我过来！"勾乌气急败坏地挥舞着手，喝令道。

刚买不久的新车，才开回来两次，新鲜劲儿都还没过，就被这帮野孩子弄成这样，勾乌气不打一处来。

几个小孩怯怯地探到勾乌面前，大气都不敢出一口。

"说吧，刚才是谁砸了我的车子，这两条横杠杠又是谁刮的？"勾乌吼道。

"不是我……"有人轻轻嗫嚅着。

"也不是我。"

……

"都不是对吧？这车窗玻璃是自己砸烂的，这横杠杠也是自己跑出来的，嗯？"勾乌整张脸都快气成了猪肝色。这帮兔崽子，居然有胆砸车刮车，没胆承认。

"好，你们一个个都不承认，那我就让你们家家都赔我！"勾乌歇斯底里地威胁道。

"是荣多，刚刚是他砸中的！"被勾乌一恐吓，众小孩一齐指向了仍然跌坐在地上的那个小男孩。

叫荣多的小男孩浑身打着哆嗦，早没了刚才在地坪上横冲直撞的威猛劲儿和逃跑时的机灵。他脑袋耷拉，嘴巴紧闭，面对小伙伴们的集体"出卖"，不敢申辩半句。

"起来！去你家里找你罢（爸爸）看怎么赔吧！"勾乌将荣多从地上拎起来，让他走在前面，推着他往他家走去。

"还有你们，统统跟着，都别想开溜！"勾乌转身又指着其他小孩的鼻子，喝令道。

"怎么回事，勾乌？"从后面跟上来的九秧，看到这场景，一时也愣住了。

"怎么回事？你看看我的车，生生被这帮乌鸦鬼砸成这个样子，还一个个不承认，想逃跑了事，可不可恶！"即便在九秧面前，勾乌也失去了君子风度。太气人了，才买不到三个月的爱车，竟被一帮不知天高地厚的小屁孩糟蹋了，岂能不心痛！

九秧看着被砸烂的车窗玻璃和划痕，也很是生气，转向众小孩，问："是你们砸的吗？"

"不是……"清一色的否定，但每个人的答话都没有底气。

只有被勾乌拎着的荣多没有吱声。

"那是谁？"九秧再问，语气变得温和起来。

小伙伴齐唰唰将手指着荣多。

九秧上下打量着荣多，这孩子的个头比他的同伴要高大一些，虽然现在被拎在勾乌的手中，显得十分狼狈，但他有一种尖锐而犀利的眼神，平日里一定是这帮小鬼公认的"王"。刚才，孩子们在地坪上一起打闹，他也绝对是那个威风凛凛的"带头大哥"。

"荣多，告诉爱爱，你为什么要砸勾乌呆呆的车子？你不知道砸坏人家的东西要赔的吗？"九秧拍着荣多的小脑袋，轻声问。

"我又不是故意的。"荣多嗡声答着，泪水从眼眶里涌了出来。

"不是故意又怎么会砸中车子呢？"九秧回头看看地坪上散落的几个

糯米香柚，心里似乎明白了什么。

"我们几个只是在地坪踢球。"

"球呢？"九秧问。

"我们拿柚子当球来踢。"荣多脸上浮起一丝兴奋的笑容，但一下又暗淡下去。

"这么好的柚子，你们拿来当球踢，这不是糟蹋东西吗？！你们以为这些柚子种起来容易啊，不知道你罢和咪流了多少汗呢，怎么这么不懂珍惜呢！"九秧忍不住教训起他来。

"那么多，满山坡都是柚子呢！我罢说了，种的这个倒霉的柚子，卖又卖不脱，送又送不出，喂猪喂鸡都不吃呢，人也吃不了多少！都是那个什么第一书记害的！"荣多说着说着，居然也蹬鼻子上脸了。

"我天天吃柚子，尽放柚子屁，我也恨死他了！没事我们就拿柚子当足球踢。"

……

越来越多的孩子附和着荣多。

"那也不能把人家的车子砸了呀！"九秧揪着不放。

"人多嘛，哪个看得到这么多。"荣多渐渐感觉到眼前这个爱爱简直就是来帮他撑腰的，心里越发不那么害怕了。

"勾乌，放了他们吧，一帮小孩子懂得什么！再说，他们也不是故意的，你也听见了。"九秧给孩子们说情起来。

"放了他们？说得轻巧，谁晓得这帮小鬼是不是故意的！你没看见他们刚才那个嘚瑟劲，不让他们家大人拿点钱放点血，他们永远不知道长记性！"勾乌不为九秧的求情所动，坚持要找荣多家的大人解决问题。说白了，赔偿倒是次要的，关键是让他们的大人知道自家孩子在外面做了什么坏事，惹了什么祸，该怎样好好管教管教。

九秧拗不过勾乌，毕竟车是勾乌的，损失已经摆在那里，总不能强行替人做主。再说，这帮熊孩子也该受点教训，懂点规矩，以后知道什么做得、什么做不得。可九秧又怕勾乌跟孩子的家长起什么冲突，不好收场，只好跟着勾乌一起来到荣多家门口。

　　潘老拐正在堂屋里织着簸箕，见儿子荣多被勾乌扯着回到家门口，一群孩子跟在后面，不知出了什么事，便放下手中的活计，扯着沙哑的嗓子问："勾乌，你搞哪样嘛？"

　　"搞哪样！你家荣多干的好事！他拿柚子把我的新车玻璃砸烂了，还用石头子在我车上刮杠杠，你说怎么处理吧！"勾乌怒气冲冲地回道。

　　往时勾乌回来，见了潘老拐总不忘打招呼，并掏出烟来递上一支，以示亲热，今天却变成满口的火药味，就因为他儿子容多拿该死的柚子砸了自己刚买不久的爱车。

　　"是咩？"潘老拐一把揪着荣多的耳朵，厉声喝问道。

　　"又不是我一个人干的！我们一起在地坪踢柚子当球耍，哪个叫他把车子停在那里！"在自家门口，有自家大人在场，荣多虽然小耳朵被揪得十分疼痛，但胆子渐渐恢复了。他变得理直气壮起来，仿佛倒成了勾乌的错——地坪本来就是供大家玩耍的，勾乌要是不把车子停在那里，怎么会被砸破车窗玻璃呢？小孩自有小孩的逻辑。

　　"资深贫困户"潘老拐当然明白儿子在强词夺理，但如果全认了错，免不了要掏钱赔人家。自己家本已穷得"墙上挂蓑衣""扯块棕叶当被盖"，所有的家当早几辈子都折腾光了，再找不出一件像样的家什来，家里头连张板凳都是缺脚的，更别说有什么给小孩把玩的物件了。除了偶尔拿柚子给荣多当球踢着玩玩，也实在没啥法子了。

　　潘老拐原本指望坡上那一片长势喜人的糯米香柚能给自己换回一笔大钱，改变改变家里的穷面貌。三年来，他认认真真按照第一书记吴圣云的要求，尽心尽力地护理自家的柚子园，硬是把园子打造成全寨甚至全村的示范点。谁料想，到头来一番心血全白费了，脱贫摘帽的计划也放了鸣空炮。

现在，不靠谱的第一书记还不肯消停，又搞什么网红电商带货直播，整了一出又一出，小孩子玩家家啊？以前念着他老是从口袋里拿钱资助自己，帮解决这样的困难那样的问题，对他真的感谢佩服。现在，看着依靠柚子脱贫的希望即将成为泡影，心里凉透了，对第一书记也就只剩下满腹的怨气和牢骚了。

"勾乌，我家荣多砸坏了你的车子，保不准别的孩子也有份啊！"

"就是荣多砸的！"几个小孩嚷嚷着，把自己的责任撇得干干净净。

"就算是荣多一个人砸的，但我家现在穷得响丁当，一分钱也没有，实在要赔，你去找第一书记或周老元主任吧！周老元和我是结了帮扶对子的，第一书记也讲过，有困难可以找他。他们讲赔你就赔你，我不反对。要不然，你就去我们家柚子园里摘几个柚子当作赔偿吧，爱摘多少摘多少！"

都是柚子惹的祸，都是帮扶的村干部惹的祸，都是搞柚子项目的第一书记惹的祸。人穷志短的潘老拐抢在勾乌发难之前，彻底耍起了麻赖。

"老拐，你要这么讲话，我就不和你扯那么多了。车子是你家荣多砸的，今天必须给我拿钱修车！"勾乌的态度也强硬起来。

对于耍麻赖的人，得拿出耍麻赖的手段来对付才有效。

"要钱没有，要命一条！你买个车有什么了不起，整天回寨子来嘚瑟。别挡着我，要挡着我我也砸了！"打赤脚的不怕穿草鞋的，潘老拐说着说着也说起了横话。

勾乌原本是想通过找大人把砸车的事说道说道，让他们以后多管束点自家的小孩。至于赔偿，大人有个意思就得了，实在困难，赔个礼道个歉也能过得去。一个寨子的，还能怎样？哪个晓得潘老拐竟是这种人，自己人穷还蛮横不讲理，不仅不好好教育自家的孩子，反而摆出这副嘴脸，真是够了！

"潘老拐，我也不噷瑟，冲你这句话，我今天还就要你们家赔定了！你要是不赔，我就堵在你家门口不走！还反了天了，倒是你砸车砸出理来了。"勾乌像个铁血金刚一样杵在潘老拐家的门口。

九秧上前，想拉开勾乌："算了，不赔就不赔吧！我看也没多少损失，自己回去修修得了，你跟这号人赌什么气嘛！"

"你也听见了，是他潘老拐欺负人！小孩子不懂事，大人也这么蛮不讲理，都没王法了还！"勾乌不肯走。现在已经不是赔偿的问题了，而是面子的问题。自己的车被砸了，不仅得不到赔偿，连个道歉都没有，还要受潘老拐的一顿奚落和嘲弄，气顺不下啊。

"九秧，勾乌，你们在这做什么？"吴圣云从寨子的另一头快步走过来。

原来，吴圣云刚从九秧家喝完油茶出来后，正准备回村部去。九秧没有答应他的请求，让他心里很失落，他正想着要回去好好琢磨琢磨，到底要怎样才能做通九秧的思想工作。凭直觉，他认为九秧不是那种狭隘的硬心肠。怎料，现在又碰上了九秧。

"吴书记，你来得正好。勾乌说他的车子被小孩拿柚子砸烂了，要我们家赔呢！凶横得很。不过我也没看见谁砸的，你看怎么处理吧！要是拿柚子赔，就叫他去我们家园子里摘，想摘多少摘多少。要是想赔钱，你就看着办吧，反正我家半毛钱没有！"潘老拐自知理亏，来了个恶人先告状。

"勾乌，你看这样好不好，小孩子不懂事，你将就点得了。"吴圣云从九秧那里了解了事情的大致经过，上前跟勾乌好言好语商量。他想，勾乌不至于和潘老拐一般见识吧。

"将就？你叫我怎么将就吧！你没看见潘老拐那副嘴脸！他居然说我的车子不应该停在地坪里，还讲是他碰上的话，他也砸……小吴书记你来评评这个理！"

"你别跟他计较，回头我再批评他。这个事我一听就知道是潘老拐有错，如果他和你一样明事理，那他也是大学生了！"吴圣云搭着勾乌的肩膀，掏着心窝子小声劝解。

"既然说到这个份，看在小吴书记的面子上，我也不追究别的。但赔总归是要赔的，不然以后孩子都不会长记性。"勾乌态度倏忽软了下来。

"那你想要他赔多少钱？"吴圣云问勾乌，希望尽快息事宁人。

"车窗玻璃三百块，两个车门划痕修补，八百块。这样吧，你叫他们给我一千块钱得了！"勾乌数着手指。

"一千块啊，能不能少点？你叫潘老拐拿钱，他真是半毛也没找得出来的，整个家当全押在柚子园了。"

"那就这样算啦？"勾乌的气又要上来了。

本来小吴书记来调停，只要过得去就卖他这个面子，谁知他也帮起潘老拐来，这事怎么谈得拢嘛。

"我也没说算了，这不跟你商量嘛！"

"看在你小吴书记的面子上，最少八百块！"

吴圣云思量了一下，从口袋里掏出钱包，把里面的钱全数了一遍，只有四百多。

吴圣云将钱全递给勾乌："这样吧，我这里只有四百，你先拿着，算我替他赔你的，余下四百块我再微信转你，行吗？"

勾乌正要伸手去接，不料被九秧一手猛敲后脑勺："勾乌，你个大头鬼，还真敢接啊？"

"我为什么不敢接？小吴书记要替他们赔，是扶贫干部的高风亮节。

你听到的，我还少收了呢！难道我的车子就活该白白被砸坏、被剐花么？"勾乌摸着被敲痛的后脑勺，委屈地申辩道。

"你活该！"九秧气得柳眉倒竖。

"九秧你别气。勾乌收这个钱是应该的。他车子被弄坏了，也得要钱去修。我知道，现在修车很贵，这些钱肯定不够的。"吴圣云也替勾乌讲起话来。

"他买得起车，这点修理费就出不起吗？"

"话不能这样说。买车是买车，小孩子把车弄坏了，天经地义就该赔。也得让他们长点教训才行。再说了，自己的新车子被无端弄坏，谁心里能好受啊。"

"那也不能让你小吴书记来掏这个钱！"九秧还是不依不饶。

九秧听她阿爸讲起过，小吴书记的工资差不多全补贴给了村上的贫困户。对这话，她原本是半信半疑的，但现在完全信了。

勾乌终归还是没有收下吴圣云的钱。第一书记如此慷慨，作为寨上在外打拼小有成就的年轻人，尤其在自己心仪的女孩面前，也起码得表现出应有的姿态。为了区区几百块钱，把自己在九秧心里的好形象给彻底毁了，就太不值当了。

只是便宜了潘老拐这个不要脸的混账货。一想起来，勾乌就一肚子火。

五

晚上，九秧打电话给勾乌，告诉他自己暂时不想回市里去了，决定先在家里过一段日子。

"谢谢你啊勾乌，害你大老远又跑回来一趟。"

"你该不是打算和小吴书记搞直播吧？"勾乌心里一咯噔，想着最担心的事情还是发生了。虽然九秧一口一个不看好小吴书记的带货直播项目，但白天在潘老拐门口的一番经历，勾乌似乎感觉到九秧的内心其实是向着小吴书记的。

"我想答应小吴书记，先试一试。"

"还有，中午的事抱歉啊，你其实并没有错，是我有点……不该那样说你的。"

……

"喂喂，你在听我说吗？"

勾乌一连几句话都没接腔，九秧知道他已经僵在电话那头了。

"我在听着呢！"勾乌回过神来，强装镇定，但九秧听得出，他的情绪很沮丧。

良久，勾乌才压低着语气问九秧："九秧，你真的想好了？要留下来与小吴书记搞直播？"

"想好了！"九秧答得很干脆。

……

挂了电话，良久，勾乌才给九秧发去一条微信："九秧，既然你决定了，我明天就回市里。虽然，我并不看好这个带货直播，但还是支持。不过你要记住，哪天想重回市里发展，有用得着我的地方，千万不要客气。"

"谢谢，好哥们，一路顺风！"九秧在回复勾乌的文字后面附了三个拥抱的表情，然后长吁了一口气。

接着，九秧又准备给吴圣云发去一条简短的微信："好吧，我答应你暂时留下来。"

手指摁下去的那一刻，九秧感觉自己仿佛摁下了核弹发射的按键。

吴圣云收到九秧发给他的这条微信，已经是晚上十点多。此刻他正枯坐在山风冷冽的窗前，呆望着满天闪烁的星星呢。吴圣云对着黑夜里眨巴眨巴着眼睛的星星，自己问着自己："我这不是在做梦吧？"

他可是万万没想到，中午态度还那么决绝的九秧，竟然这么快改变主意，主动答应留下来。

"九秧，你确定这条微信是发给我的吗？"吴圣云按捺不住心中的阵阵狂喜。

"不发给你是发给谁呢？"九秧的回复后跟了一个调皮的鬼脸表情。

"那真是太好了！你的决定将令我今夜无眠！"吴圣云也回了九秧一个满面红光的笑脸。

一晚的兴奋，一晚的辗转反侧，吴圣元一晚没睡着，直至黎明的第一缕曙光照进村部宿舍的窗户。

第六章　遇挫的直播首秀

一

　　早上，吴圣云带着九秧与多帕在柚园里来回穿梭，这是"梦鸣苗妹"组建后正式拍摄的第一个视频。

　　拍摄之前，在直播楼里，吴圣云与九秧、多帕进行了反复的沟通和镜头讲解。

　　"每个人都有15秒的机会成为网红，很多人都想着通过搔首弄姿、露腰扭臀来博得眼球。但是，美食女主播李子柒却是一股清流，她拼的完完全全是体力和脑力，是汗水和智慧。她不仅用双手来呈现与传播美食文化，更思考视频的制作，以及背后所承载的精神、表达的思想……"吴圣云滔滔不绝耐心地给两人解说着。

　　"那你说，我们应该怎样拍摄这柚子的视频呢？"尽管之前小吴书记已经对自己指导过无数次，但真到要拍了，多帕心里还是没半点概念。

　　"我今天就拍你俩穿上苗族盛装在柚子园里唱苗歌、摘柚子、吃柚子的场面，然后，由九秧介绍这个糯米香柚就是我们梦鸣苗村的土特产。这应该是你们的拿手好戏。"吴圣云尽量说得轻松简单些。

"这个容易，我知道了。"多帕一边换上苗装，一边胸有成竹地说。

拍摄地点选在九秧家的柚子园。

梁老耿得知今天要在自家柚子园里进行拍摄，早早便与九秧商量，自己也到现场去看看，说不定可以帮上什么忙。

梁老耿想帮忙是次要的，重要的是找个冠冕堂皇的理由看多帕。

最近，多帕的影子老是在梁老耿脑子里晃悠来晃悠去，搞得自己一天到晚心神不宁。人到中年，居然懵里懵懂害起了年轻人的相思病来，可真臊的。

"你想看就去看呗，帮忙倒好像不太需要。不过你也不要老盯着我们，离远一点。不然我怕多帕也宜不习惯，影响她发挥。"九秧叮嘱道。

"我保证不影响！"梁老耿嘿嘿笑着，心里乐开了花。多帕呀多帕，这回可以让我好好看个够了吧？平日里瞅都不敢正眼瞅你一下，就怕寡妇门前是非多，坏了你的好名声。现在，你这兜长在刺蓬的糖葫芦，该有人来采了。

吴圣云领着九秧和多帕来到柚园的时候，打点一新的梁老耿挑着一对箩筐，也远远地跟了上来。

"梁哥，这么早啊？"吴圣云一边摆弄着相机的拍摄角度，一边与梁老耿打招呼。

"我来摘几个柚子回去。听说你们今天要在这里拍，也顺便来看看热闹，不影响你们吧？"梁老耿呵着嘴。

"不影响不影响，你尽管看就是。"

其实心里最高兴的是多帕。以往走路都要绕着撇开自己的梁老耿，今天居然说要来看她们的表演，太阳打西边出来了。

那天在芦笙坪，自己和梁老耿搭档表演还没过瘾，都没得机会和他说上几句体己的话，也不知道这个岩头脑壳有没有对自己动过心思。不过，自从那回之后，多帕的心也活巧多了，时不时想起梁老耿装病的那个滑稽样，特别是他看自己时的眼神，就知道这个男人肚子里的弯弯绕绕多得很，无形中生出许多美丽的憧憬。

"老耿，你急吼吼地跟过来，是不放心九秧吧？"多帕本想开一下九秧与小吴书记的玩笑，想想不妥，又赶紧把话收了回去。隔着柚子树的浓荫，一双漂亮的丹凤眼忽闪着，对田埂那边的梁老耿放起电来。

梁老耿一时不知如何应对多帕的调侃，只摇摇手，一个劲儿地念叨着："扯远了扯远了，她多帕也宜说笑呢！"梁老耿嘴里虽然打着哈哈，心里却暖意融融。

这一边，吴圣云在确定取景和光线，在检查台词是否准确……忙得不亦乐乎。

阳光正好，光线充足，层层叠叠的柚子叶缀满晶莹剔透的露珠，在略带寒意的微风中闪烁着粼粼的金光，让人顿时产生一种绿浪翻涌的眩晕。绵密的叶子底下，长得错落有序的柚子，像一个个金球，或安逸地垂挂在枝头，或打着绅士的秋千，或悬空假寐，那姿态真是优闲至极。

环佩叮当的九秧和多帕，身上的蜡染服装与银饰在阳光的照耀下，发出熠熠的光芒，像一对下凡的仙女。

准备开拍，多帕一拢头上的乌发，便放开喉咙唱起来：

（苗语）

      "松亨松塞摆竹欧，希哼希略佳么祝。

        亨豆吉公配豆搜，搜构忙娜央映阿。"

（汉译）

      "送哥送到三条江，我俩情意说不完。

哥拿钥匙妹拿锁，锁住日头在西山。"

歌声嘹亮悦耳，充满了情意绵绵，听得梁老耿心里像猫抓一样。

九秧静默在一旁，掩着鼻子笑。她发现多帕也宜在唱歌的时候，透过柚子树，眼睛老是朝着她阿爸那边瞄，而阿爸更是盯着多帕也宜的方向看，眼睛一眨不眨，浑身像是被点了穴。

九秧的头脑里再次生出那个美好的念想来：要是能撮合阿爸与多帕也宜，该是多么般配的一段姻缘。

轮到九秧扮达亨与多帕进行对歌了，九秧突发奇想地建议："小吴书记，这个对歌让我阿爸来吧。我阿爸好会唱的，拍出来的效果一定会更好。要不试一试？"

吴圣云一听，觉得九秧说得有道理。本来就是情歌对唱，要真弄个男女对唱，肯定比俩女的更吸引人。"九秧这个提议好啵，我同意。梁哥，要不你来试试？你这打扮也很时新，符合拍摄的要求。"

"不行不行，我哪里上得这个场！"梁老耿连忙摆手拒绝。他没想到这鬼灵精的九秧会给他整这一出。

不是自己不愿唱，而是这样太张扬，视频拍了是要放到网上播放的，那岂不是全世界都要知道他这个老鳏夫与年轻漂亮的多帕歪昂对上了？这多难为情啊！以后还要不要见人？自己不要脸也就罢了，人家多帕一个妇道人家，脸往哪里搁嘛。会让别人说闲话指背皮的。

倒是多帕一听要让梁老耿来与她对歌，立马兴奋地在柚田里跳起来："梁老耿，来啊！往时你不挺能唱的嘛！"

"唱一个！唱一个！你和我多帕也宜才是棋逢对手。这个视频肯定会火的。"九秧不断地催促着。

"你个鬼丫头，你想让你阿爸在网上出丑，给全世界的人笑话吗？"梁老耿终于说出了自己的担忧。

"出什么丑嘛，你们光明正大唱情歌，有什么可笑话的？"九秧打定主意，要趁这次机会把他们两个拉到一起，干脆揭开捂着的坛子盖，敞开来把话说穿了。

"九秧你乱说什么！耽误小吴书记的正事，还要让你多帕也宜看笑话！"梁老耿真想找个地洞往里钻。

"多帕也宜，现在我只问你，我阿爸与你对这歌，你乐意不乐意吧？"九秧越说越欢。

"嘴长在你阿爸身上，他愿意唱就唱呗，我无所谓。对个情歌又不是真成情人了。"多帕装得落落大方满不在乎的样子。可明眼人都看得出来，她的内心其实充满了炽烈的渴望。

"多帕姐都不介意了，梁哥你就放开胆子唱一个嘛。不过，刚才九秧的意思，我也十分赞成噢。要是你们俩真的有那方面的意思，我倒是很乐意当个见证人。以后你们成一家了，我的工作也有了成效。凭你俩的能耐，脱贫致富应该是分分钟的事。"吴圣云表明了自己的态度，没半点调侃的成分。

话不说不明，情不表不白，既然讲到这个份上，梁老耿也觉得，再不坦白，恐怕就真要错过千载难逢的大好机会。

"那这样哈，我唱一首，也是代表我个人的心意。多帕你要不接受，你就接着唱你的。"

"这才像个追达配的达亨嘛！"九秧一边说一边走到多帕身边，手挽着多帕，亲热地贴着多帕红霞满天的脸庞。

梁老耿清了清喉咙，唱起来：

（苗语）

"井诺带配尚祖影，井唉带配尚祖乌。

亨独多歌配独垒，堂曼希堂游影溜。"

（汉译）

"变鸟同妹共一山，变鱼同妹共条江。

哥是星星妹月亮，五更一路下西山。"

梁老耿唱罢，满脸早已憋成了叫鸡公的大红冠子，喘不匀气来，眼睛却定定地看着柚子树后的多帕，等着她的反应。

这边九秧使劲追问着多帕："多帕也宜，你动没动心嘛？给个准信哈，我阿爸等着你表态呢！"

变鸟同妹共一山，变鱼同妹共条江，哥是星星妹月亮，五更一路下西山。这是多帕日里夜里的念想，怎能不动心呢？可是这种场合，当着九秧还有小吴书记的面，一时却开不了这个口。

多帕轻咬着嘴唇，眼睛不住地眨巴着："你阿爸撩贫我的呢，你也信？"

"阿爸，我多帕也宜说你在撩贫她的！那我问你，是真的喜欢多帕也宜还是撩贫她？你要说实话，不说实话没得机会啰！"九秧对着梁老耿放开喉咙喊。

"多帕……我是真的喜欢你，喜欢得不得了……我做梦都梦见和你在一起过日子呢。"梁老耿鼓起勇气，把老脸豁出去了。

"多帕也宜，听见了吧？你掰着手指头数数，莫说宝龙寨，就是整个梦鸣村，还有哪个男人像我阿爸这样和你配得上的？我敢保证，打着灯笼都找不出第二个来。你再拿不定主意下手，过了这个村没这个店，保不齐哪天就被别的达配抢走了，到时后悔都来不及啰！"九秧轻轻推了推多帕，催着她表态。

"好吧，只要老耿喜欢，我也喜欢！"多帕终于将久藏在心中的话吐了出来。

"多帕也宜，爱死你了！这么说我又可以有咪宜啦？以后我就叫你多帕咪宜，不，就叫多帕咪！"九秧一高兴，禁不住在多帕的脸上重重地亲了一口。

"你这个鬼灵精，可不许乱叫，八字还没一撇呢！"多帕用手指轻点着九秧的额头。

"刚才这一撇不是已经写下来了嘛，你都亲口应承了的，往下赶紧和我阿爸将这一捺写出来，就圆满啦！"九秧扮着鬼脸，她的话让多帕心里乐开了花。

"九秧别逗你多帕也宜了！你们抓紧，继续拍摄吧，别耽误小书记！"大功初成的梁老耿看了看早已笑得合不拢嘴的吴圣云，立刻点醒九秧。

该轮到九秧上了。

"哈啰，大家好，刚才我们的苗族情歌好听吧？这位是我们'梦鸣苗妹'的苗歌天后多帕。我们苗族情歌，堪称无字音乐中的一朵奇葩。它反映的都是普通苗族群众实实在在的生活形象，有'活着的历史化石'之称呢……"

翠绿压顶的柚子树旁，九秧正愉快地向观众热情地解说着。

"九秧，拿柚子，上广告词！"吴圣云一边调整拍摄角度，一边指挥。

"看到了吧，这就是我们的国家地理标志保护产品——大苗山糯米香柚。它在大苗山的种植已有300多年的历史，而且多次在全国优质柚类评比中名列前茅噢。"九秧单手托起树上吊下来的一只硕大柚子开始介绍。第一次拍摄这样的视频，九秧说起话来有点生涩干巴，而且不太连贯，完全是在死记硬背吴圣云事先给她们写的脚本文案。

"很好，尽量保持自然。"

"对，就这样，表情再放松一点。"

"眼睛不要飘，看镜头。就当果园里来了一堆客人，你一边陪着客人，一边给他们介绍。"

……

吴圣云反复提示着。

"大苗山糯米香柚产于云雾缭绕的秀美苗岭，种植园远离环境污染，负氧离子丰富。采用无公害、绿色、有机生产技术培植，果形端正，果皮金黄。果顶中心微凹，有一个明显的印圈，俗称'金钱底'。看到了吗？这就是'金钱底'，富贵的象征。"

先远景，后近景，然后拉特写……漂亮的柚子在九秧双手的托举中转着圈。

"好，准备开柚子，九秧、多帕一起上！"吴圣云继续指挥。

九秧和多帕相视一笑，双双耍起了徒手剥柚子的绝活。不一会儿，剥好的柚子便呈现在众人眼中。然后是分瓣、剥肉衣。很快，果肉在阳光的照射下透着软玉般的晶莹。

"得益于独特的自然环境和气候条件，大苗山糯米香柚富含多种维生素和矿物质。皮薄，肉甜多汁，果肉绸黄晶莹，颗粒饱满，香如糯饭，入口嫩滑，被誉为'果中珍品''天然罐头'，深受苗家人的喜爱，是传统佳节亲朋好友相互赠送的贺节佳礼。"九秧越说越顺嘴，不再依赖吴圣云给她的文案台词，开始自我发挥起来。

最后是品尝柚子。

"大苗山糯米香柚带给我们的不只是舌尖上的甜蜜，更有留存在生活里的独特滋味。亲，你心动了吗？"九秧吃过一瓣后，咂着嘴，灵巧的舌头极具诱惑力地绕着嘴唇舔了一圈，又舔了一圈，然后从容地结束介绍。

"OK！"吴圣云竖起大拇指，冲着九秧和多帕点了个大大的赞。

远处，一对正在天空盘旋的岩鹰闯入眼帘。隔着云天也能感觉到，它们的目光锐利而坚定。在鹰舒展的翅膀下，是云蒸霞蔚，是群山万壑，是壁立千仞，是苗岭苍茫，是柚园层叠。

苍鹰的姿态令九秧的心不禁为之一振。

"小吴书记，你看那边有一对老鹰，要不要拍下来？"九秧指着苍鹰翔翔的方向。

太好了，再没有比这更贴切、寓意更深刻的背景衬托了！吴圣云调转镜头，将这幅苍鹰比翼图拍了下来。

"完美！收工！"吴圣云打了个响指。

二

吴圣云给剪辑好的视频取了个富有诗意的片名，叫"舌尖上的大苗山之上帝的水果——糯米香柚"。他参考中央电视台《舌尖上的中国》节目的模式，继续拍摄系列视频。

视频以不同的版本分别在"梦鸣苗妹"快手、抖音平台上传了后，点击量果然比以前随拍的那些视频高了许多，甚至还有不少人开始在后台询价、下单购买。

"唱苗歌的妹子好靓呀！"

"又会苗语，还会汉语。"

"好期待，什么时候再上新视频呀？"

……

不断有人发言打趣。

吴圣云决定再拍一集苗妹下田抓禾花鱼的视频。目前正是吸粉阶段，先要上系列养眼视频，尽量吸引更多的粉丝聚集到"梦鸣苗妹"来。

这一集叫《苗妹戏禾花鱼》。

禾花鱼就是禾花鲤鱼。春天里取鱼苗在水稻田中养殖，鲤鱼因采食落水的禾花后长大，鱼肉比一般鲤鱼鲜美，具有禾花香味而得名"禾花鱼"。

禾花鱼也是大苗山的美味特产。每年秋天，稻谷成熟，田野一片金黄，山岭到处飘香，苗家的烧鱼节就开始了。烧鱼节有一个约定俗成的规矩，就是稻田越近村寨的人家，得率先邀请亲朋好友齐聚到主人家的田园一起剪禾，共享烧鱼节的快乐。

一大早，家中的女主人便蒸好了糯米饭，备好糯米酒和生椒、生姜、蒜苗、薄荷香菜等，把孩子们叫到一块，一起向目的地出发。男主人已早早来到田里，挖开水沟，引走田水。当大家来到稻田边，田水已经放干，田里的禾花鱼正团在鱼巢里，跳个不停，这时，大家便兴奋地卷起裤脚和袖子，争先恐后地下田抓鱼了。放养在稻田里的禾花鱼，抓在手里，乐在心上。

没过多久，田里的禾花鱼抓完了，主人家便在清澈的沟里拦出一个小鱼塘，把所有的禾花鱼集中起来。

人们开始分为两组，各司其责。

一组负责剪禾。一小把一小把地将禾苗捆起来，整齐地排列在田坎上。远远看去，田埂犹如金色的地毯铺成一般，丰收的喜悦全写在村民们一张张朴素的笑脸上。

另一组负责烤鱼。从树林里砍来楠竹，破为两半，将洗干净的禾花鱼夹在竹子上绑好，一串一串的。然后生起大火，将鱼串扎在火堆边慢慢地烘烤，不断地翻转……很快，鲜美的烤鱼香味便弥漫了整个苗岭。

禾花鱼烤熟了，主人家便摘来洋芋叶子，铺在田边干净的地方，将烤熟的禾花鱼逐条取下，整齐地堆放在一起。然后在沟边找一个石窝，将之冲洗干净，兑好泉水，放盐巴。放些小鱼仔进去，从火堆里挟几块烧红的石头放入石窝，顿时窝水沸腾，鱼儿变白——这就是苗家特制的盐碟了。

一切准备就绪，主人家把正在剪禾的人叫下来。大家围坐一起，待主人分了烤鱼后，则从石窝里打来盐碟水，从竹篮里拿出野生红军菜，并用红军菜裹着烤鱼，放入盐碟捞一捞，然后放入口中……

"够味！过瘾！"吃鱼的人直咂舌头，赞叹不已。

烤鱼的甜味、野菜的香味、盐水的咸辣味，巧妙地混合在一起，实在是既鲜美又特别，有种说不出的奇妙。

不一会儿，女主人带着一群苗家妹子敬酒来了。如果有人故意躲闪，就会被扯着耳朵，将酒灌进他嘴巴，引来一阵哄堂大笑。

最后大家端起酒杯，一起高呼"呀——呜"，喊酒声就这样响了起来，一阵高过一阵，响彻苗岭。

到了更深夜静，繁星闪烁，吃饱喝足的人们兴犹未尽，便一齐来到寨中的芦笙坪，燃起篝火，吹起芦笙，唱起苗歌，舞起芒歌……一些年轻的小伙子趁此机会钻进姑娘家的阁楼里，而主家的父母偶尔会端来各种招待点心，然后悄然退出，决不干预年轻人的浪漫。

……

现在，烧鱼节虽说早已过去了几个月，但并不影响水田抓鱼的拍摄。过冬的水田里还有不少禾花鱼没有捕捞，这是特意留着养的。因疫情封寨，基本没有客人往来，连九秧都没回家过年，梁老耿家留作待客的禾花鱼，一部分进了腌酸的坛子，一部分还留在水田里继续放养，现在正好派得上用场。

气候尚寒，太阳却很长脸，翻过对面高耸的山坡，把水田照得金光闪闪，暖意融融。九秧和多帕一身俏丽的苗家短装，扛着竹篾做的鱼罩，嬉笑着来到水田边。

抓禾花鱼的水田就在直播楼门前不远处，背景是云雾缭绕的苗寨和群山，往上的坡地，挂满了糯米香柚的柚子园就在眼前。

两位"仙女"下到水里仔细寻找，见到禾花鱼便赶紧用竹笼鱼罩罩住，再徒手把禾花鱼捞出，放进南瓜桶。吴圣云拿着手机跟拍，不时指挥她们调整走位。

水田里浮着一层红绿相间的浮萍，过了冬天浮萍居然没被冻死，原来这水田有泉水保温。即便在霜冻的天气，水田也会嗞嗞地冒着热气。

"哇，那里有鱼！那里那里……"平整的浮萍被画出一条条涌动的波纹，像极了武侠剧中的钻地龙，那是水中的禾花鱼受到了惊扰后蹿出鱼窝，四处逃游留下的"蛛丝马迹"。九秧兴奋地喊叫着，提起竹笼鱼罩，照着禾花鱼逃窜的"线路"一阵猛追，多帕则从另一边包抄堵截。

禾花鱼蹿出一段距离后，涌动的波线一下没了，有经验的捕鱼人知道，这是鱼儿在原地休整，在就地隐藏。

九秧蹑手蹑脚摸上前，举起鱼罩猛扣下去。

"我抓到了！"

九秧双手在倒扣的鱼罩里摸索着，被罩住的禾花鱼还在罩里做着顽强的抵抗，不断地激起水花，溅湿了九秧一身。一道白光忽从鱼罩的圆口处奋力一划，九秧紧握的手扣住了禾花鱼的腮帮，把鱼稳稳地拎了起来。而她干净的衣服和白皙的脸庞，也在禾花鱼摇头摆尾的挣扎中黏满了泥水，像只落了汤的大花猫。

多帕也抓到了好几条，她比九秧经验丰富，动作更加从容，战果也更加凸显。

拍摄完毕，吴圣云叫两人把禾花鱼放回田里，洗手上田。

多帕正要把禾花鱼从南瓜桶倒回水田里，被九秧制止了。"我们中午就吃禾花鱼吧！我爸烧得一手好鱼，今天一起开开胃。小吴书记、多帕也宜，等下你们一个也不能少。我们顺便再拍一段家常禾花鱼宴的视频。"

"好，那就来顿禾花鱼宴！"吴圣云一边答应着，一边将两位主角叫到近前，对新拍的《苗妹戏禾花鱼》进行点评。

"看！这是我们的苗岭梯田，一层一层的，漂亮吧？春天的时候插上禾苗，同时把小禾花鱼苗也放进来。到了夏天水稻扬花，禾花落到水里，小禾花鱼就是吃着禾花、小虫子长大的。秋天一到，稻谷金黄鱼儿肥硕，正是收获的季节，苗家的欢乐烧鱼节便登场了。但是，现在冬天都过去了，田里的禾花鱼是特意留下来招待客人的……我们今天呀，可要大饱口福啰！"

吴圣云对九秧和多帕在视频中的表现感到非常满意，但还是希望她们把一些现场解说的内容说得更到位，更有趣一些。比如告诉观众田里水面上的漂浮物乍看有点脏，但其实是一层水生的浮萍，可以用篦子捞起来喂猪……总之，还是前期功课没做到家，看来现在只能靠后期尽量弥补了，吴圣云也给自己提了个醒。

在九秧家里，九秧帮着多帕做起了家常禾花鱼。几条禾花鱼被灵巧的多帕做出了好几道菜式。这是多帕第一次在九秧家里当"家庭煮妇"，烧鱼大厨梁老耿却插不上手来。除了在灶旁不停地添柴续火，那木滞的憨态直看得九秧忍俊不禁："阿爸，火烧过头了，被多帕也宜蒙了心了吧？"

多帕就羞红了脸，拿手肘轻轻碰下九秧："别瞎说，让小吴书记笑话！"

"呵呵，我才不笑话呢！"吴圣云趁着拍摄的空档，爱怜地摸了摸跟在身后的小勾迭的圆脑袋。

"勾迭，你呢？"

"咪，我想吃鱼粑，你快点煮嘛！"虽然不是在自己的家，但因为有多帕在主厨，勾迭可是一点也不认生。

勾迭不懂大人们在说什么，他也不理会，他只关心美味的禾花鱼什么时候可以上桌。就像闷头在烧火的梁老耿，他只关心多帕什么时候可以成为这个家里正式主厨的吉歪。

三

吴圣云将拍摄的视频上传到快手和抖音后，点击量非常不错，有些点击量开始过万了，粉丝数也在快速地上涨，预热的蓄粉效果看起来形势喜人，再努力一把，粉丝总量有望破一万大关了。

可是，这些对于全村糯米香柚的销售来说，依旧是杯水车薪，起不到根本性的推动作用。虽然吴圣云、九秧他们与县城的农村电子商务中心开始有了点对点的物流配送对接，但量太少，物流配送车一个星期也来不了一次，反过来又影响了客户下单的积极性。

守粉的大任变得困难重重。

"九秧，你们的直播搞起来了吗？"一天，勾乌在微信里询问九秧。

"还没呢，拍摄了几个视频，传到平台上，反应还算勉强吧。"九秧斜躺在床上，有些精神不振。才一万的粉丝与单个视频上万的观看量，并不是她心中的理想数据，与成功的百万级乃至千万级网红主播比起来，差得实在太远了。

"什么叫勉强啊？我说一句你可别生气。这搞带货直播，要么火，要么死，没有勉强之说。"勾乌明显在给九秧泼冷水。

"什么死呀火的，你这是隔岸观火！想看我的把戏，不管我的死活吧？"九秧伸了个懒腰。她生不起气来，没有理由生气，但觉得心里某个地方被什么硬物咯了一下，很不舒服。

"我哪是不管你死活，这不关心你的情况嘛！"

"都知道万事开头难，你还明知故问，阴阳怪气的。"九秧发了个噘嘴的表情过去。

"我早跟你说过了，你们这个带货直播，不是万事开头难，而是根本就难被看好。你自己不也这样认为过嘛。没见过谁把直播开在深山老林里的。又不是拍风光大片给人欣赏，要实实在在把货卖出去的啊！"

"究竟要怎样才搞得好，我也不太懂，只是真心想帮小吴书记一把。"

"你这是爱心泛滥了。"

"怎么泛滥了？"

"他遇到困难你就不顾一切地去帮，你有没有想过，这根本就是撞南墙的事，撞了南墙还不知道回头！"

"不试一试，怎么知道是撞了南墙呢！"

"这还用试么？都明摆着。"

"话也不能讲得太绝嘛，带货直播还是很有市场潜力的，你不也明白吗？"

"那也得看看在什么地方，是什么产品，什么人来做。"

"你是说大苗山的糯米香柚，我九秧来搞就不成啰？！"

"不不不，你误解我的意思了。"

"你刚说的，什么地方什么产品什么人，不是说得很明确吗，怎么，我还冤枉你了？"

"我是说，就目前咱村的情况，很多条件都还没具备——"

"可我现在就不信这个邪了，我就想试一试、搏一搏，看看到底山穷水尽之后，能不能柳暗花明！"

"你想凭借一己之力扭转乾坤？"

"不是一己之力，而是齐心合力！"

"抬杠！"

"我抬杠？抬谁的杠？你？"

"不好意思，我表达有误。"

"那你什么意思？"

"我的意思是说，要面对现实，不能太盲目乐观。"

"我根本就乐观不起来！"

"没错，你是迎难而上，精神可嘉，有境界！"

"谈不上什么鬼境界。我就是不忍心看到小吴书记，他一个从市里派来扶贫的第一书记，连自己的工资都搭进去了，又受到村民的误解，却始终不肯放弃，他图个什么！"

"我们小百姓哪能跟他比嘛！人家是公家人，使命在身。"

"我说好你个勾乌！好歹你也是从宝龙寨考出去的大学生，亏难你这么说！我们本来就是土生土长的梦鸣村人，根在这里，难道眼看着人家为我们自己的家乡操心劳力遇到困难而无动于衷么？你勾乌做得到，我九秧可做不到！"

"哎呀，这么上纲上线，把我勾乌看成什么了？好像我里外不是人呢！"

"你自己说呢？"

"我承认，上次强蛮要人家小孩子赔钱，是有点过分了。可最后我不也没收小吴书记的钱嘛。"勾乌继续倾诉着一肚子的委屈。

"你那糗事就别再提了！"九秧毫不客气地怼了回去。

"可是我如今也遇到困难了，我就想你来帮我一把嘛。"

"你那叫什么困难？缺个陪酒的公关么？太好办了，街上小广告一贴，或在网上吆喝一声，年轻美女们都排队抢着去，就等你勾乌大老板'皇帝选妃'呢！"

"跟你说正经的。"

"我哪点不正经了？"

"又来了又来了！"

"切！"

......

一阵沉默之后，勾乌发来了一个视频邀请。

九秧盯着闪烁的手机屏幕，思绪有些游离，脸上掠过一丝不经意的讪笑。这个时候与勾乌在这种环境下视频聊天，除了搞些暧昧，定然聊不出什么新鲜的东西来。

"不好意思，我在床上，衣衫不整，不宜见外人。再说，大苗山里天黑得早，人也困得早，我准备睡觉了。"九秧一口拒绝了勾乌的视频聊天请求。

"说来说去，我到底算是外人啊。"勾乌附了个尴尬的表情发过去。

"你不是外人，难道是内人？"

"好吧，我说不过你。但是我的心天地可鉴，你懂的。"

"我懂我懂，你是菩萨心肠，你是为了我好，真心感谢你！你的好我记得的，在家里混不下去了，我一定去投奔你！"

"我就是不想让你委屈。"

"放心，我一点也不委屈，至少现在。我必须再努力一把！"

勾乌还想劝九秧离开宝龙寨回市里，九秧知道勾乌内心的小九九，但她就是不点破。

"那就好，祝你成功！"

"不说了，说多影响心情。晚安！"九秧发了个挥手再见的表情。

"晚安！"勾乌无奈地回了三朵小玫瑰。他得知趣，再聊下去估计又要发生不愉快了。九秧的个性他太了解，你越是想说服她，她越是与你杠到底。她总能找到驳斥的理由，甚至反过来说服你。即便说不过，只要她心中认定的事，也绝不会轻易回头。

九秧关掉灯，辗转反侧，与勾乌的一番聊天，让她心绪不宁，她在思虑着自己跟吴圣云现在所做的事，如果继续做下去，应该怎么做才好……

九秧越想越难以入睡，直到鸡叫了五遍才迷迷糊糊地合上困倦的双眼。

可刚刚睡着不久，便做起梦来。梦里，自己被小吴书记强拉着走到直播楼，两个人在门口拉扯着一直不放手。进到直播间，九秧发现勾乌也在那里，还冲着她诡异地笑，原来他提前打开了直播设备，把自己与小吴书记刚刚在门口拉扯的场面全直播出去了，观众粉丝都在喝倒彩呢，还有人起哄要他们两个当众亲嘴。小吴书记也不忌讳，捧着她的脸就使劲亲起来。一旁的勾乌终于气不过，上来拉住自己的手往外扯，想把自己与小吴书记分开，却怎么也拉不开，自己的另一只手紧紧地箍着小吴书记的腰不肯松开……

九秧被梦惊醒的时候，天已经麻麻亮了。

好久没做梦了，一做起来居然这么乱七八糟匪夷所思。也许是晚上被子盖得太厚实，也许是白天太过疲劳，也许是思想压力太大……但到底是什么缘故，自己也搞不清楚。不过像这样让人脸红耳热的梦，还是头一回做。九秧伸手摸摸自己的脖子，细密的汗珠还在往外冒着，一摸一大把，一摸一大把。

九秧翻了个身，将被窝用脚抖了抖，透进些冷气，不由自主地又回味起刚才的梦境来，心里竟有些小留恋。

"难不成……我不知不觉地爱上他了？"九秧想着，禁不住哑然失笑。

"大姑娘美来大姑娘浪……"九秧在心里偷偷哼起了这支俏皮的东北民歌，这歌词这曲调，正暗合着九秧此刻的心境。

"不要脸！"九秧拿起手机当镜子，照着荷尔蒙满溢的青春的脸庞，轻声嘻骂着自己，不由涌起一股得意的神色。

一大早，吴圣云便打电话给九秧："九秧，跟你商量个事。"

"什么事？你说。"九秧伸了个长长的懒腰，揉揉惺忪的眼，赖在床上依然没有起身。昨晚刚刚梦见小吴书记，今早他就打电话来了，真是心有灵犀啊。

看来，什么都逃不过，劫数呢！

"我想，我们得尽快把直播这事正式弄起来了，你看如何？"吴圣云谨慎地征求九秧的意见。

"我也是这个意思。"九秧来了精神，立马从床上坐起来。

"那多帕姐那边，你多与她交流点，让她尽量做好准备。"

"嗯嗯，我晓得！"

四

拍短视频，起码还可以通过后期的剪辑处理进行弥补和完善，甚至可以重新补拍，而直播则完全是另外一回事。各种可能出现或不可预见的情况千变万化，需要主播机智应对和妥善处理。别说是九秧和多帕这样从未有过经验的新手，就算那些身经百战的网红主播，也常常被刁钻的粉丝搅得狼狈不堪。

为了尽快掌握直播的诀窍，吴圣云和九秧整天研究各种攻略。两人从网上找来一堆直播教程，仔细揣摩。比如如何在自己的直播间里创造一个自然舒适的聊天环境，如何引导粉丝对自己的直播产生兴趣从而实现良性互动，开播前如何陈列直播的进程，在直播中如何有条不紊地呈现事先做好的功课，如何确保按照预设的直播节奏走下去……

"要聊大家感兴趣的话题。刚开始肯定有点懵，那就像和老朋友聊天一样，可以聊天气、聊热门话题、聊槽点，想到什么聊什么。不要怕，话题一旦打开就有得聊了，直播间的互动效果自然水到渠成。"有人在网上这样叫卖自己的成功经验，似乎所有成功的网红都是这样调教出来的。

可是，这些头头是道的教程呀攻略呀，不过是在马栏里关小猫，既不具体又不明了，根本没法"照本画符"地操作。

没法子，"梦呜苗妹"还是得开播了。

直播前，吴圣云在平台账号上发布了一则预告："欢迎宝宝们准时前往'梦呜苗妹'直播间围观，苗家风情尽在'梦呜苗妹'。"

今天是"梦呜苗妹"的直播首秀。

场面虽不华丽，但两位主播的穿着打扮尽显苗家风情。她们的身后堆放着像小山似的金黄的大苗山糯米香柚。

前些日子，吴圣云从乌英寨的石奶引家淘得一套家藏的苗族百鸟衣（苗族妇女在节日等重要场合穿着的珍贵盛装。由苗族土布，各色锦缎丝绸和美丽的鸟类羽毛拼合而成、上面绣有花、鸟、鱼、虫、蝴蝶等生命图腾），还有银帽、插头银花、项圈、银镯、铜镯等，特意让多帕今天换上，算是全副武装了。

不料，第一次直播，居然闹了一出乌龙。

尚未开播，直播间就不断地有网友进来，刚开始九秧还暗暗窃喜，以为粉丝十分踊跃，谁知道这只是个假象。直播开始之后，老久不见有人出来冒个泡，场面死寂死寂的，非常尴尬。

毫无临场经验的九秧和多帕不知所措，昨晚背了一整宿的台词全跑到爪哇国去了，开场白都不晓得说什么好。尤其是多帕，东一榔头西一棒子，颠三倒四的没一句说得从容。吴圣云心里也乱了章法，一会儿摄像机电源出了故障，一会儿麦克风出现沙沙的杂音，一会儿外边看稀奇的小孩趁机跑进来捣乱。两位结结巴巴对不上台词的主播干坐在那里，你望我，我瞅你，紧张得面红耳赤，不知如何是好。

忽然，九秧记起自己早先学的教程里似乎有一条破解现场直播尴尬场面的锦囊妙计：久坐必呆，呆久必萌，嘟个嘴卖个乖，唱首歌跳支舞，搔首弄姿自说自话，自娱自乐消磨时间。

这果然是个极好的法子，至少坐在主播席上的九秧不再怯场了。

然而，这些无厘头的动作，并没有太多的实际意义。整场直播下来，九秧不知自己到底说了些什么做了些什么，也就根本进不了预先设定的带货主题。

"下一个环节再不能出岔子了。我们得赶紧调整一下思路，不能偏离民族特色和带货主题，要主动出击，特别是九秧，你要带着点多帕姐。"吴圣云叮嘱九秧。作为带货主播，单靠嘟嘴卖乖搔首弄姿这些小伎俩根本讨不了巧，也带不了货。观众不是傻瓜蛋，没那么好糊弄。

"多帕也宜，你先在镜头外面唱苗歌，然后我们一起牵手进入镜头，这回一定可以！"九秧给多帕和自己打着气。

"达配呀达配，

每一天我都把你思念几遍。

想到你在田里劳作，

那水田也在我的眼中亮闪；

想到你在屋里梳妆，

那窗台也映入了我的眼帘；

想到你在后园栽种，

那花儿也开放在我的眼前；

还有你打的柴堆、织的花边，

我都一件件想遍。

达配呀达配，

这样的痴心你难道不知？

哪一天我的愿望才得实现？"

动听的苗歌响起，镜头里慢慢现出花枝招展的多帕与九秧来。

"大家好，我是苗妹九秧！"歌声一停，九秧率先与粉丝们打起了招呼。

"我是……苗妹……多帕。"多帕说话远不如唱歌，有些结巴腼腆。她脸上堆起了一朵羞怯的红云，倒是显出了几分苗家少妇的独特韵致和妩媚迷人。

"我们是'梦鸣苗妹'，欢迎来到直播间，谢谢大家。"九秧拉着多帕的手，两人对着镜头，齐声说道。

涌入直播间的网友越来越多，大家看着热闹，但比起前面的环节，显然活跃多了。

"宝宝们，听说过苗家的'百鸟衣'吗？"九秧挑起了这个环节的第一个话题。

有人回答听说过，有人回答没听过。九秧和多帕终于和粉丝有了第一次正面的互动。

九秧指着多帕身上的衣服："看，我们的苗妹多帕穿的这件，就是传说中的'百鸟衣'，漂亮吧？"

"漂亮！"立即有网友回应。百鸟衣的确漂亮得扎眼。

"这百鸟衣可是我们苗族服装一绝。它集刺绣、织锦、蜡染于一身，做工精细，制作工序繁杂。制作一套，最少得花上半年时间，复杂点的一年也做不出来呢。"

"哇——"有网友发出唏嘘。

"我们苗家妇女还擅长蜡染。将白布铺于案上，将蜂蜡或松脂放置于小锅中，将之加温溶解为汁，然后用竹针或蜡刀绘于布上。一般不打样，只凭构思绘画。所画的各种图案匀称相宜，花鸟虫鱼惟妙惟肖。"

"多帕妹妹身上的百鸟衣有这些画吗？"

被网友唤作"多帕妹妹"，令多帕浑身不自在起来。

"当然有啦，你们看这里，看这里，看这里——全身都是呢！"九秧扯着多帕的百鸟衣，不断地翻转、指点着。

"绘成图画后呢？"

"图画绘成后，还要投入染缸渍染，然后捞出来用清水煮沸，漂洗去蜡，这样，蓝底白花或黑底白花的图案就显现出来了。"九秧继续介绍。

"为什么叫'百鸟衣'呢？"

"因为上面所画的花鸟虫鱼非常多，形态各异，丰富多彩，所以叫作'百鸟衣'哈！"多帕在一旁补充道。

"还有这银帽，也叫'接龙帽'，俗称'雀儿寨'。"

"这么多讲究哇？"

"是的，我们苗家非常重视一个人的头部。成年人的头饰多为头帕和银饰……"

"还有插头银花也是我们苗家女人最喜爱的头饰之一。一般是在婚嫁、节庆、过年时才插戴。造型有关公大刀、菊花、梅花、桃子、棋盘花、蝴蝶、寿字……"多帕等不及，也插上话来。

屏幕上开始刷起了小礼物，一波一波的。

"九秧，多帕，你俩是亲姐妹吧？"有网友好奇地问道。

"哈哈，我们不是亲姐妹，但我们是好姐妹！"九秧向粉丝们抛了个眉眼，笑嘻嘻地回答。

"银镯、铜镯是苗族姑娘戴在腕间的饰品。手指配有银质戒指。姑娘戴在颈脖的银饰，则是银匠将银子抽成长条，或抽成银丝，由多根银丝穿织而成的……"

"项圈呢，也是苗家姑娘恋爱、结婚的必备之物……"

"我们苗家妇女还很重视耳饰。人人都佩戴耳环、耳坠、耳柱……"

小礼物刷了几波，粉丝一个个热情高涨。他们开始被两位苗妹的爽朗解说迷住了。

"好了，介绍完我们美丽的苗族服饰，饱尝了眼福之后，现在要给大家隆重介绍今天的主角——可以大饱口福的大苗山珍宝了。"九秧趁机转移话题。

"宝宝们，你们知道是什么吗？"多帕俏皮地问道，还特意闪了闪那双水汪汪的大眼睛。

"苗妹九秧！苗妹多帕！"有人开始抢着喊麦。

"淘气！不是苗妹九秧，也不是苗妹多帕啦！九秧、多帕只能一饱眼福，可不能满足宝宝们的口福噢！"

"那是什么呀？"

"当当当——当——，就是它，我们的大苗山糯米香柚！"九秧变戏法一般从背后托出一个金黄的糯米香柚。

"这是长在云雾里的柚子，不仅环保，而且营养丰富，香甜醇和，口感特好。"

"那你吃给我们看哈！"有人起哄。在直播间看美女大快朵颐，一定别有一番滋味。

"好咧，不吃不知道，吃了——"九秧一边说一边徒手剥柚子，一瓣一瓣打开，露出了剔透晶莹的柚肉。九秧银牙轻启，浅咬一口，香甜的柚肉汁水四溢。

"哇，柚子肉和小姐姐的香唇一样水灵鲜嫩。"

"宝宝们要不要吃一口啊？"九秧热情地将剥好的柚子推到镜头前面。

"要啊，可是我想连小苗妹一起吃呢。"有网友开始打逗，说些露骨的诨话。

"我也想吃。"

"给不给吃嘛？"

"流口水了哈哈……"

越来越不像话，越来越毫无忌惮。

乱了套了，这场面九秧已经应付不来。没想到刚刚还老实安分的粉丝，一下子变得如此没了规矩。

九秧又羞又气，只觉得心里有座无名的大火山要爆发。她梗梗地立在镜头前说不出话来，原本记得顺顺溜溜的台词，又开始往爪哇国跑了。

旁边的多帕更是被惊得花容失色目瞪口呆。

吴圣云在一旁看着，任由这帮没规没矩的网友对着主播无理挑逗，却使不上劲，只得干着急。

还有十多分钟才到直播结束的时间，可忍无可忍的九秧已在示意吴圣云，她要关机提前结束直播！

吴圣云连忙一边摆手，一边跑到镜头前喊话："亲爱的宝宝，欢迎你们飘爱心。现在是乐购互动环节。想品尝大苗山糯米香柚的请赶快下单，先到先得，还有惊喜噢！"

"什么惊喜？"

"下单你就知道了。"吴圣云尽量卖着关子。

"我们不吃柚子，我们只想吃两位小苗妹……"

"滚吧滚吧！你是谁？也想来冒充主播刷存在感？我们不欢迎你！"竟然有人对吴圣云下起了驱逐令。

"对，滚远点，让苗妹小姐姐出来说话！"

"可恶！"吴圣云双拳紧捏，从牙缝里挤出两个字。众怒难犯，网友们已经情绪失控，好不容易才将他们聚集到一起，不能因为自己的一时冲动而前功尽弃。

"好吧，让小姐姐和你们继续嗨聊。"吴圣云说着退出了镜头。

直播结束，看看数据，这一期的直播首秀，粉丝直接涨了一倍多，人气的确出乎意料的高。可大多就是来戏弄女主播的混混仔，根本没几个人肯下单购买他们的糯米香柚。

"这么高的人气，为什么销量这么惨淡？"九秧想破脑袋都无法破解个中原因。

回到家里，受尽委屈的九秧躺在床上蒙着被窝大哭了一场。她讨厌那帮不正经的假粉丝，这样的粉丝效应她宁愿不要。可是，真正支持自己的粉丝呢？他们又在哪里？怎么都不见发声呢？

九秧可是顶着元宝山一般的压力，才答应了小吴书记留在寨子里做主播的，她当然不希望是这样的开局。

至今，乡亲们仍不太清楚九秧已被大城市里的工厂放了长假。九秧虽不愿与别人提起这糗事，但这终究是卡在九秧喉咙里的一根刺，总有些隐隐的让人不痛快。毕竟，自己出去打拼这么多年，现在却无缘无故地放弃了城里的工作，回到寨子里，整天与"不务正业"的小吴书记在一起，满山满岭到处乱跑。说是做视频搞直播，解决糯米香柚的销售问题，可鬼知道在别人眼里自己到底在做些什么呢。

"要么是脑子进了水，要么是被小吴书记灌了迷魂汤，花痴了。"背地难免有人在议论、在嘲笑。

"这梁老耿不知怎么想的，也同意九秧留在寨子里做什么主播？丢人现眼呢！"

"怕是想攀高枝吧。平时他就与小吴书记黏糊得很。"有人甚至怀疑梁老耿动机不纯，他不会是想拿自家达配做什么见不得人的交易吧？

苗家人心地质朴，想法往往也纯粹。

这些话自然不会传进九秧的耳朵，更不会让梁老耿听到，这种上不得台面的瞎猜测只会躲在阴暗的角落里流传。毕竟谁也不想惹事上身，也不想徒生矛盾。

"九秧，你真要回寨子来发达呀？"见了面，多嘴的人只会这样撩贫九秧。

看似关心的口吻，敏感的九秧又怎会分辨不出话里所带的嘲讽或是别的含意呢？

"先帮家里卖完柚子再讲了。"九秧也不含糊。

眼下的直播只能拿自家和多帕也宜家的柚子来做销售，这样一来，价钱也好确定，更无所谓佣金，不必与谁多费口舌。

可是直播首秀的场面如此惨淡，给了九秧、多帕和吴圣云一记闷棍，必须得尽快找出破局的对策来啊！

九秧十分沮丧，她怀疑自己先前答应小吴书记留下来当这个主播，是不是真的像寨子里的人所揶揄的那样——"发神经"了。

事实上，首战告败的结果也让全力支持直播这个项目的村支书李老干、村主任周老元感到怅然若失。作为村里的主要领导，他们虽说不怎么看好这个带货直播，但对于从大城市来见多识广的第一书记，还是抱有很大的信任感的，要不然也不会把村里压箱底仅有的钱拿出来给他经营"梦鸣苗妹"了。

可是，如果小吴书记不能让"梦鸣苗妹"尽快火起来，到时候要是真的弄得血本无归了，可怎么向村两委班子、向全村百姓交代呢？

第七章　柳暗花明又一村

一

"昨天做了平生第一场直播。"九秧给勾乌发了一条微信。作为倾诉的对象，勾乌还是比较称职的。

"效果怎么样？"

"别提了，气死我了！"

"怎么回事，没人观看吗？"

"人气倒是蛮高的，整场直播下来，观众都过万了，粉丝也涨了一倍多，有点出乎意料。"

"那是好事啊，怎么还气？"

"好个鬼嘛！"

"那是怎么啦？"

"嗨，没料想进来一帮不正经的豆子鬼，尽捣乱。一点不尊重人，老想着占人家的口舌便宜，色眯眯的还想非礼本姑娘，简直了！"九秧气不打一处来。

"我就说嘛，闲着没事的人才看你们这种直播。有几个不是无聊网虫！

我早就想提醒你这个的，可又怕扫你的兴，误会我要打什么歪主意。这下你自己亲身经历过，有了体会，晓得这里边的水有多污浊了吧？"

"去去去——对了，你是怎么知道看直播的人都那么无聊的？"

"不瞒你说，我自己无聊的时候也看美女直播。虽然我在直播间里从来不对人家提过任何非分的要求，却眼见过很多无聊的网鬼尽做些没谱的事……"

"原来，你早就晓得里面的猫腻啊？呀！还哥们呢，狗屁渣渣！"

粉丝对主播态度不恭，言语挑逗，举止出格，乃至人身侮辱，这种事并不少见，九秧也并非一无所知。眼下的直播平台也是良莠不齐、泥沙俱下，风气本来也不见得有多清朗。许多美女主播更是打起擦边球，钻着网络管理的空，变着法子引诱粉丝的丑闻时有发生，被公安机关查处、惩戒的也不在少数。作为主播，九秧一开始自信能够把握自己的行为举止，也自信可以从容应付个别粉丝偶尔心怀不轨的企图。至于内心纯朴的多帕，与自己一同出镜，也根本不用她去费神应对那些尴尬、无聊的局面。一龙能挡千江水，凭她九秧的机巧应对，一个人便游刃有余。然而，直播首秀经验欠缺的九秧还是高估了自己。

"整场直播下来，也没几个人下单，根本带不了货，我这心头都拔凉拔凉的。"九秧继续对勾乌诉着苦。她不好向小吴书记说这些，她知道小吴书记比自己压力大，不能再给他添堵。她也不好跟多帕说这些，多帕本来就不经事，能够配合自己把直播撑下来已经算不错了。

"要我说呀，你原本就不是做直播的料！"勾乌一不小心，信手写了这样一句，手指头一点便发了出去，等他意识到不妥，想把消息撤了回来，可是已经晚了。

"你心里这么不敞亮，说都说了还撤回做什么，我都看到了！"九秧从来心直口快。

"对不起，我又说错话了。我的意思不是说你胜任不了主播这个工作，而是你不必做主播这一行。你应该回市里来，这里有比主播更适合你发展的现成职业，你更容易得心应手。"勾乌忙不迭地向九秧道歉。

解释没用。九秧发信息给勾乌，无非是想找个人倾诉一下，发泄一下心中的愤懑，让自己舒坦舒坦，并没有心生动摇的意思。

"那我更要做出个样子来给你看看！"九秧在心里愤愤地赌着气。

九秧刚退出微信，吴圣云的电话来了。

"九秧，在忙什么？"

"没忙什么，正无聊呢。"九秧言不由衷。

"听上去情绪不高啊，是不是还在纠结昨天的直播效果？"

"昨天的直播我也反省过了。觉得开头讲我们的苗族服饰有点过于喧宾夺主，给那些不安分的网友钻了空子。我们应该把重点放在对糯米香柚的介绍上才对的。"

"对苗族服饰的介绍应该单独拍摄一个系列就好了，那样我们还可以顺带介绍一些苗族风情。"吴圣云同意九秧的看法。以后，这样的专题可以多做一些，但眼下最关键还是要做好大苗山糯米香柚的推介，这是重中之重。

单就大苗山糯米香柚的推介，还可以做出一个系列的《大苗山糯米香柚养成记》，从树苗选育开始，到熟土、移栽、施肥浇水、防虫除病、保花坐果，再到成熟采摘、储藏保鲜、包装运输，直至送到客户的果盘，大有文章可做。

但眼目前迫在眉睫的，是要尽快摸清带货直播的套路，想办法把全村的糯米香柚早日卖出去，为村民们把三年来的心血换成票子，实现如期脱贫的目标，这个才是真正的王道。

不能如期解决好大苗山糯米香柚的销路问题，其他一切都是扯淡。

二

前些日子，经朋友向小明介绍，吴圣云认识了最近在网上走红的美食博主农师傅。农师傅虽然不及名满全网的李子柒，但在整个桂北地区也是自成气候，很受网友追捧，在颇有影响的南方美食网也算得上是位大咖级的风云人物。据说，他个人账号的粉丝都过五十万大关了。关键他还在龙城开有自己的实体美食店，每天都是食客盈门。而专为粉丝们开发的独立包装限量版"农师傅美食"在网上卖得更是火爆，供不应求。

那天刚回到市里，向小明打电话给他："吴大书记呀，自从你去了大苗山扶贫，兄弟们都见不上你的面了，怕是早已扑倒在哪个苗妹温暖的怀抱里，想不起兄弟了吧？"

"说什么呢！兄弟情谊天长地久。平常工作真的太忙，也很少能得回来，偶尔回来一趟都是来也匆匆去也匆匆，没得机会跟兄弟们乐呵乐呵。这次疫情，根本就不能离开村子。你是不知道，我连春节都一个人都猫在村部宿舍里过的呢。"吴圣云极力为自己辩解。朋友丢不得，以后依靠的地方多着呢。

"嗨，知道你忙，村里脱贫有期限，压力山大呢！"

"真兄弟，理解万岁，理解万岁！"

"兄弟们理解你，你也理解一回兄弟吧，怎么样？"向小明进入了正题。

"那是当然了。"

"爽快，那好吧，这么久没聚了，又逢疫情解封，你回来得正是时候，趁此机会咱们小范围聚会，庆祝一下，也好听听你的大苗山扶贫故事。"

"行，你们定地方，今晚一定好好搞两杯，共叙'革命情谊'！"

"那就去'农师傅美食'吧，最近冒出来的一个网红美食店。"

"告诉我哪个位置，我久不回来，怎么冒出个'农师傅美食'，还成网红店了？"吴圣云来了兴致。

"地方比较偏僻点，但绝对火爆，包你满意！"

"革命情谊何惧千山万水！"

"别酸了，等下发定位给你，自己打车过去，我就不去接你了。我再约几个弟兄，先过去号位置点菜。"

地方虽然偏僻，美食店差不多要开到城西的边上了，但正如朋友向小明所说，店面人气相当火爆，食客络绎不绝。

这店特别的一点是，店主人农师傅不仅亲自掌厨，还一边直播解说美食的特色与制作，更有专业的摄影师现场专门负责拍摄。每天直播一道特色菜式制作。

向小明与农师傅很熟，直接把吴圣云领到了后厨。

农师傅正在直播"农氏绝味小龙虾"这道菜的制作，忙得不亦乐乎。

"农总！"向小明悄声向农师傅打了个招呼。

农师傅拎起肩上的毛巾抹一把汗，冲吴圣云和向小明微微一笑，继续他的直播。

在一旁的吴圣云看了农师傅的直播，十几二十分钟下来，算是长了见识。不像李子柒先做好了视频再上传，他这个难度可大得多了。现场直播，多少双眼睛盯着，任何不专业、不到位的镜头出现，都是无法遮掩、无法补救的，第一时间就被网友的火眼金睛看见了。

直播完毕，农师傅赶紧赶到吴圣云他们的桌前，不住地表示歉意："对不住啊，美食制作直播中间不能停，让你们等久了。我自罚一杯！"

农师傅端起酒杯，一饮而尽。

向小明起身介绍："农总农大师，介绍一下，这是市园林局的吴圣云，现在挂职大苗山梦鸣村第一书记。以后需要招小苗妹当服务员啥的，找他好了！保证绝对正宗，如假包换！"任何时候，向小明都藏不住贫嘴的本性。

"对了，吴大书记正好在大苗山搞什么带货直播，准备做扶贫网红呢。"向小明咧咧嘴，补充道。

"幸会幸会。吴书记光临，令寒店蓬荜生辉。"农师傅向吴圣云拱拱手。

"久仰久仰。"吴圣云连忙起身还礼。

"我敬你！"农师傅端着酒杯，走到吴圣云跟前。两人酒杯叮当相碰，一饮而尽。

三杯下肚，吴圣云与农师傅便相谈甚欢，大有相见恨晚之意。

"农师傅，你的美食直播搞得这么好，生意做得这么红火，一定有什么秘密武器吧？"吴圣云想从农师傅这里讨点经验。

"哪有什么秘密武器！不过就是做得久了，有些小心得而已。"

"传些经验给吴书记嘛农总，也算是你为苗家脱贫致富做贡献了。今后农总去大苗山，无论干什么，都敞开怀抱一路欢迎。吴书记是这个意思吧？"向小明表现得比吴圣云还要兴奋，虽然言语中不无打趣，但终归是落在了点子上。

"你要在大苗山做网络直播？"农师傅问吴圣云。

"我想通过网络直播给村里的特色农产品，土特产打开一条新的销售渠道。村里有很多特色好产品，就是因为渠道不畅，很难找到销路。比如现在的大苗山糯米香柚，由于疫情影响，根本无法通过传统销路卖出去。"吴圣云如实相告，一筹莫展。

"我不知道你们主播团队怎样，我现在只跟你讲些粗浅的观念。这个也谈不上是经验，只是我个人对直播带货的认识，当然不一定对，仅供参考。"农师傅将座椅挪了挪，与吴圣云挨得更近些。

"你说你说，我洗耳恭听。"

"主播能带货最核心的一点是通过运营、通过内容和粉丝去建立起的一种联系。"

"什么联系呢？"

"首先，得让粉丝觉得你有用。就像我们经常看到一些种草号、一些内容号。对于一个全新的用户而言，如果正好有一种商品，他需要，他可能就会关注你这个账号。"

"就是说，主播要能提供有用的商品给对方。是这个意思吧？"

"对，就是这个意思。你一个网络主播，再牛也好，如果你不能给粉丝提供有用的商品，你带什么货？"

"理解了，我们现在有货——上好的大苗山糯米香柚！还有呢？"

"还有，是让粉丝喜欢上你。粉丝关注了你，下一步就是要拉近跟粉丝的距离，获取他们的喜欢，也就是给粉丝一个好印象。这时你推荐啥东西，就会被重视。如果不能获得粉丝的好感，那你推出的商品也很难得到粉丝的青睐，这又怎么会有好的销售成果呢？这一点很关键。"

"这个我懂，实际上就是打感情牌嘛，要想卖好产品，得先'卖'好自己这个人！"

"也可以这样理解吧。可光喜欢还不够，第三步还要获得粉丝的信任。信任感是带货最核心的一个砝码，有了粉丝的信任，只要你有，只要他要用，就一定会选择你。像薇娅、李佳琦，你知道他们带货的砝码还有什么吗？"

"什么？"

"很简单，就两个字——便宜。他们的粉丝都知道，只要这个东西自己用得上，同等质量在他们这里买肯定是最低价。当然，质量千万不能出纰漏，否则一切都白搭。其实，我们家的美食也是这样。"

"比质比价，必须找不出第二家来！在我这里买了，你绝对不会亏！农师傅，还有吗？"

"还有就是让粉丝想成为你，当然，这个已经上升到偶像崇拜的层面了。像张大奕、雪梨，她们的粉丝更多是种追随感。你穿的你用的你吃的我都想与你一样，甚至你的一颦一笑一举一动我都想模仿，巴不得成为另一个你。要是你说的每一句话粉丝都很在意，还愁你的产品卖不出么？"

"农师傅，你讲得这么头头是道，一套一套的，好像专门备过课一样，可以当网红主播培训师了。"旁听者们禁不住发出由衷的感叹。

"不瞒你们说，我还真在市里的直播培训上讲过课呢！"农师傅眉毛一扬。

"厉害啵！"吴圣云不由得竖起大拇指。

农师傅继续转向吴圣云："再补充一点，你带的产品一定要吸引人，就是一定要有差异化的卖点。快手、抖音上那些能火的商品本身就很有特点。"

"比质比价还得比特色。听君一席话真是胜读十年书。来！这杯酒我敬你！"吴圣云举起酒杯又要敬农师傅。

"拜师酒，得换个大杯子，免得没诚意。"有人立马换上两个大号杯，分别递给吴圣云和农师傅。

"感情深，一口闷！"

咣——一饮而尽，酒杯倒悬。

这晚的酒，众人都喝得很尽兴。吴圣云结识了网红直播达人农师傅，收获满满。

"农师傅，抽个时间到梦鸣村做一回现场指导吧。"吴圣云诚恳地邀请。

"好说，我也只擅长做美食，到时可以考虑去那里拍一场美食视频吧。"农师傅应答得十分爽快。

"那就一言为定？"

"一言为定！"

三

择日不如撞日。吴圣云返回大苗山时，顺带将农师傅一同请到了梦鸣村。

"我一来是被你这个第一书记的精神感动了，二来是想体验一下大苗山的民族美食。我们做饮食这一块的，也得不断创新。我打算去大苗山找当地的食材拍些美食视频，让粉丝们也开开眼界！"农师傅很坦然，将自己的心里话掏给吴圣云。

在宝龙寨，农师傅找了不少当地食材，做了一期全新的美食视频，视频上传便引起强烈反响，粉丝们纷纷点赞。

"拍摄之前一定要精心准备。五分钟的视频，至少要准备几小时，甚至几天，各种各样的意外都要考虑到……"农师傅耐心地向九秧和多帕介绍自己的心得体会。

"制作美食视频与其他视频有什么区别呢？"在农师傅的美食制作拍摄现场，九秧怯声讨教。

农师傅梆梆梆地敲着锅铲："美食视频与其他视频的制作其实都差不多，都得先做好内容，才可能产生效果。"

"举个例子，你可以向粉丝传授自己做菜或切菜的小技巧，如炖排骨可以先加糖炒一下会更香，白菜顺着纹理切可以有更多水分等。很多粉丝蛮欢喜的，因为这些小技巧对他们有实用价值啊。"农师傅一边说着，一边做起简单的示范来。

九秧决定模仿农师傅，试着做一个野生灵芝炖苗鸡的美食小视频，请农师傅现场点评，顺便招待远道而来的客人。

从未正儿八经做过一顿苗寨特色家常菜的九秧，这回要充当大厨，什么都得亲力亲为了。其他的辅助食材倒是好准备，可杀鸡这事实在把她给难倒了。没有任何杀鸡经验的九秧，被手中的一只小苗鸡折腾了小半天。一刀往鸡脖子割下去，鸡血喷涌，鸡爪子没扯住，结果把接鸡血的碗给蹬翻了，殷红的鸡血泼洒了一地，鸡毛满天飞扬……九秧把持不住，忙乱中，将手中的鸡往地上一掼，嘿，小苗鸡竟任由鲜血喷涌，仍昂头前行，鲜红的鸡冠像一面不倒的战旗，迎风飘舞，一时竟唬得九秧不知所措。最后还是农师傅上前帮忙，才把小苗鸡捉住，重新补刀……视频拍摄出来后，农师傅耐心地指出视频中的一些败笔，比如杀鸡场面太过血腥、烹调动作不够熟练、制作过程节奏太慢等。

"既然要我讲，我就不客气啦，你们不介意吧？"

"怎么会介意呢，本来就是请您来指导的嘛！"九秧一脸的虚心，她还在为自己刚才的失误而惴惴不安。

"做直播，首先一定得做自己喜欢的。无论什么事情，只有喜欢，我们才愿意花时间和精力在上面。你自己都不喜欢，怎么吸引人家喜欢呢？没道理啊！"

"就是必须爱一行干一行！"九秧看着农师傅，点点头。

"没错。还有就是必须做自己擅长的。不擅长、不熟悉的东西，怎么做都难做得好，因为你自己也不知道好在哪里，对吧？比如，你们做这个美食的视频，你都没杀过鸡，大姑娘上轿第一回，肯定杀得鸡血一地，结果被杀过的鸡还要昂头找谷子吃，不飞上树就算阿弥陀佛了。要是现场叫你们跳一段苗舞或是吹一曲芦笙，你们肯定跳得很爽吹得很好。为什么？因为这是你们最拿手的，你们最熟悉不过。"

九秧和多帕相视一笑。前面是说干一行爱一行，现在强调的是干一行熟一行精一行，这个她们太有体会了。

为了证明自己的观点，农师傅又给几个人讲起故事来。

"你们听过'庖丁解牛'的故事么？古时，有个姓丁的厨师，一个人可以轻松地解剖一头全牛，就像完成一件艺术品一样，神奇得不得了。因为，多年的经验已使他完全掌握了牛的身体结构，最终才能做到得心应手，避开锋芒，因势利导，游刃有余。不熟悉、不擅长怎么能做得到呢？是吧？"

"肯定不行啦，所以我连只小苗鸡都杀不了。"九秧红着脸，农师傅的话说了到她的心坎里。

"除了喜欢和擅长，还有呢？"九秧继续向农师傅讨教。

"还得调动各种资源，为我所用。比如你们大苗山就是很好的背景资源。这里山清水秀，苗寨吊脚楼建筑神奇，苗族图腾古朴神秘，苗族民风民俗独特，苗家服饰风情万种，对外界的人来说，每一样都很有吸引力。每个视频的片头都可以做得很美，与粉丝产生互动。让观众亲临其境，才能吸引他们好好欣赏下去。"农师傅说着，将目光转向吴圣云。

"至于具体拍摄，无非就是景别景深、近景远景中景特写。镜头的运用，推、拉、摇、移、转、跟都是些惯常的手法。还有就是视频的构图一定要干净，不要让过多的因素影响观众的观感。可以适当采取隔物构图拍摄，即前景，拍摄角度很重要。"

"想不到有这么多学问！我以为拿起相机就是摄影师了，呵呵。"吴圣云感慨。

"再一个就是要重视文案。以美食制作为例，从开始的直播环境，到食物的制作工序，包括食材的准备、烹制的过程、成品的呈现，都必须有条不紊地在文案中描述清楚，具有可操作性。"

吴圣云深有感触，文案做不好，的确拍都没法拍。

"还有剪辑。不要有太多的转场镜头，注意增加特写。颜色上，明暗搭配要适当。要从导演或编剧的角度去编织故事和情节内涵，用变换的镜头去记录和表达你的一些意愿和情感……"

农师傅越说越饶有兴味，吴圣云与九秧听得不亦乐乎。可怜的多帕倒像听天书一般，听得一头雾水，一双水灵的大眼睛单是望着农师傅出神。

"如果是现场直播的话，需要准备的事情就更多了。尤其要求主播要有应变的机智，要能妥善化解各种突发事件和问题。要记得，在你的直播间，你一定要有主场的感觉，必须掌握主动权和控制权。没有什么套路，无非都是些心理的博弈。聪明的主播懂得如何让观众心甘情愿被吸引，让他们由路转粉。"农师傅一针见血，像是给一个病重的人开了一剂良药。

经过农师傅的精心指导，吴圣云决定全面改版。果然，与之前相比，效果有了很大的提高。

这次的直播场地选在室外，以大苗山、宝龙寨和苗山糯米柚园为背景，使用各种角度避开上午直射的阳光，再用一些补光灯来补光，使整个环境显得大气、开阔。这下，主播九秧和多帕显得自如多了，特别是九秧的气场满满地霸了屏。直播间氛围也很热闹和融洽，越来越多的路客涌了进来。除了主播的主场介绍，还有不少网友的现场互动提问，直播秩序基本可控。

山里的天气像个娃娃脸，说变就变。直播才到一半，突然淅淅沥沥下起了小雨。九秧灵机一动，与多帕在雨中跳起了两人事先排练过的《苗家姑娘》这支摆手舞来。雨气迷蒙，云气氤氲，亦真亦幻的唯美画面，转移了观众被扫了兴的情绪，很多粉丝纷纷送上了爱心、鲜花等各种小礼物。一曲舞毕，立即转成室内直播，主播稳坐在画面中间，继续向大家娓娓介绍风味独特的苗山果珍——糯米香柚。

陆续有人要买糯米香柚，但咨询的问题非常刁钻。

"我怎么觉得你们这个大苗山糯米香柚与普通的沙田柚没什么区别

呢！不会是骗人的吧？"

"为什么要骗你呢？你都看见了，大苗山得天独厚的自然条件，成就了这上品果珍，那普通的沙田柚怎么比得了！"

"再说了，这是国家地理标志保护品牌，大苗山独有品质保证，只此一处，别无第二。你上网随便一搜就一目了然，假的真不了，真的假不了，你就把心放到肚子里吧！"九秧与多帕配合默契。

"这价钱也贵了点吧？"

"可我们大苗山糯米香柚的性价比高了也不止一点点啊，只有吃了，你才能体会，什么叫'买到就是赚到'！"

"当真？"

"你必须亲口尝一尝，否则，你就只能看着别人咂嘴巴，自个儿心里瞅得慌！"

"是不是有那种香过初吻、甜过初恋的感觉呀？"又有粉丝在蠢蠢欲动。

"宝宝，你说得太对了，就是香过初吻、甜过初恋的感觉！"

"那我也来几箱吧！"

"好咧，后台下单，谢谢！顺便跟宝宝们说一声，吃过没有不回头的。"九秧的对答接近完美，为直播增加了不少人气。

情绪也是可以感染的，下单的人渐渐多起来。

看着越来越多的单子，多帕忍不住抿嘴偷偷乐呵起来。

第八章　不想带货的主播不是好主播

一

梦鸣团队的直播开始有了不小的起色，可以真正带货了。

但这样的带货效率，离吴圣云的理想目标相差太远，依然处在零敲碎打的状态，远远未达到批量交易的水平，不能从根本上解决梦鸣村糯米香柚的销售难题。

"除了请进来，我们还得走出去，取得真经。"九秧向吴圣云说出了自己的想法。

"你说得没错，我们这地方是偏僻、闭塞了些，但我们的心胸和境界应该放得更开阔，眼光应该照得更长远才对。"九秧的想法与吴圣云不谋而合。

"你有什么具体打算吗？"吴圣云看着九秧，心里期待着。

"我在网上认识了一个网红主播，名叫'巧妇九妹'，我想去拜访拜访她，看看人家到底是怎么成功的。"

家住鹿州的巧妇九妹，也是个专门做美食直播的农村妹子，人称"桂北李子柒"。据说，她账号平台的粉丝已经超过百万了，是个超人气的网红，带货也特厉害。

"那好啊！你和人家能联系上吗？"

"联系过了，她给了我地址，说可以随时去找她。"

九秧其实也是"巧妇九妹"的粉丝，多次观看过她的直播，也曾经在直播中和她有过不错的互动，直觉她是个很容易接洽的人。再说，巧妇九妹的名字里也带个"九"字，九秧更觉得与自己有一种牵扯不清的缘分。

"要不我陪你去找吧！"吴圣云怕九秧一个人去不方便，放心不下。

"你在村里工作那么多，忙都忙不过来，你还是别去了。再说，我不在家，直播还是不能停。多帕一个人虽说勉强可以顶替得了，可你这摄影师加现场指导还是不能缺席。"

"可你一个人去行吗，人生地不熟的……"吴圣云还是担心。

"要不这样吧，我忽悠勾乌和我一起去，这下你就不用担心了。"九秧想起了在市里的勾乌。

"人家勾乌一大堆的生意要做，他能陪你去？"吴圣云对勾乌有些忌惮。

勾乌本来就反对九秧留在寨上搞直播，要不是自己苦苦相求，九秧现在应该跟着勾乌在市里忙活呢。以男人对男人的了解，勾乌对九秧绝对是存有一片心思的，说不定啊，在心里早对自己恨死了。

但除了勾乌，还有哪个更合适的人选呢？梁老耿吗？梁老耿怕是一出大苗山，连东南西北是哪个方向都分不清呢。再说，他也不会开车，总不能靠两条腿走路去吧。

"没事，勾乌是我铁哥们，他肯定会无条件答应我的！"九秧竭力打消吴圣云的顾虑。

"那好吧！你先联系勾乌，实在不行我们再另想办法。"吴圣云只得先依了九秧。

九秧掏出手机，当着吴圣云的面给勾乌打电话。

勾乌刚打发完一位难缠的客户，正枯坐在办公桌前喝闷茶，心不在焉地把着茶杯，一不留神，茶水泼出来溅到手上，烫得他一下跳起来，可一接到九秧的电话，勾乌立马欢喜起来。

"勾乌大老板，在哪里乐呵呢？"九秧一如既往的俏皮。

"你不在，乐呵什么嘛！"

"哈哈哈，撩贫我啊？哪个不晓得夜夜笙歌的勾乌大老板每天都乐呵得很。"

勾乌自嘲道："我哪敢撩贫你大主播嘛。知道你看不上我这个钻在钱眼里胸无大志的小商贩，拿我寻开心呢。"

"小气包，才几天不见，玩笑也开不起了，真没意思！"九秧故意激他。

"行了，你就别撩贫我了，我心脏不好，不经撩的。知道你是无事不登三宝殿，说吧，需要我做什么，两肋插刀！"

"哼，你也晓得啊，我没事找你干什么，吃饱了撑得慌……"九秧不客气地怼了过去。

"究竟什么事？"

"其实还真没什么事，就是忽然想去鹿州那边玩一两天解解闷，却没个伴，也不知道找谁好，只管打个电话给你——"说到后面，九秧故意把语气放得很慢。

"没玩伴是吧，找我你就对了，我保证全程陪玩，服侍周到！"勾乌高兴得差点跳起来，这可是个意外的喜讯。

"真的吗，你愿意陪我去鹿州？莫蒙我！"

"蒙你做什么！又可以当一回护花使者，我做梦都想呢！对了，你们的直播不搞了？小吴书记能让你这么随意离开？"说到这里，勾乌不禁犯起疑来。

"直播不还有多帕也宜顶着嘛，我也就去一两天，主要是去会个网红主播姐姐，跟她学点招数。"聊得差不多了，九秧也不想兜圈子了。

"原来是想去取经啊！我就说嘛，哪有这么简单！那怎么不让小吴书记和你一起去呢？"勾乌问得也直白，他与九秧之间，就是梗着这个幽灵一般的小吴书记，一想起他自己心里就别扭。

"小吴书记有他的工作，哪走得开！再说，多帕也宜一个人搞直播，肯定也难应付，得有小吴书记在一旁把关才行嘛。"

"原来是小吴书记不能陪你去了，才想起找我！"勾乌的话里顿时充满了一股酸溜溜的醋意。

"勾乌你这话什么意思！不乐意陪我去是吧？"九秧把嘴噘得老高老高，勾乌在电话的另一头也能感觉得到。

"那你看什么时候回去接你？"勾乌陪着十分的小心问。

"这样吧，明天早上你空吗？"

"有空！有空！"

"有空的话就回来接我吧。"

"好嘞，明早九点，寨上见！"

……

挂掉电话，勾乌激动得对着手机一阵狂吻，仿佛远去的希望一下子又向自己靠拢了一步。

这边，九秧两手一摊，冲着吴圣云莞尔一笑："免费三陪，搞定！"

"免费三陪？"吴圣云没反应过来，脸上浮起一层老茧似的惊诧。

"陪游、陪吃、陪学啊！"九秧扑哧一笑，逗得吴圣云也哈哈大笑起来。

吴圣云点着九秧的鼻子数落道："鬼丫头，你倒是会忽悠人！"

"主要是有人愿意被忽悠！"九秧脸上浮起一阵得意的坏笑，更加俏皮可爱了。

<h1 style="text-align:center">二</h1>

勾乌依然认为，九秩跟着小吴书记做直播是件瞎折腾的事。

"不是我说你们，在宝龙寨这种鸟不拉屎的地方搞个带货直播，真有点空中楼阁的感觉，你不觉得这事太飘了吗？"勾乌还是盼着九秩能够"悬崖勒马"，不要一条道再走到黑。

"人家小吴书记自己掏钱来搞这个直播，连我们的工资都是他个人出的。他花这么大的心血，你不支持，'空中楼阁'这四个字就轻易否定啊？"九秩觉得勾乌的风凉话说得太过头，心中不免又愤愤起来。

"本来就不切实际嘛！"勾乌坚持着自己的看法。

"不切实际的话，人家小吴书记还这么下功夫？真是的！"九秩一口反驳过去。

"小吴书记，哼，我看他是醉翁之意不在酒！有别的意图吧？"

"小吴书记能有什么意图？！他一个扶贫干部、村里的第一书记，这么做还不是为了改变咱整个梦呜村贫穷落后的面貌！"九秩很恼火，一提起小吴书记，勾乌就怪话连篇，仿佛小吴书记得罪了他什么。

"只有天知道！"

"你怎么这样说话呢！再胡扯八拐，我不理你了！"

"小吴书记利用电商扶贫的初衷当然是好的，但他也有政绩考核，说沽名钓誉也许不好听，但总得有个好名声，这样回去才有升迁的资本不是？你敢保证小吴书记就没有一点功利的心思？"勾乌极力发挥着自己不厚道的想象。

"你混账！怎么这样抹黑一个扶贫干部，抹黑小吴书记！你这分明是以小人之心度君子之腹！"九秧有些怒不可遏，脸色也变得难看起来。她不容许勾乌这样信口雌黄编排小吴书记。一个连自己工资都给了贫困户的扶贫干部，一个自己靠借款搞带货直播为村民解决滞销柚子难题的第一书记，怎么会动沽名钓誉的歪心思？！

"就算我是小人之心吧！可你有没有想过，小吴书记在咱梦呜村挂职扶贫很快就要期满，到时屁股一拍回市里去了，你们这个直播团队怎么办？谁来接管？谁来继续出资维持？岂不是要竹篮打水一场空吗？"勾乌似乎要争出个理来，他这醉翁之意既不在酒却也在酒，实在是对九秧的执迷有些担忧，怕她走火入魔回不了头。

勾乌这一问倒是把九秧给问住了，她的确没有考虑过小吴书记走了之后的问题。

可转而一想，现在自己是专门出来拜师学艺的，不是为八卦人家小吴书记的长短的，也没有必要急着跟勾乌争论直播团队将来何去何从。

"未来会怎样，究竟有谁会知道……"九秧脑子里闪过一首老歌《我是一只小小鸟》，不由得在心里打了个寒颤。

这个多嘴多舌的臭勾乌！

"开好你的车，有辆摩托追上来了，速度好快！"九秧眼尖，赶紧打住刚才的话题。

开摩托车的是个装束怪异的愣头小伙。在这弯弯绕绕的道路上，摩托车箭一般往前冲，与勾乌的车子距离越来越近……车上的骑手就像那些卡通片里玩命飙车耍帅的鬼火少年。

鬼火少年双手紧握车把，摩托车卷起一阵阵昏黄的沙尘，在一个弯道口追上了勾乌的汽车。震耳欲聋的马达轰鸣直蹿进车内，坐在副驾的九秧心都快被震得蹦出来了。

眼看就要超过勾乌的汽车，张狂的鬼火少年对着车窗内的九秧做出了一个个轻佻、挑衅的动作。

"找死！"勾乌一忍再忍，终于失去了耐性，一踩油门，车子加快了速度，与鬼火少年对飙起来。

勾乌加速，刺激了鬼火少年的神经，他也跟着加大了油门。很快，鬼火少年一溜烟超过了勾乌的汽车，并回头做了个"完胜"的手势。

"这个混仔要飞起来了！"九秧一声惊叫，心提到了嗓子眼上。

嗖的一声，鬼火少年口吐一口浓痰，击中了勾乌的挡风玻璃。

勾乌也是个血气方刚的小伙子，何况车上还坐着自己喜欢的九秧，哪里受得了这份羞辱。他一咬牙，用苗语狠狠骂了句粗口之后便猛踩油门。他要追上鬼火少年，逼停他，给这个没教养的浑小子一个教训。

"勾乌，你发疯啊？快减速！"九秧瞟了一下眼睛冒火、狂踩油门的勾乌，大声吼道。

勾乌在九秧的呵责下很不情愿地松开油门，一边愤愤地骂道："这个王八蛋！太张狂了，不给他点颜色教训一下，他都不懂得粑粑是米做的！"

"你不知这样子很危险啊！跟一个毛头小孩置气，值当吗？你不要命我还要呢！"九秧嘴上数落着勾乌，头脑里却涌起对这个鬼火少年咬牙切齿的恼恨。

嘭的一声巨响，前面不到五百米的距离，只见鬼火少年的摩托车在马路上打起了滚子，几圈之后，卷着鬼火少年一起跌进了路旁的一道水泥沟槽。

"报应来了吧！"勾乌看见鬼火少年翻车，禁不住幸灾乐祸地叫起来。待九秧反应过来时，他们的车子已经到了摩托车出事的地方。

"救命啊……救命……"沟坎下传出一阵阵痛苦的求救声。

"喂，停一下！"九秧拍着车门把，命令勾乌停车。

勾乌以为九秧是想就近看看鬼火少年的下场，解解刚才受的气，便一个急刹停了下来，从容地摇下窗玻璃。

沟坎下的场景惨不忍睹。摩托车被卡在水沟里，发动机还在突突地响着，已经没有了刚刚在马路上风驰电掣时嘚瑟的轰鸣，状如一个躯体僵硬、气若游丝的垂死者。那被压在车下的鬼火少年正时不时发出杀猪般的嚎叫。

九秧打开车门，刚想下车看个究竟。

"别下去凑热闹！听这嚎声肯定死不了，让别人来处理吧，免得耽搁了我们赶路。"勾乌却不愿意下车，下车了不定会惹出什么麻烦来，这人生地不熟的。

九秧没理会勾乌，先自己下了车。她探出身子往沟坎下看，看不到鬼火少年的头脸，只有一条腿露在外面，一动不动地梗在沟坎中。

"你倒是下来呀！"九秧对勾乌又吼起来。

虽说九秧对鬼火少年刚才的行为也是深恶痛绝，可眼见他出了车祸，人被压在车下动弹不得，也不知伤成什么子，心就软下来了。

勾乌下车，走到沟坎边，看着眼前的情景，还想继续劝九秧别多管闲事。

"你真就这么铁石心肠见死不救吗？"九秧一边反问勾乌，一边走下沟坎去。

"不是我见死不救，就怕我们好心好意救了他，等下他或者他家里人来了，反咬我们一口，说是我们撞的，那可就麻烦了！这世道'老赖'多着呢！"勾乌为自己的立场做着虚怯的辩解。好心救人反被诬告、被讹诈的教训多了去，前车之鉴不得不防呢。况且这小子实在可恶至极。

"你到底帮还是不帮？"九秧上前伸手拉了拉摩托车，摩托车纹丝不动。

"帮帮帮，到时别怪我没早提醒你！"勾乌啐哝着走下沟槽底。

两人费了九牛二虎之力才把压着鬼火少年的摩托车挪开。三分钟前还意气风发的鬼火少年已是面目全非，额头上开了条足有五寸长的大口子，鲜血从里面汩汩流出来，将整个脸、脖子都染成了绯红色，看上去十分吓人。

　　"阿弟，你还好吗？起得来吗？"九秧俯下身，关切地问着惊魂未定的鬼火少年。

　　鬼火少年挣扎着用左手抓住勾乌伸过去拉他的手，屁股火辣辣的疼。虽然打着趔趄，但他还是勉强站了起来，斜靠在水沟边喘着粗气。左脚却挪不开步来。右手没了知觉，上上下下摸了几回，骨头好像没有断，应该是关节脱臼了。

　　"我的手机……"血流满面的鬼火少年还惦记着摔在不远处屏幕早已破裂的手机，手机上开着的视频还没有关。勾乌强压着心中的火气，上前帮他捡起手机，气鼓鼓地递给鬼火少年，看都不看他一眼。

　　九秧从自己的包里掏出一袋纸巾，拆开来递给鬼火少年几张，让他摁住流血的地方，问他："你伤成这个样子，得赶紧去医院才行！这附近有什么医院吗？"

　　"前面两公里左右，离路边不远是我们村医务室。"鬼火少年痛苦地说。

　　勾乌与九秧齐力将鬼火少年扶上自己的车，向村医务室的方向驶去。

　　一路上，九秧免不了对鬼火少年一通教训："阿弟，开车一定要注意安全，不要随便玩飙车这种危险的游戏。你看啊，出了车祸既害自己又害别人。你刚才在路上那个样子，真把我们吓坏了，老担心我们的车子和你相碰。以后可千万别这样飙车了，别人的命也是命，自己的命也是命，伤了谁都不好，你说是不是？"

　　听着九秧的教训，鬼火少年一直低头不语。

　　石龙村医务室就一位医生，鬼火少年叫他"刘医生"。正闲坐在门口晒太阳的刘医生一见鬼火少年便嚷起来："小钢炮啊，今天又去哪里'逞英雄'了？"言下之意颇含讥讽。看来这个叫"小钢炮"的鬼火少年，在村里应该是个出了名的小混混。

"你家大人的电话多少？我得联系他们过来，把事情说清楚，我们也好赶路。"趁刘医生帮鬼火少年处理伤口之际，勾乌冷冷地问道。

"大哥，麻烦你不要把这事告诉我家里人，求你了！"

想不到鬼火少年也有低声下气恳求勾乌的时候。

"这可不行！这事非得跟你家里人讲明了，免得日后惹麻烦。再说了，这医药费得由你家里人来出，我们可不帮你垫付！"

"是我自己翻车受的伤，不关你们的事，怎么会找你们的麻烦？这医药费我自己出就行了！"鬼火少年极力打消着勾乌的顾虑。

"那也不行，必须得与你家里人交个底。"勾乌的态度没有丝毫商量的余地。

鬼火少年无奈，只好拨通了家人的电话："爷，你过村医务室来一趟吧。"

只一句，他便挂了电话。

额头上的伤口已经处理完毕，刘医生开始为鬼火少年处理脱臼的胳膊与脚踝关节。只见刘医生一手抓住鬼火少年的肩膀，一手托住肘关节，拇指按住桡骨小头，屈曲，再拉着胳膊一扭一转一拽，往上一推，"咔嚓"一声，好了。

看着刘医生神奇的关节复位手法，九秧突发奇想：这样的民间绝技要是制作成视频，上传到平台，会不会火呢？

"七天之内不要用力，特别是走路更要小心，再脱臼可就麻烦了。你那个车暂时就不要开了，听见咩？"刘医生郑重地嘱咐鬼火少年。

"晓得了。"鬼火少年乖乖地答应着。

刘医生告诉九秧与勾乌，鬼火少年的父母都到外面打工去了，家里只有爷爷与他同住。

"小钢炮初中毕业，原本在县里读职高，可他一天到晚除了玩游戏也没别的兴致，职高没读到一半便不读了。后来，跟着一帮混仔学会了骑摩托车，一天到处不要命地蹿，不知摔过几多回。他爷爷也是管他不住的。"九秧定定地望着鬼火少年，越看越觉得眼熟，好像在哪里见过，但一时又想不起来。

"你是——车王小钢炮？"九秧突然张着嘴巴，惊喜地叫道。

"你怎么知道的？"一脸惊讶的鬼火少年没有否认，很奇怪眼前素不相识的九秧怎么会知道他的名字。

"我在抖音看过你的直播视频，你就是那个专门搞摩托车酷玩的车王小钢炮，没错！"九秧一下想起来了，她好几次在抖音里看过网名为"车王小钢炮"的这个少年车手玩车技。视频拍摄多在一些农村公路，甚至田间小道、山地草坡、河岸沙滩等。车手不仅装扮酷炫，那车技玩起来更是滑溜得很。他账号粉丝好像有三十来万，比自己的多了差不多二十倍。

从视频上看车王小钢炮的车技表演，九秧还是蛮喜欢的。但令九秧万万没想到的是，在现实中他也是这样的玩命。

"你也上抖音捧我啊，你的网名是什么？"鬼火少年两眼放光。

"我可不是你的粉丝！只是偶尔看过两回你的表演。"九秧嗔怪地剜了一眼小钢炮。

"我……"鬼火少年的脸上再次浮起羞愧的神色。

"阿强，你怎么了，这次又摔到哪里了？"门外老远便传来一阵老人家的焦灼声，沙哑而急促。

"我没事呢，爷。"鬼火少年不耐烦地应道。

一个苍老的身影跑进医务室的门，老人双眼深陷，两腮干瘪，嘴唇和牙齿打着哆嗦。

"还说没有事，你看看你这脸！"老人爱怜地拿手去摸鬼火少年脸上的伤口，却被他一巴掌挡开了。

"刘医生，他这该不会破相吧？"

"放心，他这口子是有点长，不过不要紧，只要护理得好，不再受二次伤害，好后应该不会留下太大的疤痕。只是他这手脚脱臼，怕是要在家好好休息一段时间，不能到处动了。"刘医生嘱咐鬼火少年的爷爷。

"哎——"老人家抹着浑浊的眼，应答道。

"爷，今天这事不怪这两位哥哥姐姐，是他们送我来医务室的。他们怕我们家讹诈。"

"呸，你当你是哪个呢！自己一天在外面野，到处惹是生非，不祸害人就烧高香了，还敢讹人家？我是没这么厚的脸皮——哎，怎么就养了你这个报应崽，造孽啊！"老人家叹了口气。倒是个明白事理的人，估计像今天这样的事情，他也不是头一回遇到了。

"两位好人，谢谢啊！都怪我家娃不懂事，给你们添麻烦了。"老人家又给九秧和勾乌鞠躬致谢。

"我又不要你管！"被老人一顿数落的鬼火少年，坐在一旁不耐烦地回怼道。

"好，你不要我管，我还懒得管，随你在外面死也好活也好！"老人家也是个倔脾气，一扭头竟真的走了。

"老人家不会出事吧？"九秧担心道。

"没事的。小钢炮他爷就这个脾气。老少两个冤家，针尖对麦芒，一个不对付一个。"刘医生见得多了。

鬼火少年自己不说，倒是刘医生向九秧揭了他的老底。虽然小钢炮是网红，收入颇高，但是村里人都不认同他，总觉得这混仔游手好闲，一天到晚开个摩托车到处蹿，做的不是些正经事，还危险，伤到自己活该，有时还祸害别人，自然不招人待见。他爷成天提心吊胆的，可拿他一点办法也没有。

"小钢炮，不是我说你啊！你们爷俩见面就掐，你爷这回是真火大了，哪天被你气死都不晓得！"刘医生语重心长地训起了鬼火少年。

"小钢炮，你的车技是不错，但以后尽量不要再玩那些危险的动作了，不然发生意外的话，你爷怎么办，你想过没有？"九秧轻轻拍着鬼火少年的肩膀，细声劝慰。

"你以为我不知道危险？！我也做过一些轻松的搞笑视频，可一下子掉粉掉得好厉害。没办法，还是那些炫车技的视频点击量大，直播打赏也多……"

小钢炮的村里前些年种了一大片脐橙，他家也有十来亩。今年，因为疫情的缘故，脐橙销售也遇到了前所未有的困难，至今挂在树上无人问津。有人曾经为这事给小钢炮出过主意：你不是网红吗，抖音账号粉丝都几十万了，一天玩些乱七八糟的危险动作有什么意思，有本事也像别的网红一样搞个带货直播，帮你家把那些脐橙卖出去，那才真叫厉害，这密密箍箍的脐橙也是钱呢。

可小钢炮不以为意，再说，他也不懂得怎么去做这个带货直播。

"这样，要不我们联手来做一场直播，我做你的嘉宾，配合你帮你们村卖脐橙，如何？"九秧忽然灵光一闪。

"是可以，但……不知道效果如何。"小钢炮有点犹豫。

"小钢炮的伤也处理完了，我们是不是赶紧上路？别忘了，你这次出来，是专门去找巧妇九妹拜师学艺的，可不能在这里耽搁，影响了正事。"勾乌在九秧的耳边提醒着。

"我知道，耽误不了！我想试一试，之前总结的一些方法到底灵验不灵验。"九秧已打定了主意，勾乌只好无奈地听之任之。

三

小钢炮家的屋门前，是一个脐橙园子。

屋前的地坪正中摆着小钢炮上次骑的那辆摩托车，车身已经被剐蹭掉了漆。与摩托车放在一起的是几大筐色泽诱人的脐橙。

小钢炮头上缠着纱布，走进屏幕，与等待已久的粉丝打着招呼："哈喽，宝宝们好，我是车王小钢炮。"

"今天不玩车了？"

"你头上怎么啦？"

……

粉丝们七嘴八舌关心地询问起来。

"我额头与石头打了一架，今天玩不了车了。不过，我给大家请来了一个神仙姐姐。"

"车王要与神仙姐姐同框啦！"粉丝们开始骚动起来。

"有请神仙姐姐——漂亮的苗妹九秧。"

伴随着轻快的音乐，一身苗家打扮的九秧，手里捧着一篮金黄的脐橙进入镜头，面带笑容与小钢炮的粉丝们热情地打招呼："嗨，大家好，我是苗妹九秧！今天受车王之邀，来到直播间。哇——没想到宝宝们这么喜欢车王！"

"神仙姐姐你好漂亮！"

"苗妹九秧是哪的人？"

……

粉丝们开始热闹起来。

一阵寒暄之后，九秧问："宝宝们，你们爱车王小钢炮吗？"

"爱死了，车王小钢炮是我心中的男神，他的直播我从不缺席！"

"车王小钢炮，我炫我酷，耶——"

小爱心、小鲜花飘满了屏幕。

"宝宝们，车王小钢炮今天不炫车技，你们猜炫什么呢——"九秧故意卖着关子。

"炫什么？不会是炫和神仙姐姐三生三世十里桃花吧？"有人又准备开始调侃、起哄。

"三生三世太虚了，我们就炫今生今世！宝宝们听好了，车王小钢炮今天和我一起来卖果！"

"我们不要！"粉丝们一片哗然。他们万万没想到，炫酷的小男神居然会出来卖果。

"宝宝们看，小钢炮家门前的这片风景漂亮吧？"九秧指着门前的脐橙园大声问。

"漂亮呀！"

"可是，漂亮不能当饭吃呀！这是车王小钢炮家里的果园子，这么好的大脐橙，因为疫情还没卖出去呢，要请各位宝宝帮忙啦！卖不了脐橙，车王小钢炮也玩不了车技了！你们看，这就是昨天去市场卖果的路上被撞的。"

"啊？"粉丝们发出惊呼。

"宝宝们不帮忙，车王小钢炮还得自己去卖呢！"

"我们帮买，帮买……"

"那就下单抢购吧！富川脐橙，同样是中国国家地理标志产品，以其色泽鲜艳、肉质脆嫩、风味浓郁、蜜甜、无核、化渣等极佳品质而著名。这种橙子，还获得过'第一好吃脐橙'的称号呢！保证比市场上其他的橙子新鲜、好吃、还便宜得多。对了，下单可以通过我的小号，现在公布给大家，车王小钢炮还没有申请带货资质，不过很快就会有了！"

......

一场直播下来，居然卖出了 500 份脐橙，约五千斤，销量真令人吃惊。

九秧又帮小钢炮到镇上联系电商物流配送，请全村子的人来帮忙采摘。

坐在家门口，两个小时就卖了近五千斤脐橙，小钢炮的爷爷做梦也不敢想。原来，平时吊儿郎当的孙子，做起正经事来也能这么喊得山。不过老人家明白，九秧是他孙子的贵人。他在心里对九秧充满了感激。

在村人们的眼里，小钢炮一下子成了一个小能人。

"小钢炮，卖完你家的，也帮我们卖哈。你要几多提成，你说！"人们纷纷找到小钢炮，要求帮忙。

小钢炮嘿嘿地笑着："卖完再说！卖完再说！"

"莫哄我啊！"来的人一再央求。

"放心，记得的咯！"小钢炮拍着自己的胸脯。

几天之后，九秧要离开了，小钢炮很舍不得，问："姐，你什么时候回来？我等着你，还想跟你一起联手合作，搞直播呢。"

"会的。不过小钢炮，我给你个忠告，你别不爱听啊。"九秧拍着小钢炮的肩膀。

"你说，我一定听你的！"

"往后呢，一定要记住，千万不要随便在公路上乱飙车了，既违法又危险，那是玩命！知道吗？这次的教训你可要认真吸取，好好反思，否则有一天出大事，到时可就悔不及了。"

"嗯！"小钢炮不住地点着头，眼里早已一片潮红。

四

九秧和勾乌一来到大塘镇向阳村何家屯，像被整个村庄的环境深深地吸引了。

近两公里水泥硬化路面的环屯道路，将村子的四周包围起来。村子中间，纵横交叉的通屯大道通向各家各户。走进村子，干净整洁的道路两旁都是郁郁葱葱的花草树木，粉红的杜鹃、深红的玫瑰、金黄的冰糖橙和金橘……

村民家一律的白色外墙显得格外整齐美观。两边的菜园围墙及屋山墙面都绘上了各式各样妙趣横生的童谣。

"月奶奶，纺棉花，一纺纺出个小甜瓜。爹一口，娘一口，一口咬着孩的手。孩呀孩，你别哭，爹爹给你买个货郎鼓，货郎鼓上一对孩，也会打光也会玩。"

"摇呀摇，摇到外婆桥，鸡公吃糯饭，鸭公吃浮萍，牛吃田塍草，马吃豌豆苗，大人吃了找事做，小孩吃了打摇摇……"

"缺牙棒，屙尿在床上。狗来舔，猫来望，望见一个缺牙棒……"

"惊蛰走，春分来，我和奶奶挖野菜，苦麻、三夹、扣子菜，一挖一麻袋。品种又多又好卖，绿色环保人人爱。"

……

九秧仔细地欣赏着这些俏皮好看的漫画，仿佛自己被带进了一个个美妙的童谣世界。

村子中心，还修建有一座漂亮的观赏鱼池，五颜六色的锦鲤正在池中舒心地畅游，一副闲情逸致的模样。

巧妇九妹领着九秧和勾乌，指着各处的景观介绍着："现在是初春，突出的是花，到秋季就是叶，这里种植的银杏树也是一道靓丽的风景。那边文化广场的凉亭已经修好，马上开始种植草皮了，建成后将是我们全屯的文化活动场地，也是暇时休闲的好去处。还有篮球场……"

巧妇九妹现在担任着村妇女主任一职，说起话来一套一套的。九秧打听过，村子里的水泥道路、树木花卉、观景池塘、休闲小广场等，可都是巧妇九妹带头捐资、发动大家集资、自行修建起来的。巧妇九妹的直播还带动了村里旅游业的发展，现在她这里的农家乐旅游搞得可红火了，村民们都拥护她。

九秧很佩服巧妇九妹，简直有些崇拜的地步了，没想到一个直播网红还能为自己的家乡做出这么风光的事。

九秧看准时机，提出向巧妇九妹学习带货直播的诀窍。

"诀窍？我哪有什么诀窍，只是一直在用心做而已。开始的时候吧，其实也碰到过不少的问题，但是我只想着坚持把最真实、最真诚的一面展现出来。日久见人心，要得到大家的理解和支持不难。还有，你带货，就必须货真价实……我就是这么一步一步走过来的。"

"当然，对于观众，我们必须提供最优质的服务。这个服务不仅指你卖的商品，还指展现在他们面前的你这个人。作为主播，要让自己走进观众的内心，就要满足他们的内心诉求，做他们心灵的知音。"

"意思就是要换位思考！"九秧点着头，巧妇九妹说的与自己之前所总结的其实是一个意思。

"所以说，粉丝也好路客也罢，这些潜在的、直接的客源，我们不仅要把他们当上帝，更要当成是我们的朋友和亲人，甚至另一个'自己'。"巧妇九妹的话听起来有些深奥，不像个农村妇女说的，但九秧句句心领神会，人家说的有道理。

九秧请巧妇九妹点评自己之前制作的一些直播视频。

"要听真话？"巧妇九妹眯着眼问。

"哎呀，不听真话我还大老远跑来你这里做什么嘛！"

"不怕你生气，我觉得吧，你们这些视频，明显就是为了拍摄而拍摄，态度还不够真诚，讲白了就是功利性太强。你看，你们这个说话的语气和动作，那么刻意对着镜头，像挖开田坝放水一样，自说自话多，缺乏和粉丝们的深层互动……"巧妇九妹点评起来直指要害。

"九妹姐你讲得太对了！我们做节目的时候吧，投入了很大的热情，现在回过来从观众的角度看，热情其实只是我们自己的一厢情愿，没能把热情自然而然地传递给观众，更没有恰到好处地感染观众，而是像你讲的——'挖田坝放水'，一股脑儿往外泼，根本不理会对方是否接受得了。"九秧红着脸自我检讨。

"所以就会吃力不讨好！最初，我也有过这样的教训，做带货直播大概都要经历这种王婆卖瓜式的尴尬吧。因为我们太心急，太想把自己的商品推出去了。不过这也是好事，不想带货的主播可不是好主播。"巧妇九妹放声爽朗地笑了起来。

"所以，做直播最最重要的，是一定要时刻牢记自己面对的是镜头前的粉丝观众，是千千万万的另一个'自己'。"若有所悟的九秧随声附和着。

"没错，要多和粉丝观众互动，激发他们的热情。善于巧妙引导他们，让他们觉得你和他们是一伙的，你代表了他们的意志，帮他们挑选，替他们决策，给他们争取看得见的实惠。"

"就是要学会做观众粉丝忠实的代言人！"

"非常对。一定要时刻留意粉丝观众的任何反应，特别是一些不好的反应要想尽办法及时消除，赢得他们的信任。"顿一顿，巧妇九妹又补充道，"当然，作为一名成功的带货主播还得要做出自己的特色，做出自己的品牌，要有明显的个人或者团队标志，让粉丝观众牢牢记住你，舍不得你。就如老话讲的——'一日不见如隔三秋，害上相思'。"

"九妹姐，你可真厉害！"

"你们这个'梦鸣苗妹'，其实还是很有优势的，光听名字，本身就蕴含了显著的民族特色，让人情不自禁地想起大苗山多姿多彩的民族风情。只要把握得好，运作得当，一定会红火起来！"

"当真？你不要骗我啊？"九秧高兴得跳起来，一把搂住巧妇九妹。

"加油，我很期待哦！"巧妇九妹立起拳头，鼓励九秧。

回程的路上，九秧不断地总结着这次拜师学艺的收获。最重要的不是学到了直播技巧，而是真正认识到，在这个互联网火红的时代，无数的网络推手开创了一个社会的新格局。车王小钢炮，享有"桂北李子柒"之称的乡村美食家巧妇九妹，因乡村走秀红透网络半边天的兰仙人……这些形形色色的网红主播，构成了现代乡村一道道奇特而美丽的风景线。

他们大红大紫的背后，所付出的艰辛和汗水、所蕴藏的智慧和胆识，给了九秧无穷无尽的启发和思考。

"带货直播，唯有专业与坚持，不可辜负！"九秧反复回味着与巧妇九妹临别时她给自己的这句赠言，久久不能平静。九秧自信地觉得，直播带货是一个风口，现在正被各种"误解"所包围。在完全没有依靠什么资源，甚至没什么直播经验的情况下，巧妇九妹凭着那股不服输的劲儿，闯出了一片天，自己完全也可以！有了这些的克敌制胜的"九阳真经"伴身，回到宝龙寨，"梦鸣苗妹"的带货直播可以真正脱胎换骨了。

第九章　可以买走的大苗山博物馆

一

　　这段时间，小黄狗汉鹏成了直播楼忠实的联络员，老主人家、多帕家、村部、直播楼，四点一线来回折腾得可欢了。忠诚的汉鹏肚子里没有那么多的花花肠子，直播楼里所有的迎来送往，它都屁颠屁颠地乐意承担，从未表露出丝毫的倦怠。平日，有了汉鹏的贴心陪伴，吴圣云焦躁的心平添了一份宁静的安适与温馨。

　　因为九秧外出求艺，每次直播，多帕只能勉强为之，要么唱唱苗歌跳跳苗舞，要么插科打诨装萌卖巧，再不然就展示些苗族服饰，甚至将苗家美食也搬出来了。但她不是一个应对自如的主播，经常被网友们逗弄得自顾不暇。幸好，有吴圣云在旁边压阵，不时强行出面救场，才不至于卡壳，播不下去。但糯米香柚的销售实在艰难，干跺脚也没用。有好几次，多帕对着镜头，几乎是带着哀求的哭腔，请粉丝们帮忙购买一些，可聊天起兴的粉丝们，关键环节却表现得出奇的冷漠，就是不肯响应，不肯下单。有时整场直播下来，也卖不掉三五箱。连在一边冷眼旁观的梁老耿都看不下去，恼得咬牙痒痒的。

可是有什么办法呢？总不能跑上前去对着手机屏幕骂娘吧。说到底，人家粉丝也好过客观众也好，没有人欠你的。

带货不给力，桃花美事却日见成果。

没事的时候，梁老耿就去直播楼打打杂，也不怕人说闲话了，顺带帮看管小勾迭。小勾迭还小，不能一个人丢在家里，尤其是晚上。其实，九秋在家的时候，梁老耿就常常来直播室当一个不入镜的"陪播员"了。九秋不在家，他来得更加勤快，几乎是一场都不漏。

每当小黄狗汉鹏来到直播楼门口，呜呜欢叫，多帕就知道，闲不住的梁老耿又来了。

自从那次在柚子园拍视频对了歌，梁老耿与多帕两个便彼此心有灵犀起来。以前，梁老耿是见了多帕就躲，如今是不见多帕就慌，他也不再避讳寨子里的人了。

不抓紧把事办了，说不定哪天被人钻了空子挖了墙脚，到嘴的天鹅就会飞呢。像多帕这样的女人打着灯笼也难找，再不好好抓住，过了这个村就真没那个店了。梁老耿经常在心里敲打自己。

多帕直播的时候，梁老耿就在一旁静静地待着。他一手抚摸着挨坐着自己的小黄狗汉鹏的头，一手抚摸着趴在自己大腿上的小勾迭的头，看多帕专注的眼神里带着几分欣赏、几分痴迷和几分幸福的想往。

有时候，汉鹏也会情不自禁地客串一下角色，往往是在多帕直播卡壳、吴圣云上场救急之际。但它总是会错意，自作多情地绕着站在主播位置上的多帕和吴圣云转着圈圈，吐着老长的舌头盯着两人，涎水流成了老长的线，那表情比主人梁老耿还要憨痴。

每当直播结束，梁老耿和吴圣云便会一路把多帕母子送到家门口，然后梁老耿指令汉鹏送小吴书记回村部宿舍，自己则一个人摸黑回家去。

有一回，梁老耿将勾迭架在脖子上的一瞬间，无意间所流露的父爱本能，深深地触动了身后的吴圣云。

第二天晚上，吴圣云便推说想早点回宿舍休息，自顾带着汉鹏从直播楼回村部了，让梁老耿一个人护送多帕母子俩回家去。

"梁哥，我和汉鹏先回村部了。夜里路不太好走，你可得小心护着点多帕姐，不然九秧回来我们都不好交代啵。"吴圣云给梁老耿使了一个意味深长的眼色，一抬脚，吆喝一声小黄狗，"汉鹏，走，送我回去！你也别在这里碍事了！"

吴圣云走后，梁老耿伸手去抱多帕怀里的勾迭。小家伙不经熬，一到多帕的怀里就睡着了。

梁老耿接过勾迭时，不经意手背碰到多帕温热的胸脯，顿时像触电一般，浑身打了一个大大的激灵。自从九秧的阿妈过世之后，这么多年来，再也没有过与女人的肌肤之亲，他原以为自己的身体感官早就麻木了，哪晓得还这么不经诱惑。

梁老耿稍稍用力想赶紧抱开小勾迭，好打破这突如其来的尴尬，可是多帕没有松手，反而将小勾迭搂得更紧。梁老耿的手被夹在小勾迭的身子和多帕的胸脯之间动弹不得。

"多帕，把勾迭给我吧，太沉了……你抱着吃力。"梁老耿低头嗫嚅着，声音有些哆嗦。

"我抱着吃力，那你不会——"多帕眼睛直勾勾地望着梁老耿，好像要把他的内心看穿似的，没有说完的后半句，足以让梁老耿产生无限的内心遐想。

男人的冲动瞬间爆发了。梁老耿双手保持着原来的姿态不动，却铆足了暗劲往多帕的胸脯上压过去。

"你别猴急嘛！先把小勾迭放下来，免得吵醒了他，不好看呢！"多帕挣扎着抽出一只手来，挡住梁老耿的继续进攻。

多帕将小勾迭抱进主播换装间的一张小沙发床上，轻轻带上门出来。梁老耿早已等之不及，一把拉过多帕……

久旱之后逢甘霖，两个饥渴的灵魂开始自由地飞升。

折腾够了，俩人站起身来，理好衣服，倚坐在门槛上。

一阵夜风贴着墙壁，像只偷袭的小野猫，嗖地掠过黑暗中两张无遮无拦的脸庞，留下一片不知所措的茫然。远处，一颗小流星在天空划着一道美丽的弧线，像是高高荡起的秋千。多帕看看梁老耿，心里默默地许了个愿，突然止不住嘤嘤啜泣起来。

"好好的，你哭什么？后悔了？"梁老耿摸摸多帕的脸，有些不解，又有些心慌。

男人的心思太粗糙，女人的心思太细腻。

"我没哭，我高兴的！"多帕嘴上回答着，泪珠却收敛不住，在夜色的掩映下，簌簌流淌成一条晶莹的小瀑布，挂在脸上，任风悄悄地吹干。

"高兴就好！我也高兴，高兴你不嫌弃我。"梁老耿一声感叹，拉着多帕的手又紧了紧。

"我们一样仪式还没办，已经这样子，以后九秧会怎么看我，不会瞧不起我吧？"多帕终于说出自己的一丝担忧。

"九秧？白捡了个这么年轻能干的咪宜，她高兴还来不及呢！你就别多想了。等九秧一回来，我就告诉她，我们马上要成一家人了。在直播楼，你们同一张桌子当女主播女同事，回到家你们同一张桌子当女主人，可亲着呢！"

二

九秧一进直播楼，就感觉到气氛有些不对。出门拜师的这几天里，"梦呜苗妹"的带货直播虽然照常进行，她在外面也时刻关注着直播的情况，但还没有如此近距离地观察过多帕也宜的变化。之前，多少有些腼腆的她，一下子变得容光焕发起来。最明显的就是对自己的打扮更上心了，可又不像是给观众欣赏的，似乎更期待着引起一边旁观的阿爸的关注。

"小吴书记，你有没有发觉，多帕也宜看我阿爸的眼神都带着勾藤的倒钩了。"九秧神秘兮兮地在吴圣云的耳背上发布着她的这个惊天发现。

"我没觉得呀，她平常就这样！"吴圣云不紧不慢地应道。

吴圣云何尝没看出其中的端倪。虽说自己没有亲眼看见那天多帕与梁老耿在直播楼里怎样，但凭着吴圣云的直觉，他们肯定已经好上了。

成就梁老耿与多帕这一对，原本就是吴圣云扶贫工作的"计划外指标"。若促成了，这也是一件很值得说道的美事啊。如果不是自己发起创建这个"梦呜苗妹"直播，让他们能在一起相处，真不知还要折腾到何时。这些天，眼见他们两个黏黏糊糊的，就知道好戏已经开场。

"我坐在城楼观风景——"想到得意处，吴圣云轻轻哼起了京剧《空城计》里的一句。

"那你对我阿爸与多帕也宜的事怎么看嘛？"九秧明知故问。

之前，在九秧家柚子园里拍"梦呜苗妹"第一个视频的时候，吴圣云就曾表态支持多帕与梁老耿在一起，说白点那是公开撮合，只差正式为他们保媒拉纤了。当时，小吴书记还提出过"爱情扶贫"的设想，说的虽是玩笑话，但细想起来却很有道理。阿爸与多帕也宜真要是好上了，那将来两家力量合在一起，同心协力，别说按期脱贫没问题，过上富裕的日子那还不是分分钟的事？

"你阿爸与多帕姐？"吴圣云还在摆弄着手机。

"对呀！"

"这个，我可说不好。"

"哎呀你说嘛！"

"真照我说呀，你就等着叫咪宜吧！"吴圣云看着九秧，放低声音，故作神秘。

"不会吧，真的假的，这么快？"轮到九秧一脸疑惑了。

"真以为你阿爸是个不解风情的榆木疙瘩？"

"我阿爸人太老实。"

"老实又不木蔸，那是给你看的，你阿爸可精着呢！"

"我不信！看架势，要么就是多帕也宜给我阿爸灌了迷魂汤，将他征服了。"

"征服你阿爸的恐怕只有你这个鬼妹仔。依我看，多帕姐多半已被你阿爸缴械俘虏了。"

"乱讲，我阿爸才不管我呢，管我弟还差不多……"

"还对你阿爸不让你考大学的事耿耿于怀啊？"吴圣云轻轻地推了推九秧的肩膀。他为自己刚才的失言感到抱歉。没想到一句撩贫的话，竟会触碰九秧心中的隐痛。

"不扯这个了！说我阿爸不管我，也是过头话来的。看到他折腾成那个样子我就心疼。要是多帕也宜能够早日和我阿爸在一起，可真是了却了我一大心愿。"九秧为自己突然冒出的一丝不良情绪感到不好意思。

平心而论，阿爸当初所做的决定又有什么错呢？十根指头都不一样长，可每根指头都连着心肝呢，阿爸也是万不得已才做的选择。

九秧早意识到，不能老拿当年辍学这事来与自己怄气，不值当。可不知怎么，在小吴书记面前，她就变成了一个玻璃人，收敛不住也藏掖不下，事无巨细都想要跟小吴书记说。

"要死，该不会是我喜欢上小吴书记了吧？"九秧暗自诘问。她为自己这些微妙的变化吃了一惊，脸上一阵火烧似的灼热，而心里封印着的那只小神兽更是有了剧烈的异动，正冲蹿得厉害呢。

"完了完了完了，我好像真的……"九秧不断捶打着自己的脑门。

吃晚饭的时候，梁老耿说要跟九秧商量个事，可嘀咕了老半天也没讲得出个究竟来。九秧在一旁急得直嚷嚷："阿爸，什么事这么难开口嘛！"

"九秧，你阿妈走了这么多年了，我也没把你们姐弟俩照顾好，还误了你的学业和前程，真对不住！"脸露愧色的梁老耿言语吞吐。

"嗨，都是过去的陈芝麻烂谷子了，你还提？说事吧。"

"是这样，我一个人在家，你也老不放心，我想……"

"噢，我知道了。阿爸，是不是你要娶多帕也宜了？"九秧放下碗筷，探询地问道。九秧想起了上次在柚子园里拍摄对歌的事。

"你怎么看你多帕也宜？"被九秧一句捅破，梁老耿只得老实征求女儿的意见。

"你别管我，你自己怎么看的嘛？"

"你多帕也宜是个好女人……"

"你们两个早就商量好了？那你准备几时让多帕也宜进我们家的门来？"

"这不是问你愿意不愿意嘛！"梁老耿嗞溜呷一口米酒。

"你自己喜欢了就行，这是你们两个人的事情。我们做儿女的，哪个不想自己阿爸过上幸福的好日子。再说，你要真娶了多帕也宜，身边有个伴，我阿妈在天上看着，也心安了。"

"这么说……你同意啦？"

"我早就同意啦！上次在柚子园，还是我给你们俩拉的红绳子呢！"

"既然你同意了，我就跟你多帕也宜商量商量，争取早点把日子定下来。"

"早点定下日子也好……不过阿爸，这个月可不行，得挪到下个月去。"

九秧突然想起另一件要紧的事来。

"这个月怎子不行了？我又不信那什么黄道吉日，能凑到一起过，都是好日子！"

"哎呀阿爸，你别急嘛，听我好好给你说！这个月不是要搞网络直播大赛嘛，比赛获胜的话，市里、县里的领导会亲自来帮我们卖柚子呢！机会难得，我和小吴书记商量好了，'梦呜苗妹'直播团队要报名参赛，多帕也宜和我都要参加比赛。所以，这个月根本没得闲来准备你们两个人的婚事。"

"原来是这事，没听你多帕也宜说起过呢！"梁老耿吧嗒一口老旱烟。

"放心吧阿爸，有我帮你守着呢，多帕也宜谁也挖不走！等我们比赛完了，保证让你如意当上宝龙寨最幸福的新郎官！"九秧不经意幽了梁老耿一默，倒弄得梁老耿一脸的不自在。

"鬼丫头，拿你阿爸开心取乐呢！"梁老耿伸手在九秧的鼻尖上划拉了一下，一股暖流直冲脑门。

三

九秧外出的这些日子，吴圣云也没闲着，除了每天指导多帕进行直播，还在钻研各种网红养成技巧。

以前，吴圣云总以为给脚本文案预设太多的条条框框会禁锢主播的临场发挥，实际上，若是没有完整的程序规定和具体的细节规范，主播一上场会很容易变成一只无头苍蝇，被粉丝牵着鼻子走。

"脚本一定要专业化，把自己当成商场的导购员。"

网红养成教程里关于带货产品脚本创作的观点，说到了吴圣云的心坎里。要做好带货直播，必须在脚本里把产品主推的卖点准确地提炼出来。

而且，这个卖点必须是独一无二的，是别的产品所不具备的。

教程里说得很清楚，做好卖点提炼的唯一途径就是不断地优化脚本文案。而只有做到环境精美，策划精心，流程精密，脚本精巧，演绎精准，这"五精"才可能呈现一场精彩直播，从而实现带货的预定目标。吴圣云终于对直播锦囊初步有了整体上的认识与把握。

"九秧，你今天这身全苗打扮好喜感，又得加分啰！"吴圣云带着欣赏的表情，对着九秧喊道。

九秧上身穿的是窄袖、大领、对襟的短衣，衣面绣着艳丽的花边。下身穿了一条百褶裙，短不及膝。打着绑带的大长腿尤其抢眼，婀娜动人。头上、脖子上、手腕上戴着闪亮的银饰，散发着苗家达配所特有的青春靓丽和富贵气质。

关于苗家百褶裙的来历，有很多有意思的说法。

有版本说，很久以前，一对苗家母女上山采蘑菇，采到了五颜六色的青枫菌和松木菌，觉得菌子的颜色和褶皱好看，心想要是做出这样的裙子，穿起来，那该有多美啊。回家后，母女俩就照着菌子的模样把布折成褶皱制作成裙子，又把花虫鸟兽的刺绣图案缝在裙边上。就这样，第一条百褶裙便做出来了。母女俩穿在身上，果然好看，引得寨上的人们个个拍手称赞，于是纷纷学着做来穿。很快，绣花百褶裙就传遍了各个苗寨。

还有版本说，被猴精拐走到深山里的达配兜花听了一位神仙白胡子爷爷的指点，带着自己仅有的一把伞逃出猴洞。兜花漫无目的地走了整整一个月才走出茫茫的大森林。可是吃尽苦头的她，衣服裤子全被树木荆棘划破了，受伤的肌肤裸露在外很难为情。于是她便把伞拆了，用伞面罩住下半身。色彩鲜艳的伞面看上去就像一朵绽放的花，好看极了。寨子里的姑娘们看到兜花穿着的这条漂亮的裙子，都非常羡慕，争着跟兜花学做裙子。从那以后，苗家妇女就穿起了这种漂亮的绣花裙子。

吴圣云沉浸在这些浪漫故事传奇的色彩里陶醉不已。

九秧停下脚步，对着坎坡下的吴圣云回眸一笑，眼睛里透着兴奋的光。吴圣云像触电一般僵在那里，心中一颤，仿佛一团云彩涌进了自己的身体。

"五溪衣裳共云天"，吴圣云猛然想起大诗人杜甫描写苗族服饰的名句，他略略一改，便成了"苗岭衣裳共云天"。不，应是"九秧衣裳共云天"。此时此刻，在吴圣云的眼里，此情此景全是九秧。

"是吗，你要给我加分？"

"何止是我，今晚所有的粉丝们都将为你加分呢！你就等着乐呵吧！"吴圣云掏出手机赶紧给九秧拍照。

"九秧，这几天你出去长了见识，我也在家里反思，还真有些心得。"吴圣云加快脚步，走到九秧跟前。

"我就说嘛，我们的小吴书记岂是等闲之辈，运筹帷幄之中，决胜千里之外，雄才大略肯定值得期待！"九秧一半戏谑一半夸赞。

"你就别水我啦！不过，我认真检讨了之前做的直播，我们前期功课确实有很多做得不到位的地方，比如直播排序不够细致，缺少临场应对的策略，产品脚本不够专业，特别是对产品卖点的提炼不足，噱头不够吸引人……"

九秧听出来了，小吴书记已然找到了问题的症结，一定也有了解决的方案。

接下来，吴圣云倒要听听她游学拜师的收获了。

"卖农产品，实际就是卖自己的家乡，卖生活在家乡的那个自己，说好听点就是要做好自我形象的宣传。"

"从鬼火少年小钢炮那里得到很大的启发，咱们做直播也得走正道，不可投机取巧，更不能搞邪门歪道。当然，捷径也是有的，正当的巧功夫用得好了，会事半功倍，也会有意外的惊喜。"

......

两人说着说着，很快到了直播楼。

多帕早已在里面，一切都已准备妥当。

勾迭正梗着脖子不依不饶在与多帕玩剪刀石头布。

"勾迭，怎么生气啦？"九秧上前抱住勾迭，在他的小额头上响亮地"啵"了一个。

"勾迭，叫书记罢育好。"多帕教勾迭。

"咪，为什么叫九秧爱爱，不叫书记呆呆？"对于多帕让他叫九秧"爱爱"，叫书记"罢育"，小勾迭感到十分不解。

"勾迭讲得对，就叫书记呆呆。"九秧非常支持勾迭的看法，很显然自己被人占了便宜。九秧与小吴书记本来年龄相当，差不了两三岁，却被多帕也宜生生就弄成了两辈人呢？还有阿爸，小吴书记与他称兄道弟的，这不乱了辈分嘛！他竟然也心安理得。不行，今后不能让他们再继续以兄弟相称下去了，不然自己这身份岂不尴尬。

"书记呆呆好！"小勾迭冲着吴圣云稚气地叫道。

叫呆呆也好，叫罢育也好，吴圣云都乐意接受，反正他在小勾迭对自己的称呼上没有立场。

"勾迭好！过来，牛一个！"吴圣云俯下身来，把头一伸，与小勾迭用额头顶起牛来。

"九秧，刚才你说的那个与粉丝热场的技巧，再详细讲讲，给多帕姐也听听，方便我们下一步改进和提高。"

"从现在起，开播之后要是有新粉进来，作为主播，我们应该主动先打招呼，要热情地说欢迎他来到直播间，请点一下关注。这样的话，会让对方感觉到在我们这里很受重视。当然，也可以跟对方唠家常拉拉关系。人家网红大咖就是这样子热场的，效果很好。"九秧结合自己在巧妇九妹那里观摩的感受，直接套进到"梦呜苗妹"的直播现场来。

"这样的话我们以前也有说啊。"多帕弄不清，是不是外来的和尚念经就灵验些。

"我们以前确实做得不到位，做得不够好！"吴圣云为九秩打着圆场。

"再比如，来了一个熟人，我们可以跟对方聊天，向粉丝们介绍对方，实际上是在捧对方。在我们捧对方的过程中，对方一般也会乐意把我们的直播间分享出去，这就等于间接帮我们扩散、宣传了，可是免费的广告啊。当然，对方也可能会在我们这里下单。"

"唔，这个听起来好像对路噢！"多帕若有所悟，脑袋有点开窍了。

"九秩讲得很对，看来我们的'女唐僧'这次是取得真经回来了。今后我们的直播一定要想办法增进跟粉丝的互动。"

"像我们这个特色农产品带货，试吃也是一条比较成熟的路子。但试吃的环节也大有讲究，巧妇九妹给了我'十二字真言'——营养、环保、美味、快乐、享受、刺激。"

"试吃还要刺激，怎么刺激法？"多帕不太明白。

"刺激主要是指场面上的，有时候可以增加一些无伤大雅的好玩场景，适当地渲染试吃的现场效果，活跃直播的气氛，带动粉丝的情绪。"

"动作表情要做得夸张一点，是吧？"多帕皱着眉。

"没错，但表现还得要自然得体，否则就会适得其反。"

"我明白了！营养、环保、美味、快乐、享受、刺激，这就是大苗山特色农产品试吃带货的'葵花宝典'。"多帕为自己找到"葵花宝典"这个词兴奋不已。

"哟，多帕姐都会用'葵花宝典'这词了，看来，"梦呜苗妹"的进阶之路很快就能抵达'光明顶'啦！"吴圣云继续幽默一下，正好可以鼓舞团队的士气。

"还有，从现在起，我们要建立自己账号的粉丝群，将直播信息、秒杀活动等提前在群里进行推送，这样粉丝们会觉得自己在我们这里受重视，也就更有忠诚度，更有黏性。以前我们忽略了这个，吃亏了！"九秧继续补充道。

建立粉丝群的事，吴圣云也早想到了。关键是建群之后如何维护经营，这里面还有很多的套路，大有文章可做呢。

四

直播楼前的廊檐下，九秧与吴圣云各自搬了张小板凳，两人并排而坐。眼前是飞云巧渡的大苗山，刚刚下过一场大雨，层层的梯田像一排排闪亮的小镜子，一摞一摞地往上叠，仿佛要将天上的日月光华全部收敛进去。山里的春天来得较晚，但已经隐约感觉到春的气息在悄然萌动，笋子、蕨菜、折耳根们早已按捺不住，开始在松软湿润的泥土里用力拱土了。它们的活动加速了柚子园的焦虑，有些性急的枝干也开始悄悄露出吐芽长叶的迹象。未曾下树的柚子们，能在树上逍遥的日子可不多了。

吴圣云的视线越过梯田，盯着稍远处一大片绵延起伏的柚子林出神。

九秧看着出神凝望的吴圣云，将自己的凳子搬得离他更近些，两人肩膀挨着肩膀。

"小吴书记，真的很灵！我们的直播方式改进后，这几天每天都在涨粉，都快接近五万了。我粗略统计了一下，昨天一天涨了三千零六十八个，突飞猛进啊。哎呀，我都不敢往下想了！"九秧清了清嗓子，抑制不住内心的激动。这一趟外出拜师真没有白费功夫。

"我就讲嘛，你这回是取得真经回来了！"这样的效果也超出了吴圣云的预想。

随着粉丝数量的不断上涨，大苗山糯米香柚的销量也渐渐多了起来，虽然增长的幅度还不尽如人意，远未达到批量销售的目标，但总归是件可喜的事。

"不能想着一口吃出个胖子来！我们得有耐性，继续把基础打好，集聚人气，由量变到质变，等待爆发的时机。我相信，这个时机会很快到来！"吴圣云很清楚，越是这个时候，越要沉住气，不能浮躁，要遵从循序渐进的规律，否则章法一乱，可能前功尽弃。

"但我还是觉得，我们现在的产品太单一了。天天卖大苗山糯米香柚，粉丝们没有别的选择，他们也不能天天吃柚子吧？如果我们是百万级、千万级的大号，光卖糯米香柚可能就忙不过来了，但毕竟现在才几万的粉……"九秧懂得，眼下最要紧的就是糯米香柚的销路问题，这是压在梦鸣村六个寨子三千多号乡亲们胸口上的一块大石头，更是架在第一书记吴圣云脖子上的一把"屠龙刀"。这个目前由第一书记亲自主导的梦鸣村最大的扶贫项目，全村人两年多的辛勤付出，人力、物力、财力几乎全压在上面，以为硕果累累就能顺利实现脱贫致富的梦想了，可到头来非但见不到梦想成功的喜悦，还平添了烦愁，眼睁睁地看着满山满岭金灿灿的糯米香柚堆积在屋角，谁不心急如焚啊。

带货直播在全村人的眼里根本就是病急乱投医，就是第一书记的任性胡来。经过前段时间的运作，就连当初决定将村里仅有的三万元积蓄全部拿出来支持"梦鸣苗妹"的李老干、周老元，还有其他热心的村干部，也开始认为吴圣云他们是在玩小孩子过家家的把戏，越来越觉得太不靠谱。他们倒不是后悔把村里仅剩的积蓄拿出来打了水漂，而是发愁到时如何安抚这些血本无归的老百姓，今后村两委班子在村民中的威信还立不立得起来，还有多少人肯配合村两委的工作。

全村人都指望着"梦鸣苗妹"直播能够柳暗花明创造奇迹，帮他们把糯米香柚卖出去，打场经济翻身仗呢。

这段时间，村里的大小事情，李老干、周老元基本上不让吴圣云参与太多了。名义上是让第一书记专心搞好直播项目，实际就是不想让他掺和折腾别的事情，怕再弄出什么岔子来。到时候，吴圣云挂职任期一满，回市里上班去了，留下一屁股的烂债不好收拾，只能苦了村两委班子。

吴圣云心里也清楚，村两委班子对自己已心存芥蒂了，只不过顾及他的面子，没有摆明而已。

九秧说的直播产品单一的确是个问题，建立直播团队的最终目标，当然也不仅仅是为了解决全村糯米香柚的销售问题，而是对整个大苗山的推介，只不过糯米香柚销售是眼下的燃眉之急。如果糯米香柚的销售问题不能如期解决好，后面的路是很难走下去的。为了集中精力解决糯米香柚的销售问题，其他商品的推介也就暂时搁下了。现在，经九秧一提，他心中豁然开朗起来，多一些产品提供给粉丝们选择，说不定账号人气会更旺些。聚集的粉丝越多，购买糯米香柚的量不是也越大吗？

"九秧，你讲的有道理！我也琢磨了好久，已经估摸出个大概，可以一试。我们在主推大苗山糯米香柚的同时，可以适当增加些其他的大苗山特产，甚至传统工艺品、民族服饰等。丰富品种类型，给粉丝们更多的选择，也许效果会更好。"

"原来，小吴书记早已考虑到了呀！害我还在这里多余讲！"九秧为自己的马后炮有些不好意思起来。

"你不讲，我还下不了决心呢！怎么又成多余了？"吴圣云轻轻拍了拍九秧的肩膀。

九秧是个见过世面又性格爽朗的女孩，与勾乌称兄道弟勾肩搭背从来轻松自如，没想小吴书记这不经意的一拍，竟一下让自己心里翻江倒海起来。

"打铁趁热，小吴书记，我们赶紧把网店开起来，还要将'梦鸣苗妹'搭建成一个面向全网的电商平台。"九秧强压着心中的朦胧幻影。

"商品展示厅我们有了，再收拾两间屋子，与直播间连通起来，大把够用。整体稍微设计装饰一下，分成几个功能区，比如苗族工艺品、苗族服饰品、苗族生活用品、苗族乐器、苗医苗药……最主打的当然是我们大苗山的特色农产品。这里还可细分出一个苗族美食来，比如苗家螺蛳粉、苗家油茶、苗家年糕、苗家酸、'苗家三香'等。"

"没想到你考虑得这么细致周到！"

"我们也不完全限定具体卖什么，只要能够收集到的，都行！比如你家那架不用的织布机——当然前提是不能违法，呵呵。"

"与乡亲们的合作方式也可以灵活多样，可寄卖，也可直接收购。一来随村民们的意愿，二来也可缓解我们资金上的压力。数量可多可少，一件起售。"

"这个主意不错！"

接下来就是分工行动。

九秧与多帕除了进行正常的直播，还主要负责布置功能展示区。梁老耿也主动过来帮忙，他会木工，这下可以人尽其才发挥特长了，最关键是还可以趁机在多帕面前大显一番身手。

吴圣云找到李老干、周老元等村干部，商量向老百姓征集各种物品的事。

村部会议室里，村干部们七嘴八舌地划拉开了。直播开了一个月，除了梁老耿和多帕自家的柚子卖了一些，全村的柚子基本还没动，现在又要到村民家去收货，别的土特产倒也算了，还要找什么老物件，说白了不就是收破烂废旧嘛！这又是唱的哪一出？还嫌折腾得不够啊。

有点犯众怨了。

虽说花的是第一书记的钱，但村里那点资金可是全都砸在里面，到时候要是全亏了，难不成还要得回来？没错，当初是写有借条，可谁张得开这个口？

看着瘦得眼圈发黑的吴圣云，村干部们一个个心里很不落忍。但心中的担忧总不能不说，意见还是要表达的，否则就只好做睁眼瞎了。

"小吴书记，你这收集老物件有什么意思？人家用得着的肯定不会给你，给得了的肯定没用啊！"

"就是嘛！再说，现在谁还稀罕这些破烂玩意。"

"我是不赞成你拿钱去打水漂的，想清楚点，莫太冲动……"

"你看啊，到现在为止，基本上也没给其他村民卖过多少柚子。我说的不假吧，怎么跟村民开这个口？"

……

吴圣云清楚，村干部们说的话是对事不对人，并非故意为难自己，倒是替他着想的多。

"各位说的我都理解，谢谢大家的关心，我也接受大家的批评。但我想，这件事既然已经开了头，就必须把它做起来。收集老物件也好，其他土特产也好，我想首先还是以寄卖为主。一物一价，收集时与物主商量好，应该问题不大的。卖了物主得钱，卖不出去东西还在这里，随时可以拿回去。"吴圣云态度诚恳，顿一顿，继续解释道，"至于前段时间为主播家带货，也是我考虑欠周。现在两个主播基本上也没拿工资，每天卖出去的产品也不多，而且还在摸索试验阶段。推销自家的产品，在定价、质量的把控上也较有主动权。在这里，我再次向各位领导表明态度，搞这个直播的目的，就是为了把全村的柚子尽快卖掉，把梦鸣村所有的农产品和民族特色产品推销出去。我保证，等带货直播上了轨道、有了起色，肯定从贫困户开始向全村铺开。请相信我，一家都不会少！"

"小吴书记，不是不相信，只是——"有人还是疑虑重重。

"好了，还只是什么！反正小吴书记筹划的这个事，对老百姓只有好处没有害处，为什么不支持呢？"李老干一锤定音，其他人再无异议。

支书说得很有道理，的确对村民没有害处，卖得了物主得钱，卖不了东西还在。特别是一些老旧物件，留在家里已经没有用处，对自家来说也没收藏价值，还占地方碍眼睛。要是放到"梦鸣苗妹"的网店里直播展示，能卖出去就是赚了，卖不出去也不蚀本，真没有什么可顾虑的。

除了村干部们积极配合，各寨的屯长就是本寨的业务联络员，按照销售额的比例给予提成兑现，这样也大大调动了他们的积极性。

这一招还真管用。各种各样的大小物件，开始源源不断地涌进直播楼，这直播楼差不多要成"大苗山博物馆"了。

"干脆，功能展示厅就取名叫'可以买走的大苗山博物馆'，搞块大牌子挂起来！"九秧提议。

"厉害啊，我们都可以卖'苗族博物馆'了！"

一时间，"可以买走的大苗山博物馆"传遍了整个网络，成了一个爆炸性的新闻。

歪打正着，前面费了那么多的功夫都没有太大的起色，这"可以买走的大苗山博物馆"牌子一挂，账号立马红了起来。

涨粉，涨粉，再涨粉……

其实，吴圣云心里跟明镜似的，"可以买走的大苗山博物馆"作为一个噱头，对于打破不温不火的直播僵局来说，是可以起到一定效果的，但真正要让"梦鸣苗妹"带货直播火起来，远不是这点小伎俩可以轻松实现。

但不管怎样，这已经是一个十分关键的重大突破，毕竟宝贵的梦粉已经开始涨起来。

五

九秧不想自欺欺人，她确定自己是喜欢上小吴书记了。这种感觉很奇妙，但又十分折磨人。一边是想他想到整晚整夜失眠，满脑子都是他的一举一动；一边却是矛盾重重的心情，见了面却越发矜持，不敢向小吴书记表露丝毫，甚至把自己裹得比以前更紧。

九秧第一次在直播中走神，预先安排好的脚本竟被她搞得颠三倒四，弄得多帕不知怎么配合。虽说是歪打正着，不仅没掉粉，糯米香柚的销量还增加了不少，但这不正常，是不可原谅的失误。

"九秧，你今天是怎么了？看着有点花痴的样子呢！是不是被哪个达亨勾走魂了？"

"什么，你说我花痴？"九秧吓了一跳，以为多帕窥探到了自己内心的小秘密，整个脸都变了，红一块白一块的。

"不是花痴是什么？看你魂不守舍的！"多帕俨然一副未过门的咪大人的架势。

多帕与梁老耿的关系已经在寨子上公开，几乎是无人不知、无人不晓了。当然，这全是九秧的功劳。

九秧知道阿爸怕日子一长多帕也宜变心，为了打消阿爸的顾虑，故意把多帕也宜与阿爸的关系在寨子里放出风声来，还偷偷拍下了他们俩不少的亲密照放到自己的朋友圈公布出去，弄得多帕既高兴又惶恐。

"鬼达配，没大没小的，编排起你阿爸和也宜来！八字没一撇的事，竟敢在网上乱传，生怕全世界不知道啊！我是一个歪昂，你这样搞丢不丢人啊！"

"原来多帕也宜是怕人知道哈！怪不得我阿爸一天到晚唉声叹气忧心忡忡的，说只怕多帕也宜有二心，哪天就把他甩了呢！"

"你阿爸真那样说过？"多帕半信半疑，脸上竟浮起了一层薄薄的愁云。

"不然呢，你想要他怎么说？"九秧捂着嘴，得意地窃笑。

"天地良心，原来你和你阿爸都是这样看我的，你们把我多帕当成什么人了！"多帕气得牙根痒痒。

"什么人？当然只有你自己最清楚啊，我哪里晓得，你又没跟我表白过！"九秧继续点着火。

"那我今天把话撂在这里，也麻烦你告诉你阿爸一声，我多帕虽然是个歪昂，但从来没有做过什么出格的事，今后也不会！我不是那种水性杨花的人，不然早就和别人好上了，哪还会等到现在，让你阿爸来占便宜。我认定了只跟你爸一个人好，要是他有什么花花肠子，敢对不起我，那就别怪我到时——哼！"

"好，这个表白一百分。我阿爸呀，早就铁了心要与多帕也宜好了。他现在对你可是用尽了心思，捧在手里怕掉了，含在嘴里怕化了，做梦都喊着你的名字呢！"九秧脸上笑开了花。

"真的吗，你没骗我吧？"

"难道你还没看出来？"

"鸡肚里哪晓得鸭肚里的事！"

"他就是一根筋。"

"一根筋？我才是那一根筋呢！"多帕念叨着，眼神有些迷离起来。

"瞧瞧，多帕也宜犯花痴了，我回头告诉阿爸去，哈哈哈哈……"

"你这个没大没小的达配，看我不撕烂你的嘴！"多帕追着九秧，两人在直播间里打转转。

……

"我怎么花痴了？"九秧回过神，心里发虚，声音便有些怯。

"你自己不知道？老实交代是哪个达亨把你的魂勾走的！直播都乱说台词了，还眼勾勾地发愣。"多帕继续逼问。

"没有！你爱信不信！"

"还犟！老实说吧，是不是勾乌？"多帕心里对本寨的达亨勾乌还是挺认可的，觉得他与九秧很般配，而且平时也只有他与九秧走得近。九秧从市里回来是勾乌亲自接送的；九秧去外地参观拜师学艺也是勾乌接送陪同；勾乌每次回寨子，除了找九秧玩，没见他与别的达配在一起待过；九秧也是，只要勾乌一回来，就和他形影不离的……

"真的不是啦！我和勾乌只是普通的朋友，你别想歪了！"九秧极力否认。

"普通的朋友能那样接来送去，到处陪你？"多帕不依不饶。

"是，我承认，勾乌他是有那个意思，但我对他一点也没来电，找不到那种感觉……"

"不是勾乌那是谁？你说！"

"哎呀，就是没有嘛！"九秧咬着下唇，有些吞吐。

"噢，我知道了！"多帕一拍脑门，豁然开朗。

"多帕也宜您知道什么？"九秧心里一惊，猜测多帕也宜可能想到答案了。

"远在天边近在眼前，就是——我们的——小吴书记！你承认了吧！"

是啊，当初九秧就是被小吴书记劝说才愿意留下来的，怎么就没想到这一层呢，真是灯下黑！如果两个人不相互吸引，怎么谈得拢嘛，肯定是有共同语言的。两个有共同语言的人，长时间在一起，不处出感情才怪。

……

"不要勾乌要小吴书记，九秧你眼光高啊！"多帕戳着九秧的额头，但心里是欢喜的。

看来是瞒不下去了，九秧只好向多帕坦白自己的单相思。九秧心里纠结，拿不定主意的她不知该怎么办。爱情面前，大多数人都成了傻子，包括冰雪聪明的九秧。

事实上，九秧也很想找个合适的人倾吐心中的秘密，商量商量对策，憋在心里久了真的难熬。多帕也宜无疑是个最好的倾诉对象。

"可能我就是剃头挑子一头热……都不知小吴书记心里怎么想的。他平常对我是蛮关心的，多帕也宜你也看到了，可我——"

"可你就是不敢表白，你怕被小吴书记拒绝丢了面子，对不对？"多帕轻轻搂着九秧的肩膀。

"嗯。"九秧点了点头。

"你阿爸知道你的心思吗？小吴书记一天到晚在你家蹭饭蹭酒蹭油茶，他们可是无话不说的噢。"

"我阿爸当然不晓得，这是达配家的秘密心事嘛！再说，他现在心里只想着和你成亲的事，哪还有闲空操心我！"

"嘴贫，欠撕！"

"本来就是嘛！"

"那这事交给你多帕也宜好了，我去探探小吴书记的口风，看他什么反应！"

"人家是大学生，国家干部，吃公家饭的，又在大城市里工作，肯定瞧不上我这种深山苗妹的。"九秧完全没有底气。

想想也是，自己与小吴书记之间的差距实在太大了，俗套点说根本就不是一路人，原不该有这样不切实际的念头，徒犯花痴而已。

可爱情它就是个不可思议的东西，九秧也无法控制自己。

六

直播楼里，吴圣云正在专心摆弄"可以买走的大苗山博物馆"。昨天又有人送来一条苗锦，绣工十分精巧，挂在墙上特别显眼，看得他都入神了。

时候还早，多帕忙着记直播的台词，她的记性不是特别好，得多花点功夫。九秧带着小勾选到外面玩去了。

从直播楼屋后到上面的坡地上，种了一大片油菜，刚刚开花，金黄点点的，虽然还未到满坡烂漫的时候，但已是十分好看，正暗合了九秧此刻的心境。

远处的草田里，石老庚正在给他家的枣红大马梳理毛发。枣红马长得高大威猛，毛色油亮。这几年，贫困户石老庚靠着扶贫资金买的枣红马到处参加斗马会，还得过几回奖，算是威风了。勾选对多帕说过，等他将来长大了也要像乌能的罢罢（爸爸）——石老庚一样，养一匹枣红大马，骑着到处去玩。

枣红大马低头正吃着草田里鲜嫩的紫云英，惬意地享受着主人细致入微的照料。

一阵潮湿的山风吹过来，裹着丝丝的寒意，小勾选打了个寒战，原本吊在鼻孔的两条青黄青黄的鼻涕虫又趁机溜了出来。九秧从衣兜里掏出一张纸巾来，要给勾选揩鼻涕，勾选不肯配合，把头一扭，鼻涕在半边脸上抹上了一层厚厚的黄腻子。

"九秧爱爱，乌能家罢罢的大马马是达亨还是达配来的？"勾选仰着头问九秧。

"那你想大马马是达亨还是达配呢？"九秧摸着勾乌的脸，反问道。

"唔，瓦马不喜（我不知道）。"

"这个大马马是达亨来的。"

"为什么是达亨不是达配。"

"因为大马马和你一样，都是男的呢。"九秧点着小勾迭的鼻子，笑道。

"那为什么要养达亨大马马？"勾迭表示不理解，歪头问九秧。

"达亨大马马用来斗马呀！"

"达配大马马不斗马吗？"

"达配大马马不斗马。达亨大马马就是为喜欢达配大马马才斗的。"

小勾迭的追问让九秧想起了那个五百年前的爱情故事。英俊勇敢的苗家小伙达莱与达伦是一对亲兄弟，兄弟俩同时爱上了苗王家的独生女达妮。达妮是寨子里最漂亮的寨花，能歌善舞，绣出的花比树上开的还美丽，绣出的鸟比天上飞的还灵巧。达莱与达伦一同来到苗王家求亲。兄弟两个都是优秀的达亨，达妮两个都喜欢，不知道选哪个好。苗王说："按照规矩，你们俩决斗吧，谁赢了就把达妮娶走。"可亲兄弟怎么能决斗呢？于是两人便商量让自己的爱马代替自己决斗，谁的马斗赢了，谁就有资格迎娶达妮为妻。最后，哥哥达莱如愿以偿。从此，寨子里若出现几个后生同时追求一个姑娘的情况，苗王、寨佬就会组织斗马比赛，谁的马斗赢了，姑娘就嫁给谁，再也不用进行什么血腥决斗了。再后来，斗马渐渐演变成苗家人年节坡会的一项赛事，盛行了数百年。只是亏难了马达亨们，血染战场，成了人们寻欢作乐的工具。

"多帕姐，你过来一下！"屋内，吴圣云一边欣赏着苗锦，一边招呼正在努力背词的多帕。

"怎么了？"

"你帮看看这条苗锦，值多少钱？"

"值多少钱我可不晓得，但这是一块宽锦，属于挑织工艺，在我们这里可是好少见得到的。"

"宽锦我还能理解，就是和窄锦相对的，但挑织是什么我就不懂了，你不说我还真不知道。"

"这个挑织呢，就是将牵好的经线上筘，并引进'综线'（织布时使经线交错，上下分开，以便掷梭引进纬线的设备）后，放在织布机上，用一块光滑的小竹片，按照花纹需要，向经线逐一挑通。然后掷梭引进一根纬线，拉筘拍紧。再用综线交错、上下分开经线，像织平布一样织一根纬。第三根纬线仍为挑织。这样反复织成的宽锦，就叫'挑织'。这是我小时候在贵州老家时，我奶教我的。不过现在我也织不来了。"

"哇，多帕姐你真厉害，哪天专门为这条苗锦做一期主播节目，就由你来主讲介绍。"

"这个我倒真能讲得出点道道来。不过等卖完卖柚子再说吧！"多帕心里挂念着赶快把糯米香柚卖出去，不光她家，全村人都心急如焚地盼着呢。

多帕突然想起九秧的事。趁着九秧人不在，现在是最合适试探小吴书记心思的时候。

"小吴书记，问你个私人的事。"多帕靠近吴圣云，放低嗓子。

"什么事这么神秘？"

"你有女朋友了没有？"

"多帕姐，你是要给我介绍女朋友吗？"吴圣云笑着问。

"你有没有？"多帕不肯先表态，觉得还是慎重点好，她怕自己太冒失了会闹笑话。没有的话还好说，万一人家已经有了呢，岂不操空头心了？

"哎呀多帕姐，你看我来梦鸣村都两年多了，见过有哪个女孩子来找我呀，我正愁自己嫁不出去呢！"吴圣云故意用了个"嫁"字。

"没有来这里看你，也不说明就没有呀！"

"没有就是没有，我哄你做什么嘛！要不，多帕姐你给我介绍一个？"

"我打从贵州来到这边大苗山，就没出过远门，有也只认得大山里的达配，小吴书记能看得上？"

"你还没给我介绍，怎么就知道我看不上呢？"

"当真，没骗我吧？"

"绝对不骗你！"

"那你喜欢什么样的女孩子？"

"喜欢有缘的。"

"什么叫有缘的？"

"就是对得上眼和心呗！"

"你这就有点考倒我了。哎，有个人不知道对不对你的眼和心……"

"多帕姐介绍的，肯定对得上！"

"我还没说是谁呢，你就这么肯定？"

"该不会是你娘家那边的人吧？"

"我娘家的达配太远了，不适合你的。"

"那是我们村里的？"

"没错。"

"那就更没问题了！"对多帕会介绍谁给自己，吴圣云其实一点悬念也没有。这个大门不出二门不迈的苗寨妇女，在寨子里的交际并不多，除了朝夕相处的九秧还能有谁？但这得从多帕姐的嘴里说出来才算数。

"哎，你老实回答我，九秧怎么样？对不对得上你的眼和心？"

"九秧不是与勾乌好着呢嘛？他们两个走得那么近，我哪敢造次啊！"

"谁说的？实话跟你说吧，我已经帮你了解清楚了，九秧与勾乌只是普通的朋友关系，她喜欢的是你！你是大城市来扶贫的第一书记，眼光高得很，怕是看不上她这个大山里的小苗妹，所以她才不敢向你表白。我就是帮她向你传句话。小吴书记，就看你什么意思吧！"多帕最后摊牌了。

"九秧真的喜欢我？"吴圣云按捺不住内心的激动。

"她要是不喜欢，我哪敢这样来问你！"

"多帕姐，不瞒你说……我其实早就喜欢九秧了……我以为她和勾乌是一对，才不敢动心思。能不能麻烦你帮我也传个话？"吴圣云终于坦露心迹。

"反正她的心意我已经带到了，你的心意你自己跟她说去！小吴书记你要真的有心，今晚下了直播，跟她单独谈吧。你们想怎么谈就怎么谈，我可管不了那么多。"多帕意味深长地伸出两个大拇指，并排相对勾比着。

"明白了……"透过金黄的油菜花，吴圣云向后门不远处的九秧望过去。

一直在直播室里打转转的小黄狗汉鹏见吴圣云往外走，也跟着蹿出了门。

吴圣云在油菜地里摘回一束刚开的油菜花，包上塑料纸，用小丝带系好，塞到小黄狗汉鹏嘴里，然后指指九秧所在的方向，说："汉鹏，去，将这束油菜花给九秧！"

小黄狗汉鹏得令，叼着象征爱情的油菜花，撒腿便往九秧的方向飞奔而去。

更远处的草田里，枣红大马扬起油光亮彩的鬃毛，一如爱情般鲜艳的旗帜，正威武地迎风招展，与叼花飞奔的小黄狗汉鹏构成一幅遥相呼应的绝美图画。而图画中，最美的那道风景便是婀娜多姿的怀春少女梁九秧。

第十章　被误会的丘比特

一

"加油吧，我的扶贫大主播"——全市网络扶贫农产品带货直播销售大赛报名正式开始了。吴圣云决定让九秧代表"梦呜苗妹"直播团队报名参加比赛。

这次大赛是由市政府与市内媒体及快手、抖音平台总部联合举办的，主要为了号召当地网红为各自家乡的农产品代言，进行快手、抖音的网络推广与宣传。

据说，在比赛中表现出色、有提升空间与发展前途的网红，还可以直接得到政府的扶持。这一点是最令吴圣云动心的。

"九秧，你对这次比赛有什么想法？"

"肯定高手如云啰！"九秧不假思索地回答。

"我是说你自己有什么想法。"

"我？没想法！"

"怎么能没想法呢？"

"参赛的肯定都是大咖级的，我不敢去。"

"正因为都是大咖亮相才更要去参加呀！以前我们拜师，找到一个算一个，这回全部集中在一起同台竞技，八仙过海各显神通，正巧可以好好观摩、学习他们的制胜法宝。这么好的机会到哪去找？千载难逢呢！"

"可我还是害怕。"

"你害怕什么！又没要求你必须得要什么名次获什么奖，就是去观摩、去学习而已。把心态放轻松！说不定你还真可能成为一匹黑马呢。"

"那到时输了怎么办？"

"怎么办？凉拌！难道还拿你杀血不成？"

"比输了你可别怪我啊！"

"这种比赛原本就不该论输赢，只看谁更优秀。"

"宽我的心吧你！"

"相信自己，你可以的！这次比赛关键是要想办法为咱村里的大苗山糯米香柚打开销路，别的一切都是浮云。"

九秧哪能不理解吴圣云的良苦用心，只能奋力备战了。

一切准备就绪，吴圣云开始写剧本、摄像，九秧当主播，多帕打助手，连在县城做影楼的梅多也回来帮忙，为九秧与多帕做起了专职化妆师。寨子里的人像追剧一样，每天准时进到直播楼围观，帮着在账号平台点赞助威。很多在外的年轻人都被鼓动起来，纷纷为九秧加油鼓劲。九秧被一根无形的大棒驱使着，像打了鸡血一般，浑身都是使不完的劲。

一身苗族盛装打扮的九秧与多帕，配着金色的大苗山糯米香柚精美的包装，整个直播间熠熠生辉。而经过精心编排的台词，加上九秧朴实亲切的演绎，更增添了吸粉的魔力。

"芦笙斗马，风情苗乡，山清水秀，空气清新！各位老铁们，欢迎来到'梦鸣苗妹'直播间，我是苗妹九秧……"

"得益于大苗山独特的自然环境和气候条件，大苗山糯米香柚皮薄多汁，果肉晶莹，入口嫩滑，香如糯饭，被誉为'果中珍品''天然罐头'，是美味与健康的完美结合……"

"今天进入直播间的宝宝们可是来对了，我们的国家地理标志保护产品——大苗山糯米香柚有超值的大优惠噢……"

涨粉、刷屏点赞、下单，一样都不含糊。"梦鸣苗妹"直播间爆棚了。

初赛、复赛下来，九秧与多帕配合默契，一路过关斩将，战绩是意想不到的好，带货直播成绩和网络人气远超一般网红主播。加上对贫困地区产品带货销售额的加权优待，"梦鸣苗妹"直播团队毫无悬念地晋级了决赛。

"我早就说过，九秧是最棒的！怎么样，我说得没错吧？"

"你行，你是能掐会算的小诸葛！有我们无所不能的小吴书记亲自掌舵，当然是攻无不克战无不胜了！"

直播间里，吴圣云高兴得忍不住将九秧一把搂住。

有那么几秒，突如其来的幸福与喜悦令九秧喘不过气来。九秧知道自己与小吴书记的心早就息息相通了，仿佛一池满蓄的春江之水，只等闸门一开，就会势不可挡、滔滔不绝地奔涌而出。

二

市电子商务中心广场，"加油吧，我的扶贫大主播"全市网络扶贫农产品带货直播大赛决赛场地，吴圣云、九秧、多帕、梁老耿、梅多、勾乌，正忙着布置用来决赛的直播间。

梁老耿是"梦鸣苗妹"直播团队的"编外人员"，勾乌也是。

来之前，九秧在电话里告诉勾乌："我们复赛通过了，过两天就到市里去参加决赛呢！"

九秧主动告诉勾乌要去市里参加决赛的用意很明显。"梦鸣苗妹"直播团队折腾了这么久，小吴书记的经费早已捉襟见肘，这回去市里参加比赛，来回的交通食宿费又要多出一笔来，勾乌"财大气粗"，要是有心帮她，肯定会自告奋勇开车接送他们。再说，多个人多一份力量，到了市里用得着勾乌的地方多着呢。

　　"恭喜啊！旗开得胜，可以啊，看来拜师拜出条路子来啦！"勾乌有些惊讶。

　　"现在恭喜还早着呢，关键是决赛，心里没有半点谱呢！"

　　"是骡子是马得拉出来遛遛才知道——这回的决赛可得见真章啰。"

　　"什么真章不真章的，来参加决赛的哪个没有三板斧？碜得慌呢！"

　　"慌倒用不着，兵来将挡水来土掩，你的气魄我知道。"

　　"不扯了，去市里的车还没落实呢！小吴书记说搭班车转来转去的不方便，想到镇上租一辆车去，我觉得租车没多大意思……"九秧终于把话扯到车子上来。

　　"你们有几个人来？"勾乌问。

　　"一共四个，我、多帕、小吴书记，还有帮我们化妆的梅多。梅多说她提前从县城直接搭车去市里，不同我们一路了，她还要先办点影楼的事情再与我们会合。"

　　"那就是你们三个人一起来啰？"

　　"嗯！我们三个从寨子出发。"

　　"这样吧，我明天回去接你们，免得你们搭车出来不方便。"勾乌爽快地说。

　　九秧等的就是这句话。

　　"那你有没有空啊？老是麻烦你，多不好意思……"九秧嘴上这么说，心里却是满满的高兴。交通问题解决了，这事不用小吴书记操心，大家就可以专心备战决赛了。

"麻什么烦，跟我也客气啊？你参加这么重要的比赛，也是为了咱寨子，那我不也得尽些力所能及的义务嘛！能够全程接送你们是我的荣幸，万一你们拿了大奖，不也有我一份功劳嘛！"

"难得勾乌老板这么开明仗义，那就恭敬不如从命了，我先代表'梦呜苗妹'表示感谢啦！"九秧的调皮劲儿又上来了。

"要不是你九秧，我才懒得操这个闲心呢。"勾乌在心里嘀咕着，但不敢说出口来，嘴上却忙不迭地谦虚道，"应该的应该的，你这样说就折煞我了，还不如干脆给我两巴掌。"

"好好好，不说了，等你回来接我们！"

第二天一大早，勾乌便开车回到了宝龙寨。

"老耿罢育，不舒服啊？"勾乌一下车便与梁老耿打了个照面，见到梁老耿一副难受的样子，关心地问道。

可能是这段时间晚上在直播楼干坐太久，梁老耿的老寒腿又犯了。

"老毛病了，不碍事！你几时回来的？"

"刚刚才到。这不，九秧说要去市里参加直播决赛嘛，我回来接她。"

"噢，那麻烦你了！"梁老耿龇着牙，掩饰着痛苦的表情。

"不麻烦，我顺便的。"

为了表示自己的关切，见到九秧后，勾乌建议九秧顺便带上梁老耿去市里看看："九秧，我见你阿爸那个痛风又犯了。要不这样，既然直播决赛在市里要搞一个星期，可以带上他一起，就这个机会给他做个详细检查，好好治疗下。"

勾乌的建议不错，阿爸的病已经拖很久了，现在是越来越严重了。九秧老早就说要带他到城里的大医院好好做做检查治疗的，结果一回到家，阴差阳错便做起了直播，连自己也被困在大山里，一时出不去了，带阿爸到大医院检查治疗的事也就抛到了脑后，一直提不上日程来。眼看着阿爸很快就要和多帕也宜结婚，这身体最是要紧。

"可这次我们是去比赛，哪有闲工夫陪他去医院呀？"九秧皱着眉。

"你要是实在没空，那不是还有我嘛，我可以陪老耿罢育去医院呀！"

"你不用管你的生意啊？"

"我的生意有人照看，耽搁不了。"

"那就麻烦你了！"九秧想想便答应了。

有了勾乌的帮忙，加上多帕也发话希望梁老耿随行帮看管小勾迭，九秧好说歹说终于把梁老耿哄上了车。

说是为了节省费用，勾乌直接把梁老耿安排到了自己的住处。反正与九秧他们住的宾馆就隔着一条街，联系也方便。

勾乌把梁老耿安排到自己的住处，当然是藏着一点私心的。这是单独接近梁老耿的一个极好的机会，可以想办法探探梁老耿的口风，在适当的时候向梁老耿表明自己喜欢九秧的心意。反正，先过了"老丈人"这一关。

勾乌对九秧一直抱着幻想，至于九秧和小吴书记之间，他有过猜测也有过怀疑，但始终不相信小吴书记与九秧真能走到一起。小吴书记驻村扶贫任职很快就要期满，回到市里上班是迟早的事。仕途顺遂的话，十有八九还会受提拔升职，与一个大山里的小苗妹能有什么结果呢？

而自己与九秧之间才算得上有真正稳固的感情基础。

"我想：希望本是无所谓有，无所谓无的。这正如地上的路；其实地上本没有路，走的人多了，也便成了路。"勾乌想起了初中时在一篇课文里读过的鲁迅的这句话，更加坚定了自己的信心。

"听说，这次进入决赛的大多是百万粉丝级的大咖网红呢。"在布置妥当的直播间里，勾乌凑近九秧耳边，没话找话。

勾乌说的没错，这次进入决赛的主播大多是大咖级别的网红，拥有着上百万的铁粉，都是为家乡的产品代言而来。巧妇九妹带来了声名远扬的长安金橘和小洲头菜，兰仙人带来了三江油茶和三省坡生态有机茶侗天湖极品冰芽，鬼火少年小钢炮带来了鹿州脐橙和导江山楂，韦小宝带来了柳城蜜柑和云片糕，罗小丫带来了百棚玉藕片和成团草莓……自带光环的主播们，个个抱着志在必得的雄心，决心来一场带货直播的"华山论剑"。

面对阵容强大的对手，初出茅庐的九秧心里没有压力才怪。偏偏勾乌又哪壶不开提哪壶。

"怎么，想看我们'梦鸣苗妹'的笑话，还是担心我们现场出丑丢人？"九秧剜一眼勾乌，没半点好声气。

"没有没有，你又冤枉我了。"勾乌连忙辩解。

"我冤枉你，那你说这话什么意思？"九秧杏眼圆睁，要把勾乌吃了一般。

"我是说，这次比赛的阵容很强大，我们不能麻痹大意，得认真应对才是。"

"要你讲，合着我们是来玩过家家的？你就狗眼看人低吧，哼！"

"哎呀，当然不是啦，知道你们准备充分，一定能马到成功。"

"用不着拍马屁，都拍到马鬃毛上去了，德性！"九秧噘着嘴。

广场后面有家很不错的小餐馆，收工后，勾乌主动提出请大家吃一顿。

"好哇，越吃越有，早就该狠狠宰你一回了！"九秧第一个拍手响应。刚才因勾乌说话不当引起的不快，早已跑到爪哇国去了。

"今天各位都辛苦了！本来应该是我请大家的，既然勾乌老板有心破费，那就大家随兴吧。我还有点事，得先走了。"吴圣云接了个电话，转身跟大家告别。

"什么意思嘛小吴书记，一点面子也不给？"

"没有没有，勾乌老板，是这样，我得赶回单位一趟，我们领导在单位等着我呢。改天我再请你们了。"

"那我用车送你一下？"

"不用不用，我打车过去很方便的，你招待好他们几个就行了。"吴圣云摆摆手，在手机上叫了滴滴打车。

不到两分钟，一辆灰色的滴滴车开了过来。

吴圣云上了车，摇下窗户，叮嘱勾乌道："勾乌老板，今晚不要给九秧和多帕喝酒哈，最多一小杯葡萄酒，绝对不能多。晚上回去她俩还得练台词，把准备工作做足点。"

"放心吧，小吴书记不在场，我谁也不敢耍！"

三

"九秧，你和小吴书记是不是那个了？"趁着没人的时候，梁老耿悄悄地问九秧。

"哪个那个了？"九秧从没跟阿爸提起过自己与小吴书记的事，阿爸怎么突然问起这个来，令她有些措手不及，不知如何回答。

"你……是不是喜欢小吴书记？"

"没影的事，你听谁乱说的？"九秧想，八成是多帕也宣告诉阿爸的。

"你莫管谁说的，你只告诉我，有没有这回事！"梁老耿拿出了家长的威信来，在女儿的终身大事上，他不能含糊。

"是，我是喜欢小吴书记。"面对阿爸的追问，九秧坦然承认。其实，之前她也并非要刻意隐瞒，只是她与小吴书记的事才刚刚有点眉目，关系尚未确定，更没到可以公开的时候。既然阿爸问起来，干脆如实相告，免得他猜来猜去劳心费神。

"那他喜欢你吗？"梁老耿阴着脸，没想到九秧答得这么干脆。

"他……可能……应该……也喜欢吧。"看得出来，九秧并不是底气十足。

"什么叫也喜欢吧！九秧，我跟你讲，你一个老大不小的人了，自己几斤几两，可要好好掂量清楚！"梁老耿从兜里摸出小铜烟锅来，在手里摩挲了几下，又塞回衣兜里去。

"几斤几两是什么意思？你是说我配不上人家啰？"九秧觉得阿爸的话怪怪的，听不明白他到底想要表达什么，也生出几分不满来。

"你们两个人的事，阿爸不干涉，但是阿爸要给你提个醒，小吴书记是个好人没错，为村里干了不少好事，也专门帮助过你多帕也宜和阿爸，阿爸也很喜欢他、很敬重他。"

"这不是很好吗？"九秧越发不解。

"但是你要晓得，就算他再好，也只是来村里挂职的一个扶贫干部，而且很快就要工作期满了。"

"期满了又怎样？"

"期满了，完成工作就会走，还能怎么样！总不能把人家一辈子留在大苗山吧？"

"喜欢就是喜欢，与留不留在大苗山有什么关系？"九秧也杠上了。

"九秧，你长个心眼多想下子，他一个大城市派下来的国家干部，怎么看得起我们大苗山的穷达配？哪朝哪代讲的不都是门当户对，我们苗家人向来也是这个规矩。你说你和小吴书记哪点对得上嘛？"

"都这个年代了阿爸你还这么迂腐！门当户对那是过去的封建婚姻。再说了，我和小吴书记离你说的这个男婚女嫁还差着十万八千里呢，想得那么远！"

"什么，你没想过结婚的事？难道是一时心血来潮玩玩开心的？我看你就是糨糊脑壳一个，里面缺根筋，吃了亏还要往脸上贴金。婚姻不是儿戏，爱情开不得玩笑，你晓得不？"梁老耿说着说着动了气。他好久没有这样生气过了，尤其当着乖巧懂事的九秧。

在这以前，梁老耿一直觉得自己亏欠着九秧，心里歉疚，所以对九秧说的话从不反对。现在，关系到九秧恋爱结婚的终身大事，他口里虽说不干预，但总得把好关，不能让九秧一朝留下遗憾和后悔——世上可没有后悔药吃。

在梁老耿看来，与其让九秧和小吴书记谈一段看不到结果的恋爱，还不如踏踏实实跟勾乌这样知根知底的同寨达亨好好相处，这才是过稳妥日子的明智选择。勾乌可是自己看着长大的，在寨子里的同辈达亨中，也算个出色的人物。他上了大学，还在市里有了自己的事业，车子房子都买了，现在小老板当得滋滋润润的。关键是勾乌对九秧有意，明眼人都能看得出来，而且也很体贴人。你看他在九秧跟前这鞍前马后的，多殷勤多尽心到位，真是个打着灯笼也难找的达虾。

就算勾乌不向自己表明心迹，梁老耿也有这个想法。

"哎呀阿爸，你就先别操那么多心了好不好，竹子长筷子短我晓得的咯！"九秧能理解阿爸和多帕也宜之间的感情，不仅支持，还想方设法从中穿针引线极力促成。但阿爸却不能理解自己与小吴书记之间的感情，纯洁而美好，不含世俗的势利。

看来，在恋爱这件事情上，九秧和阿爸是谈不拢了，两代人的爱情观有着难以跨越的鸿沟。

痴情的勾乌晓不晓得，他喜欢的九秧如今早已心有所属了呢？没有人跟他说起，他也不便明言相问。他正在按照自己的设想，努力为自己创造和九秧在一起的机会。

但勾乌有一种十分不祥的预感。这次回寨子接九秧他们到市里，明显看得出九秧与小吴书记神情举止有些不同寻常。一路上，从车子的后视镜里可以窥见两人各种亲密的小动作不断轮番上演。好几次，九秧的头轻靠在小吴书记的肩膀上，两人黏糊得像一对刚刚坠入爱河的小情人。

勾乌妒火中烧，却又无可奈何，还得装出一副视而不见的样子。

吃完饭，因为要去赶一场临时的应酬——主要是去当冤大头替人埋单，勾乌便由九秧领着梁老耿与多帕、小勾迭、梅多去游市内的夜景。九秧是个"老柳州"了，对什么地方都熟，甚至比勾乌还清楚。

"勾乌总有这样的应酬啊？"看着勾乌匆匆忙忙离开的样子，多帕发着没有褒贬的小感慨。说实话，她与梁老耿一样，也觉得勾乌是宝龙寨首屈一指的好达亨，要不是被小吴书记的光彩罩着，使勾乌的形象逊色了一筹，她还是愿意撮合九秧与勾乌的。

"他呀，就是喜欢闹腾。"九秧不咸不淡地应和着。

只是，勾乌走后不到一小时，就给九秧来电话了。

"你们在哪？"勾乌问。

"我们在水上大舞台这边看音乐喷泉呢！你不陪领导们吗？"周边的声音很嘈杂，九秧不得不贴着手机高声喊着答。

"有个客人要赶时间回南宁，我们都没有端杯子，埋完单就送客人到火车站去了，现在正从火车站打转出来呢。我这就去找你们，等我几分钟，马上就到！"勾乌的语气有些急切。

勾乌如此急迫地要见九秧，并非结束了应酬，而是因为他在路上无意发现了一个惊天大秘密，需要当面向她"告发"。

原来，勾乌在顺风酒楼前停车的时候，往旁边的一家咖啡店打了回野眼。这一瞄不打紧，里面一对男女让他顿时大吃一惊。

勾乌以为自己看花了眼，夜色迷离又远远地隔着玻璃，那男的轮廓有些朦胧，于是便走近窗边偷偷细看，真是万万没想到，居然是小吴书记！

刚刚还说单位领导找他谈事情，在办公室里等着他呢，饭都来不及一起吃就告辞了，怎么一转背就和漂亮姑娘泡在了咖啡店？

"吃着碗里的，霸着锅里的！"勾乌恨恨地骂着。

小吴书记的"花心艳遇"被勾乌撞了个正着，勾乌掏出手机悄悄拍了几张照片，当作向九秧告发的"铁证"。

勾乌明白，自己一心追求九秧，虽然没有正式提到明面上来，但两人其实早已心照不宣，他的良苦用心九秧不可能没感觉。

"如果不是因为小吴书记横插一杠子，说不定我们就成事了！"勾乌喃喃自语，内心愤愤不平。

勾乌在水上大舞台前找到九秧他们几个，把九秧拉到一边，悄悄地汇报了刚才发现的秘密。

"九秧，我跟你讲嘛，我刚才看见小吴书记了。"

"在哪里看见的？他不是找单位领导去了吗？"

"我看见小吴书记在一个咖啡店里。"

"这有什么大惊小怪的！允许你头个饭局刚结束又去赶第二个饭局，就不许人家去喝杯咖啡解解乏？"

"不是，你听我说完嘛！小吴书记不是一个人去的咖啡店……"

"噢，是和他的领导？不对，一定是和美女去的了，要不哪里引得起勾乌大老板的兴致。"

"没错，我就是看见小吴书记和一个美女在那里喝咖啡了！我还看见小吴书记和那个美女动作亲密，就像——"

"就像什么，一对小情人？"

"对，就像一对小情人！"

"你确定看清楚了，没看走眼？"九秧心里一咯噔，仿佛被什么尖利的东西戳到了。

"当然了，我看得一清二楚，绝对没有走眼。我有照片为证！"

"你还拍了照片？拿来，我看一眼。"

"喏，你看，没错吧，两个人多亲热。"勾乌找出照片，把手机递给九秧。

照片上的人真真切切，九秧心中的美好顿时被当头一棒打懵了。

"要不要我和你再去咖啡店看看？估计他们还在那里喝得起兴呢！"勾乌征求九秧的意见。

现在，九秧的脸已经可怕地黑了起来，再也淡定不下来了。

"我才不丢人现眼和你去呢！"九秧一听勾乌说要和自己去咖啡店，头脑里第一个闪念就是响应，但转而一想，都没搞清事情的来龙去脉，就这么冒冒失失地前去，是不是太过轻率了。去到那里要不要和吴圣云见面，见了面怎么跟他开口，自己根本还没想全。

"你不去算了！我可是为你好，倒把我好心当成了驴肝肺。我晓得你喜欢小吴书记，看不上我这种小商贩，可人家是不是真心对你呢？"勾乌知道九秧不肯前去，并非不相信自己，只是事情来得太突然，她一时无法面对，也不愿面对而已。

可这事能麻痹得了么，蠢达配，只怕心里已经插了十把牛角刀了。

勾乌在心里纠结着，要不要将这事说给梁老耿，让梁老耿看清小吴书记的真面目呢。平常一副正人君子的架势，原来不过是一只披着羊皮的狼而已。

可倘若梁老耿发起气来，会是一种什么局面？

"算了吧，还是先别去触这个霉头！"勾乌提醒自己，既然告诉了九秧，就已经尽了道义，再背着九秧去梁老耿那里饶舌，万一九秧翻起脸来，那就自讨没趣了。

静观其变，静待花开吧。如果命里真有属于自己的爱情春天，那爱情的玫瑰一定会为自己的坚守吐露芳华的。

四

直播间布置现场，还差一点就收尾了。今天没多少事要忙，勾乌陪梁老耿去医院做检查。多帕看着小勾迭，在一旁打打杂，也不太插得上手。

"多帕也宜，这里没什么事了，我和小吴书记两个就行，你带着小勾迭到广场上玩去吧。需要你，我会打电话叫你。"九秧吩咐道。

"你们两个做得来吗？"多帕问九秧。

多帕也想多留点空间给九秧和小吴书记，好让他们俩单独相处。年轻人刚谈恋爱，瘾得很，比自己和梁老耿要黏糊几倍去。自己横在这里，又帮不上什么忙，还碍眼。

"做得来的，你放心嘛！"九秧做着往外挥手的动作，示意多帕快点出去。

多帕牵着小勾迭的手，欢欢喜喜地往广场的方向走去了。

支走了多帕，只剩下九秧和吴圣云两个，什么话都可以摊开来说了。

"昨天晚上见到你们领导了没有？"九秧假装问得很随意。

吴圣云不知道，九秧此时的心里正在翻江倒海地闹着别扭呢。

"见到了呀！"吴圣云随口答道，一边继续着手中的活。他要在主播位置的前上方和背景处，用彩线吊挂几个金色的大糯米香柚，营造一种别致的柚林氛围。

"领导都说了些什么？"九秧用手轻轻拨动着一个挂好的柚子，柚子优雅地在空中荡起了秋千。九秧盯着晃荡的柚子，觉得更像一个硕大的特制钟摆。钟摆来回地晃，不急不缓，九秧的脑海却一直反复上演着昨天夜里勾乌告诉她的那一幕。

她想不露声色地侦破那桩剜心的"疑案"。

"也没什么，领导听说我们来市里参加直播决赛，想了解一些具体情况。我都跟他汇报了，然后请领导发动一下，尽量给我们一些支持。"

"噢，领导还真有心。你也挺有心的嘛！"九秧一语双关，但不知就里的吴圣云愣是没体会出来九秧话里的话。

"那是必须的！"吴圣云冲九秧一笑，左手捏握成一个信心十足的拳头，在胸前有力地划拉着。

"后来呢，你还见了谁没有？"九秧旁敲侧击，层层深入。

"后来？除了我们领导，还能见谁哈！"吴圣云望一眼九秧。

"见美女不可以啊？"吴圣云不坦白，九秧只好直接点题。

"呵呵，你可真逗，哪个美女给了我这个待遇？"吴圣云心里一紧，心想九秧是不是察觉到什么了，不然怎么会突然这样问自己，这话听起来可不像是在开玩笑。

"自己努力创造呗！"

吴圣云一下感觉自己入了九秧下的套子。刚才，九秧那么着急把多帕支开，原来竟是为了方便"升堂问案"。

"九秧，你这话什么意思啊？我听不明白。"

"听不明白心里明白。"

"你这样讲我心里真有点发毛。"吴圣云不发毛才怪。九秧说得没错，吴圣云的确是被美女罗小丫约去的。

昨天晚上，吴圣云刚见完领导，便接到前女友罗小丫的电话，约他在咖啡店见面，说有重要的事情相商，与这次的直播比赛有关。

两人见面之后，吴圣云才知道，原来罗小丫也是来参加直播决赛的。作为市里知名的网红，她这回受邀是专门为柳江玉藕片和成团草莓作带货代言的。

当罗小丫听说吴圣云带着"梦呜苗妹"直播团队前来参加决赛的消息

后，心里可是激动了好一阵子。

罗小丫与吴圣云是大学同学，毕业后一起回到市里工作，虽然不在同一个单位上班，但接触的机会却比毕业前多了不少。吴圣云知道，罗小丫在学校时便与别班的一个男生打得火热，直到毕业后出来工作才重新恢复了单身。一来二去，两人终于擦出爱的火花。

后来，吴圣云到大苗山扶贫，一两个月不回市里一趟，就是偶尔回去也没空和罗小丫处一起。那时，他正忙着帮梦鸣村跑修路的项目，跑果园建设的项目，把罗小丫给冷落一边了。罗小丫哪受得了，一生气便提出分手："你心里只有你的大苗山扶贫点，只挂着你的梦鸣村，那本姑娘就成全你，和你的大苗山你的梦鸣村生死相恋去吧！"

无论吴圣云怎么道歉，怎么苦苦相求，罗小丫态度决绝，毫无回旋的余地。被迫分手的吴圣云从此一心扑在梦鸣村，用拼命工作为自己失去爱情的心灵疗伤，直到遇上了九秧，熄灭的爱火才重新点燃。

与吴圣云分手不久，罗小丫便与同单位一个小伙子好上了，可仅仅新鲜了几个月又腻了。再换一个，结果不到半年也不欢而散。比来比去，罗小丫感觉还是吴圣云更适合自己。可是，人家一头深扎在大苗山里的两年多，自己早跟他断了联系，就连微信好友都是她亲自删了的。

都说好马不吃回头草，罗小丫偏偏盼着能把吴圣云这把回头草重新啃到嘴里。

罗小丫是个图新鲜的女孩子，对待爱情如此，对待工作也这样。正赶上全民直播刚兴起，爱时髦的她也在上班之余悄悄开起了直播。每天两三个小时的直播，赚的钱却比上一天班还多，又轻松又好玩，于是她便干脆辞职做起了专职网络主播。凭着自己漂亮的外貌和放得开的性格，罗小丫深得网友的喜欢，拥有了一大批忠实的铁粉，没多久还真折腾成了桂北小有名气的直播网红。

这次的直播大赛自然少不了她。

得知吴圣云带队前来参加决赛，罗小丫一下觉得喜从天降，认为这是一个与吴圣云重归于好的绝佳机会，于是便想方设法从别的同学那里找来吴圣云的手机号码，将毫无准备的吴圣云约到了咖啡店。

吴圣云本不想见罗小丫，可罗小丫说有重要事情相商。不管怎样，毕竟她是自己曾经的女朋友，更是多年的老同学，不去赴约说不过去，何况以后要是参加同学聚会都没法面对呢。

罗小丫也不含糊，一见面就直截了当地提出要与吴圣云重归于好。

吴圣云很诧异，罗小丫头居然会有这样的想法，只好如实告诉罗小丫，自己现在已经有了新的女朋友，他们两个再也不可能了。

"我不信！你是不是为了拒绝我才故意编造的？"罗小丫还是两年前那副架势。

"骗你做什么？我真的有女朋友了！"

"那你告诉我，她是谁！"

"我和你早没关系了，还有必要跟你汇报现在的女朋友是谁吗？"吴圣云觉得罗小丫实在霸道得可笑。

"当然有必要了！如果你不告诉我她是谁，那就是还没有，至少还没有正式确定，那我就还有希望！"

"你这是什么逻辑？当初也是你逼着我分的手！"

"爱一个人要什么逻辑？反正这回我认定了，以前算是我的错，我向你道歉。好在老天爷开眼，又把你送回到我的身边来。现在我一定要把握好这个机会，绝不能再错过你了！"罗小丫有一万个借口为自己任性的过去开脱，也有一万个理由为自己力证自信的现在。

"那我郑重地告诉你，我现在真的有女朋友了，她就是我们'梦鸣苗妹'直播团队的主播领队，她的名字叫九秧。"

"什么，你找了一个大山里的小苗妹做女朋友？这这这……怎么可能嘛？"罗小丫一听，难以置信地站了起来。

"这有什么可能不可能的！事实就是这样。我很喜欢她，我们现在处得很好！恋爱嘛，本就是你情我愿的事。"

"还郎情妾意呢！你该不是中了那小苗妹的情蛊吧？我可是听说，那些苗寨的女人都会放这样那样的蛊。定力不高的人，只要一靠近就会被她们的蛊气所迷惑。"罗小丫显出不屑的神色。

"哪有你说的那么恐怖！人家就是单纯，没那么多花花肠子而已。"

"说的比唱的还好听！"

"本来就是嘛！当初就是我把人家从市里劝回大苗山，帮我搞这个扶贫直播的。一心想跳出大山的女孩子，好不容易在城里安顿下来，结果被我一顿游说，嘎巴回去了。你说，这得下多大的决心？"

"这么说，她是因为喜欢你才回去的啰？"

"那倒不是。那时我们才刚认识，根本还没有恋爱这回事。你是没去过大苗山，没在梦鸣村宝龙寨待过，当然体会不到一个有担当的苗家女孩的情怀。九秧牺牲得太多了，过去为家里，现在为寨子，想着就让人心疼。"吴圣云极力维护着九秧的形象，他容不得罗小丫对九秧有任何的诋毁。

"反正我不信！空口无凭，不亲自见识见识这位你口里标榜的'圣女'，我是不会甘心的！"罗小丫搅动着咖啡杯里的小调羹，搅得吴圣云整个头皮都发麻了。

"你爱信不信！那我也明确告诉你，我和你之间已经不可能了，你就死了这份心思吧！"

罗小丫说过要见九秧，她就一定会想办法去见的。吴圣云了解罗小丫的脾性，肯定阻止不了，但他想尽量拖延，至少得拖到决赛结束以后。吴圣云不能确定罗小丫会给九秧带去什么麻烦，他最怕九秧受到罗小丫无理的纠缠而影响比赛，那么这次所有的努力就白费了。当九秧为昨晚的事盘问自己的时候，吴圣云只好极力掩饰，并不是怀着别的心思而刻意隐瞒。

"不做亏心事不怕鬼敲门，你心里发的哪样毛？"九秧碰了碰吴圣云的胳膊肘。

"哎呀，我说你就踏实准备你的决赛吧，别的事情一概先不去考虑。"

"不行，我心里就是装不下事，得整明白了才舒坦。"

"你到底要我说什么？总不能叫我胡编乱造八卦自己吧？"

"那就说说昨晚咖啡店的艳遇呗！"

"你说……这个呀，那你真是误会了。"吴圣云心里一愣。

"我误会？这么说昨晚真没去？"

"没错，昨晚我是去了咖啡店，但不是你说的什么艳遇。我从领导那里出来，碰巧在单位门口遇上一个老同学。好几年没见了，人家盛情难却，就一起去喝了杯咖啡。"

"你这碰巧，碰得可真是巧啊！"

"就是碰巧嘛，你想多了。"

"那喝着咖啡，你们都聊些什么？"

"也没聊什么。都那么久不见面了，各自忙各自的，平常也不往来，没有共同话题，聊不来。"

"真没聊什么？"

"真没聊什么，骗你做什么！"

"可照片上看起来你俩聊得可带劲呢，情意绵绵的样子，头都挨到一块了。"

"你在讲故事吧，九秧？"吴圣云加重了语气。

"何止讲故事，故事还浪漫得不要不要的。"九秧反唇相讥。

"别疑神疑鬼了，等比完赛，我一定给你一个清楚、满意的解释！"

"我疑神疑鬼？你却敢做不敢当，怕是除了浪漫，更多的是浪吧？"

"你真是不可理喻！"

"谁不可理喻了？是的，我九秧算你什么，哪有资格在这里对你拿脸作色，好不识趣呢！如果你觉得我九秧委屈了你，只要你说一声，我会知难而退，但我绝不做一个不明不白的冤大头！"九秧有些歇斯底里起来。

"九秧，你要相信我！"吴圣云几乎带着无奈的哭腔。

五

趁着吴圣云不在的空当，有人来找九秧。

一个打扮新潮的美女，与勾乌手机照片上跟吴圣云喝咖啡的人一个模样。

"请问你是不是叫九秧？"来人径直走到九秧面前，张口就问，口气里没有一点客套。

"我是九秧，你是？"

"我叫罗小丫，我想跟你聊聊。"

"我又不认识你，有什么可聊的？"

"你不认识我，我认识你呀！"

"这是从哪里说起？"

"我还知道你是大苗山来的女主播。"

"是又怎样？"

"关键是现在你与我有了一个共同喜欢的人。"

"我听不懂你在说些什么！"

"那好，你告诉我，你是不是喜欢吴圣云？"

"我凭什么要跟你说这些？"

"好，你不说，那我告诉你吧，你喜欢的吴圣云，他就是我的男朋友！"

"他是你的男朋友，你找他说去呀！跟我有什么相干？"

"因为他说你跟他好上了，我不找你说找谁说？"

"好上又怎样，没好上又怎样？"

"听说你们苗家都喜欢'坐妹'，往女孩子身上随便坐，吴圣云是不是这样撩上你的？"

"请你嘴巴干净点，不要这样侮辱我们苗家姑娘！"

"没关系，我只是给你提个醒，我给你看看我们在一起的照片吧，让你知道我们有多恩爱。"罗小丫打开手机相册，翻出一大堆照片来，指给九秧看，"这些是我们在北海银滩照的，这些是我们在钦州三娘湾照的，这是在金秀圣堂山，这是在三江程阳桥，这是在鹿州香桥岩……看清楚了吧？"

照片上两人搂在一起的亲密照，让九秧眼热。

有图有真相，九秧不得不相信罗小丫的话。可小吴书记为什么不敢对自己承认有女朋友呢？

什么普通同学，什么不相往来，原来都是骗人的鬼话！

九秧突然想明白了，小吴书记之所以表示对自己有好感，不过是为了打发在大山里的寂寞与无聊而已。

天杀的，他不仅骗了自己，还骗了整个梦鸣村。

"吴圣云说他喜欢你，你是他的女朋友，我是半信半疑的。怎么样？看了这些照片，你还喜欢他吗？"罗小丫一副胜利者的姿态。

"谁喜欢他了，自作多情！"九秧被气得血浆直往脑门冲，牙齿咬得咯咯作响。

"不喜欢他？这可是你说的！"罗小丫两眼放光。

九秧不再搭理罗小丫。她觉得眼前这个人，如此卑劣的作派，实在太令人讨厌。

"那就是吴圣云故意蒙人的了，回头再找他算账去！既然这样，那我走了！后会有期。"罗小丫惬意地打了个响指，扭着屁股转身而去。

"谁和你后会有期！"望着罗小丫离去的背影，九秧狠狠地啐了一口。

九秧僵在原地，两眼发黑，顿时感到万念俱灰。

罗小丫前脚刚走，勾乌后脚就来了。

"勾乌，我被吴圣云耍了。我怎么这么笨，总以为他是一个大好人。他为村里做了那么多的好事，牺牲了那么多。可就是看没出来，这个人是这么的无耻，我真是瞎了眼了！"九秧扑在勾乌的肩膀上，把事情的经过详细地说了一遍，哭成了泪人。

"我早就说过，这个人不可靠，你就是不信我！"勾乌拍着九秧的后背，安慰道，"好了不哭了，现在看清了他的真面目，你也可以安心地回头了……"

"我怎么回头？"九秧仰起头来，捞起袖子往脸上一揩，盯着勾乌。

"当断不断，反受其乱，你懂的。"勾乌顺势搂紧了九秧的腰。

"好你个勾乌，你是想乘人之危吧？"九秧双手一推，从勾乌的怀里挣脱出来。

"你……你还不清楚我这个人吗？"勾乌满脸窘迫，讪笑着为自己辩解。

"我——不——清——楚！"

"那我干脆现在就向你坦白了吧，我早就喜欢上你了，但一直藏在心里不敢对你讲出来，谁知道一下却被小吴书记给近水楼台先得月了。"

"你不也近水楼台吗？"

"问题是我们在一起总不见你……你其实也明白我的心思。"

"我俩只有哥们缘，没有爱情缘！"

"你和小吴书记就叫有'爱情缘'啦？可是他却这样对你。我看他就是拿你来寻开心的。"

"行了！"

"我就是心里不服，都这样了，你还要护着他……"

"这是我自己的事，你吃什么醋？"

"我当然吃醋，因为我喜欢你！"

"你知道我们是不可能的。就算没有他的出现，我也不会选择你。"

"为什么，难道我就是入不了你的'法眼'？"

"哎呀不是啦！谁不晓得你是我们宝龙寨梦呜村打着灯笼也难找的好达亨，个个达配心中的白马王子。"

"你就水我吧，我不在乎！"

"我不水你，你很优秀，可能是老天爷决定了，我和你只能做无话不谈的好哥们。我对你的喜欢完全是另一种感觉。我不能勉强自己，你明白吗？"

"借口！你就是被小吴书记迷了心窍！"

"也许吧，我承认，我对他的感觉就是不一样。"

"那你现在怎么打算？人家的正牌女友都找上门来了。"

"我也不知道，我现在脑子里一团糨糊。"

"依我看，你还是趁早断了吧。要不，这比赛你就别参加了，让小吴书记自己折腾去。他那叫什么丫的女朋友，不也是来参加比赛的吗？随他们去自由组合得了。"

"你这话什么意思？"

"没别的意思，就是不想让你为难。"

"那你的意思是，我惹不起躲得起啰？"

"也不完全是这回事。道不同不相为谋，再搅在一起你不觉得尴尬吗？"

"屁话！我现在见了他眼睛就会冒火星子。可除了逃避，就别无选择了吗？"

"你这不叫逃避，是分道扬镳，长你的志气灭他的威风。让他知道我们苗家达配不是好欺负的，没他想象的那么软弱！"

"然后呢，我又该怎么办？"

"还是那句话，我的店虽然小，但利润还不错，只要你肯过来，随时欢迎。待遇嘛由你自己定！我还向你保证，哪天你摘得高枝了，任何时候我都不会阻拦你！"

"可是我们准备了这么久，付出了这么多，就这样退出实在不甘心……"

"你到底还有什么可留恋的？"

"勾乌你也晓得，参加这个比赛也并不是要给他吴圣云扬名立万，主要是为了我们宝龙寨，为了整个梦鸣村。那么多的糯米香柚还没卖出去，乡亲们就盼着我们在比赛中创造销售奇迹呢。"

"你呀，真是大苗山的仰阿莎（苗族女神）转世！梦鸣村有村干部和吴大书记操心着，关你什么事嘛！说句不好听的，在村民的眼里，你算哪根葱？人家才不管你呢！"勾乌对九秧的话不以为然，人都被欺骗到这个地步了，还这么一根筋拧巴着。

"那我怎么也要把这赛比完，否则我自己也不服气！"

"真是一条道走到黑，我算服你了！"

"也许，比完赛，我就去投奔你勾乌老总呢！"九秧缓口气，对勾乌表明了自己的态度。

"反正你什么时候过来我都欢迎！"

"还有，吴圣云和那个罗小丫的事，千万别让我阿爸和多帕也宜知道！"

　　"要想人不知，除非己莫为。他们迟早会晓得的。不过我保证不说就是了。"勾乌的心里像打翻了五味瓶，也不知道现在该安慰的是被爱情欺骗的九秧呢，还是被爱情拒绝了的自己。

第十一章　加油吧，我的扶贫大主播

一

自从罗小丫来过之后，九秧对吴圣云的态度便发生了一百八十度的转变，横看鼻子竖看眼，怎么看他都看不顺眼，见了面连句话都懒得说。

决赛开始，头一个对手居然就是罗小丫。

真是冤家路窄啊。

九秧没有罗小丫的伶牙俐齿，也没有罗小丫的见多识广，更没有罗小丫的当机立断。一个直播新人，一个资深网红，根本不在同一个档次。更何况，罗小丫正在被意欲复合的爱情憧憬普照得踌躇满志，而九秧则刚刚掉进了黑暗的情感陷阱。

一场实力与状态极不匹配的较量即将开始。

九秧与吴圣云之间，好像两个刚照面的陌生人，再也没有了往日的默契。

九秧看吴圣云写的脚本，总觉得他意有所指，所以念的时候总是磕磕绊绊，没一句顺溜，把直播间的粉丝们弄得一头雾水。

"'梦呜苗妹'这是怎么啦？根本不在状态！"不断有粉丝发出不解的

疑问。

明明来之前各种台词还背得妥妥的，又模拟演练过很多遍，应当滚瓜烂熟了，怎么还会发生这种糟糕的状况？难道是临阵怯场？也不对啊，平常不就是这样直播的嘛。

吴圣云在一旁急得直跺脚，作为现场指导的他，通过各种手势和表情，不断提示九秩注意台词要连贯，语态表达要自然流利，神态表情要落落大方，可是越提示越适得其反。九秩最后干脆脱稿，说到哪里算哪里，完全没了直播的基本章法，根本不像是在参加比赛。

眼看局势将要失控，吴圣云只好临时决定"出场救火"。

"橘柚垂华实，乃在深山侧。闻君好我甘，窃独自雕饰……"吴圣云左手托起一个金黄色的柚子，迈着八字小步，摇头晃脑地朗声吟诵着古人的咏柚诗，缓缓进入画面。

原来脚本里并没有这样的场景设计，但救场如救火，这也是吴圣云一时情急之下灵感突发，算是逼出来的创意。

为了做好这次比赛的脚本，吴圣云事前查阅了大量有关柚子的诗词文章，绞尽脑汁也强记硬背了不少，但记忆最深刻的还是那首《橘柚垂华实》。然而，他却阴差阳错地把窘迫寒士乞求权贵赏识的咏柚见志诗，误解成了暗自相思的爱情诗。

"这样美妙绝伦的诗歌，这样牵肠挂肚的相思，是不是也勾起了老铁们对大苗山糯米香柚的喜欢，对幸福爱情的美好向往呢？"吴圣云本想用诗歌与爱情的引申打破直播间不该出现的尴尬局面，可是话还没落音，便遭到了粉丝的嘲讽。

"哟，哪里冒出个信口开河的男主播来了？"

"别瞎卖弄了，这诗与爱情扯不上一点关系！"

"哈哈，乱搞拉郎配，你书读到哪里去了？"沉闷的直播间开始活跃起来，却不是吴圣云所期待的结果。

吴圣云意识到，自己班门弄斧出大洋相了。但他不能露怯，得将错就错，把话圆回来。

"云雾深山柚子香，只待相知有缘人。不好意思，两千年之后，早已时过境迁，我愿意把它当成一个美妙的爱情故事来看。今天的大苗山糯米香柚，就是象征着对爱情的美好期待。谢谢！"

"古诗出新意，这个解释貌似有道理噢，赞一个！"有粉丝提议。

其实，这句话可以有正反两种理解。吴圣云当然要做正解，关键时刻，没人会给自己拆台。

"那就砸单吧，亲爱的老铁们，请用你们的爱心见证'梦鸣苗妹'的真情。甜过初恋的大苗山糯米香柚，绝对不容错过！"吴圣云将手中的柚子往主播桌上一放，然后从桌上的果盘里拿起一瓣柚子，剥开黄白色的柚衣，往镜头前一推，晶莹剔透的柚肉特写，呈现在观众眼前。

"要想知道大苗山糯米香柚的味道，你必须得亲口尝尝。"吴圣云卖了个乖，将柚子肉送到了九秧的嘴边，眼里满含着期盼。

毕竟是直播现场，九秧不想搞得太僵，只好装出一副乐意的样子，顺从地咬住吴圣云送到嘴边的柚子，一边品尝，一边不住地点头夸赞："真的很甜！各位宝宝们，赶紧下单啊，先下先得哟。"

"有没有爱情的味道？"有粉丝起哄。

"有啊，味道甜过美妙的初恋！"

可当九秧的目光再次与吴圣云相碰的时候，她心里的委屈再也憋不住，终于失控了。

"柚子好吃，甜过初恋。吴大书记我问你，究竟谁才是你真正的初恋？"九秧双眼直视吴圣云，神情变得十分严肃。

"我的初恋？"吴圣云已经察觉出九秧的失态，心里惊了一跳，暗暗捏了一把汗，不知道九秧接下来还会捅出什么窟窿来。

"是那位和你一起满世界浪漫的罗小丫吧？"九秧一脸愠色，牙齿咬得咯咯响。

"我……你——哎呀，我们真的没有呀！"吴圣云支支吾吾搪塞着。

"敢不敢对着甜过初恋的糯米香柚发誓？"九秧继续追问。

"我以大苗山糯米香柚的名义发誓，我是爱你的，我也只爱你！"吴圣云双手捧起吊在空中做前景装饰的柚子，郑重地起誓。

"我只相信大苗山糯米香柚，你的誓言就如寨门口那棵枫树的叶子，看起来红艳艳的喜人，结果却连秋天都熬不过，更别说风雪满天的寒冬了。"九秧若有所指，令吴圣云心里越发惶恐不安。

"很爱很爱你，所以愿意，舍得让你，往更多幸福的地方飞去。很爱很爱你，只有让你拥有爱情……"随着音乐响起，直播间里的气氛开始进入沸腾的状态。

"九秧，我也爱你！"不断有粉丝起哄。

所有人都认定，主播在用打情骂俏的方式吸引粉丝的眼球。

"是吗，谁说爱我的？可别骗我哟。"九秧对着手机屏幕故意高声喊道，惹得吴圣云醋意大发，却又无可奈何。

"你要相信我的诚意嘛！"有粉丝打趣道。

"那就拿出你的诚意来，赶紧下单吧！亲，没有大苗山糯米香柚作聘礼，我谁也不爱！"

"为什么？"

"因为我是大苗山的仰阿莎——苗族女神呀！"

……

真是无心插柳柳成荫。这段意外的插曲大大地活跃了直播间的人气，一时间，"梦鸣苗妹"直播间的订单就像雪花一般飞过来，乐得多帕在一旁笑得合不拢嘴："哎呀，我还以为要乱套，哪个晓得这下子反倒火起来了！"

第一回合，九秧告捷。

稳操胜券的罗小丫莫名其妙地被九秧打趴了。她当然不服气。对她来说这简直就是奇耻大辱，久经沙场的网红，就这样输给了一个从大山里蹦出来的名不见经传的小苗妹。

"要不是吴圣云帮着撑场，她早就输定了！"罗小丫在心里狠狠地骂着。

直播结束后，很多现场观众纷纷来到"梦鸣苗妹"直播间，夸奖九秧和吴圣云，都以为刚才"梦鸣苗妹"的表演是他们早已写好的剧本。

只有梁老耿看出了不对劲，急得团团转，不知如何是好。

"九秧，我晓得今天你和小吴书记不是在演戏，你太没分寸了。饭可以乱吃，话不能乱说，这道理你不明白吗？"

"阿爸，你想多了！"九秧不愿和梁老耿谈这个，她心里正难受。

"不是我多想，你这一说，满世界就传开了，你自己怎么收场？人家可不管是真是假，拿你当笑柄呢！"

"大路朝天各走一边，有什么可笑的？"

"你和小吴书记还没正式好上就搞成这个样子，哎——"梁老耿深深地叹了一口气。

"我们没有什么事，你担什么心嘛！"

"要是觉得委屈，那就趁早断了这个念头。原本我就觉得你们两个不合适……"梁老耿思前想后，觉得还是把自己的态度表明了好。他本不忍心说出来，这样一来，无异于在九秧心头的伤口上撒盐巴。

"哎呀，说了不用你管，我自己晓得的啰！"九秧不耐烦地应道。

赢了一场比赛，输掉一场爱情，究竟哪样划算？这个账算不清楚。梁老耿无可奈何地摇摇头，他如何不知道，九秧要强的心，正殷殷地滴着血呢。

二

"勾乌，你说九秧和小吴书记到底怎么了？他们俩在直播间里都吵成了那个样子，让人看不下去呢！"梁老耿斜靠在勾乌家的沙发上，焦虑地问道。

"老耿罢育，不是我多嘴，我觉得小吴书记不太靠谱。九秧的心气那么高，我怕她被人耍了。"

勾乌泡好一杯元宝山古树红茶，恭敬地递给梁老耿。他没有忘记九秧不让自己"多嘴"的叮嘱，但梁老耿既已察觉，又主动问起自己，再装憨下去就没有意思了，不如干脆把自己的看法说出来，一吐为快。

勾乌所说，正是梁老耿的心头之忧。

"我也不知道，这个事要怎么弄。照理，小吴书记应该不是那样的人，我跟他都打过两年多的交道了，看起来心眼挺实诚的孩子，哪个晓得……"

"知人知面不知心。才来市里两天，就惹出这样的幺蛾子！"勾乌鼻子里哼哼，一脸的不屑。

"其实，我看得出来，你也是喜欢我们家九秧的，对不？"梁老耿转过话头，试探起勾乌来。

"不瞒您说，老耿罢育，我老早就喜欢九秧了，可是我又不敢追求她，她老是和我打哈哈，不肯理我呢。"勾乌第一次在梁老耿面前承认了自己对九秧的心意，有些不自在。

"那现在呢，你还喜欢九秧不？"

"当然喜欢了，我做梦都想和九秧在一起呢！"

"那我跟你交个底吧，经过小吴书记这件事，我觉得九秧和你在一起更妥些。"梁老耿这一说，把勾乌感动得稀里哗啦的。

"我也跟九秧说过了，这次比赛完后，不论输赢，希望她能重新回到市里来，直接到我的店子上班。待遇由她自己定！"

"那九秧什么态度？"

"九秧答应考虑考虑，但也没有给我准信。"

"不要紧，到时我跟你多帕也宜好好劝劝她。"

"那我先谢谢老耿罢育了。"勾乌殷勤地为梁老耿续上茶水。

宾馆里，九秧和衣正躺在床上，眼睛看着天花板发呆，半天不说一句话，这可把一旁的多帕急得团团转。

多帕知道，九秧的心里堵着一口无法咽下也无法排解的怨气。她和小吴书记好上，多帕夹在中间是费了一片心思的。本以为给他们拴上了一根幸福的红绳头，美好姻缘便可一线牵了，谁知道到头来空欢喜一场。原来表面一团和气的小吴书记，竟是个不折不扣的花心大萝卜。

吴圣云在多帕心中的高大形象一下子变成了地上的一摊黄泥水。过去他为他们母子、为全寨全村所做的一切，都是经不起推敲的假仁假义。

"九秧，开开门，我有事要和你讲！"吴圣云轻轻敲着宾馆的房门，他已经在门外足足等了十分钟了。

九秧不开口，多帕也不敢贸然开门，只好不吱声。

"我知道你和多帕姐都在里面。你先让我进去，我一五一十向你解释清楚好不好？"

"要不还是让他进来吧，看他能说出什么个子丑寅卯来？"多帕附在九秧的耳朵边，劝说道。

九秧转过身来，对着多帕翻白眼。多帕当九秧默许了，便蹑手蹑脚去给吴圣云开门。

没想到吴圣云后面还跟着个罗小丫。

"九秧，我们之间的一些事，以前没有告诉你，让你误会了。现在我全都讲给你听，只求消除你的误解。"

说得轻巧！吴圣云背着自己与罗小丫在咖啡店里私下幽会；罗小丫找上门来摊牌，口口声声说吴圣云是她的男朋友……现在一句话就想搪塞过去？这回，他竟然还明目张胆地带着罗小丫一起来了！

除了"仇人相见，分外眼红"，九秧实在再难以找出别的话来形容自己此刻的心情。

"滚！立刻从我眼前消失，我不想再见到你！"九秧手指着门口，咬牙切齿地吼道。

"九秧，你听我说嘛！"吴圣云还想做最后的努力。

多帕一手拉住吴圣云，将他往门外推，说："小吴书记你们先出去，这事以后再慢慢说吧。你也晓得，九秧受的委屈太大了，这下肯定说不清的。"

"那麻烦你照顾好九秧了，明天还要继续比赛呢！"无奈，吴圣云只好拉着罗小丫退出门外。

"你放心，我会的！"多帕从关上的门缝里回应道。

多帕再回到九秧的床边时，九秧已经哭成了一个泪人。

"我的眼睛怎么这么瞎，偏偏看上了这种人！"九秧抹着眼泪，话里虽带着无法掩饰的气愤，人却像个泄了气的皮球。

"看来，你还是放不下小吴书记。"多帕双手握着九秧的手，爱怜地抚摸着。

"我不是放不下，我是想不通。多帕也宜，你倒是说说，他怎么就是这么一个东西？我真为我自己不值当！"

"可别这么说。你喜欢小吴书记本来也没有错嘛，错就错在突然冒出个罗小丫来。"

"你是没听罗小丫说，他们两个几年前就在一起了！"九秧终于憋不住。

"还有这回事？"多帕被九秧的话吓了一跳。

"既然这样，那多帕也宜问你一个不该问的事。"多帕迟疑道。

"没事，你问吧！"

"你……和小吴书记……有没有那个？"

"哪个？"九秧皱皱眉，一时没反应过来。

多帕伸出两个大拇指，并排在一起勾动比画着。

"哼，他想得美！做他的春秋大梦吧，我九秧可不是那种人！"

"这就好。他既没占过你的便宜，那就两不相亏了！"多帕吁了一口气。

多帕终归比梁老耿想得要深一些。只要小吴书记与九秧不曾有过肌肤之亲，还是可以心平气和地好聚好散的。小吴书记还要在梦鸣村继续他的扶贫工作。"梦鸣苗妹"直播还得靠他继续搞下去，自己才可以当上带货主播，继续为自己的家、为宝龙寨、为整个梦鸣村叫卖滞销的大苗山糯米香柚和苗家特产。倘若换了别人，怕是万万不可能了。

三

九秧憋着一股气，一路冲杀，过关斩将，居然将兰仙人、鬼火少年小钢炮、韦小宝，当然也包括不可一世的罗小丫，一一甩到了身后。

在选手激烈的比拼角逐和网友们"买买买"的无限热情中，带货直播决赛已进入到最后关键的一局：夺冠之战。

此战的直播时长、在线人数、累积销售额等都将影响选手们最后的比赛成绩。

与九秧争夺冠军的乃是拥有百万级粉丝的巧妇九妹——九秧曾特意登门拜师学习的老师。这是一场实力悬殊的师徒对决，胜负似乎早已写在了比分牌上。

比赛之前，吴圣云交代九秧应战的策略："九秧，这一战一定要牢牢把握好机会，充分发挥我们的特长，尽力打好民族牌、特色牌、品质牌。必要时还得大打亲情牌和价格牌，做到人无我有、人有我强、人强我优。其他一切都先不要想，至于我们两个人的事，等比完赛，你再找我算账，要怎么惩罚都随你的意，好吗？"

吴圣云不说还好，刚一说完，便被九秧喷了回去。

"你还有兴致在这里叽叽喳喳，我的脸都没地方搁了。这样吧，吴大书记，要么你来主持，我走人。明着告诉你，有你在这里，我没法播下去！"九秧说完便从直播席站起来。多帕在一旁想拉住九秧，被九秧一手打开。

梁老耿背着手走上前，黑着脸对吴圣云说："小吴书记，没想到你居然这么对我家九秧，白让我信任了这几年。"

"梁叔，你们真的误会了！我向你起誓，我绝对不是你们想的那号人，你一定要相信我！"

自从来到大苗山，两年多时间里，吴圣云一直"梁哥"亲昵地叫着，从未改过口。今天可是破天荒第一次称梁老耿为"梁叔"。也不知道这时间和地点是错了还是对了。

"相信你？你让我如何相信！是不是把我们全卖了，还要我们帮着你数钱？"梁老耿两眼一瞪，目露凶光。

"梁叔，我向你保证，我绝对没有对不起九秧！"吴圣云信誓旦旦。

"先不说这些了。现在，要么我带着九秧走，要么请你先离开。要不是为了寨子里满山的柚子，我早就带着九秧拍屁股走人了，哪还用受这个气！"

勾乌也在一旁撸袖子，双眼紧盯着吴圣云，一副凶神恶煞的样子，仿佛随时要扑向他，只待九秧或梁老耿一声"号令"。

"哼，这就是第一书记的本色？现原形了吧，披着羊皮的大灰狼！再不识相点赶紧滚蛋，看我今天怎么收拾你，正好出了这口恶气！"勾乌恨透了吴圣云。自己对九秧满腔情意，没想到被这个人模鬼样的家伙一杠子撬了过去，害得自己一番心思变成了竹篮打水。以前忌讳九秧向着吴圣云，他面子上抹不开，不然，他早就教训这个臭小子了。

"好好好，那我先出去。九秧，你自己把镜头调好来，另外注意一定不要慌张。这么多关都闯过来了，也不怕这最后一关，我在外面为你加油！"吴圣云一边拱着手，一边退出了直播间，只留下梁老耿和勾乌把着门。

"要你说！"望着吴圣云的背影，九秧从牙缝里挤出三个字来。

吴圣云被撵走了，却没有一个人的心能放松得下来。

九秧呆呆地望着空荡荡的摄像师席位，一时像失了魂。有没有个现场摄像的倒是次要的，直播镜头可以自己灵活调节，最关键的是，作为编剧与直播指导的吴圣云不在现场，就她和多帕两个人压阵，还真没有了主心骨。

何况她们的对手是久经沙场的"王牌老将"——巧妇九妹。九秧感觉到，今天这场对决无疑就是拿鸡蛋去碰石头，根本没有任何胜算的可能。想到这点，她的斗志很快便先怯了三分。

果然，前半场厮杀的结果毫无悬念。

没有了吴圣云的临场指导，对手又实在过于强大，九秧虽然竭尽了全力，但还是不得要领，被踌躇满志的巧妇九妹一路碾压，根本占不到半点上风。几个回合下来，九秧和多帕几乎毫无招架之力，眼睁睁看着巧妇九妹的带货销售量遥遥领先，胜负很快就要见分晓。

胜券在握的巧妇九妹，不敢有丝毫的懈怠。在自己的"徒弟"面前，必须赢得干净漂亮，无懈可击！"人气女王"的地位绝对不可以撼动！

巧妇九妹在直播间里满面春风口吐莲花，与网友们掀起一个又一个互动的小高潮，订单就像雪花一样飞过来。

另一边，"梦呜苗妹"很快被彻底打趴了。头部主播九秧精神完全不在状态，搞得多帕也无所适从，不知道怎么配合。两个人就像两条木棍杵在主播席上。九秧更是激情全无，根本控制不了直播的节奏，台词念得颠三倒四，与粉丝间的互动简直一团糟。

九秧正懊恼着，既没有获得理想的爱情，看来也帮不了寨子里的父老乡亲，一时之间万念俱灰，再无法继续坚持下去，于是一气之下关掉了摄像头，枯坐在直播间里发呆。

多帕被九秧的一番举动弄得莫名其妙，愣在一旁不知怎么办，只得扯了扯九秧的衣角，小心翼翼地问："九秧，还没到直播结束的时间呢，怎么就关摄像头了？"

"我实在播不下去了！"九秧红肿着眼睛。

"播不下去就不播吧，赢不赢也不要太在意，总不能为难自己。"多帕一手搂过九秧的肩，安慰道。

"多帕也宜，对不起，我把你也连累了……"九秧半咬着嘴唇，眼泪簌簌地流了下来。

"别这样说九秧，你心里难过也宜清楚，也宜看着不好受呢。"

吴圣云不知什么时候出现在了直播间，他的身后居然还跟着罗小丫。

"九秧，你怎么擅自中断了直播？你不晓得评委们在盯着我们的直播进程吗？还有这么多的现场观众……"吴圣云铁青着脸，语气十分严厉。

"我不想比了！怎么了？"九秧昂着头，眼睛乜斜，一副破罐子破摔的架势。

"你现在代表的不是你自己，是梦呜村的老百姓，是整个大苗山，明白吗！"吴圣云急得直拍手掌，可又不敢对九秧发飙，造成现在这种局面，毕竟与他也有着直接的关系。

"明白又怎么样，不明白又怎么样？"

"就算输，咱也应该坚持到最后，要输得体面，输得有风度！再说了，能多卖一箱是一箱。可今天……这样……不是你九秧的性格啊！"

"我今天这性格，都是拜你吴大书记所赐！"话中的意思只有吴圣云自己能揣摩。

"你混账，枉了吴圣云这么痴心对待你！"罗小丫也气得忍不住反客为主，替吴圣云抱不平起来。

"你算哪根葱？哪里凉快哪待着去！"仇人相见分外眼红，怒不可遏的九秧也耍起泼来，猛然推了一把罗小丫。

罗小丫被九秧冷不防一推，一时站不稳，踉跄着往后倒，恍惚间一手嬷住了主播台前的那个直播摄像头。

也是无巧不成书，谁知罗小丫这随手一嬷，竟然误打误撞地把原本关了的摄像头给打开了，"梦呜苗妹"的直播便在这一场两个女人的对峙中重新恢复了。直播现场里发生的一切立即传到了网上，而直播间里情绪激动的人们却还一个个浑然不觉。

"你这个人怎么这么不可理喻！"罗小丫稍为站定，一手按着被推痛的地方，一手指着柳眉倒竖的九秧，气愤地斥责道。

"九秧，求求你冷静一点好吗！"吴圣云努力克制着自己的情绪。

"冷静？你让我怎么冷静，告诉我呀！"九秧一声冷笑。

"这就是你吴圣云心心念念推崇的宝贝疙瘩？真是狗咬吕洞宾，不识好人心！你一片好心好意，倒成了人家眼里的驴肝肺！我今天也算见识什么叫发苗疯了，哼！"罗小丫一脸的愤慨。

"装什么正经，用不着在这里唱双簧！"九秩早已不顾忌一切，什么话解恨拣什么话来喷。

眼见一时难以平息九秩的怨气，吴圣云赶紧把罗小丫拉到一边，走上前，柔声地劝慰道："九秩，不管怎么样，既然来到了决赛现场，无论如何也要坚持到比赛结束，是输是赢得有个结果，否则自己也不心甘，不是吗？"

"反正也赢不了！村里还有那么多糯米香柚卖不出去，就算坚持下去又能怎么样！"九秩赌着气，眼眶里却满着泪水。

"还不一定呢。不到最后一刻，谁也不敢下结论。"

"算了吧吴大书记！知道你的扶贫工作快要到期了，需要功劳政绩回去交差，攒下晋升的资本。不过，劝你还是趁早打算，安心和你的老相好回城里双宿双栖好了，不要在大苗山里耽误时间了！"九秩竹筒倒豆子，把憋在心里的委屈一股脑儿地倒出来，反倒轻松了不少。

"九秩，关于我与罗小丫的事，你是真的误会了。你刚才说的这些气话也冤枉了我。我并不需要什么政绩回去交差邀功，更不求什么晋升，只要梦鸣村的老百姓都能脱贫致富过上好日子，我就心满意足了。"

"呀，我倒冤枉起你来了，真新鲜！你倒是说说看，我怎么冤枉你的，是我拦着你和罗小丫在一块了吗？"

"九秩你听我说嘛！没错，我的确曾经跟罗小丫谈过恋爱，可那已经是两年前的事了。我们两个早就分手，现在就是普通的同学关系。"

"普通同学？嗤！究竟是怎样的普通，旧情复燃还是藕断丝连？"

"九秩，我可以对天发誓，现在只喜欢你一个人！而且我也亲口告诉过罗小丫，我爱的是你！"吴圣云将脸转向愣在一旁的罗小丫，问道，"我是和你说过的吧？"

罗小丫羞红了脸，咬着嘴唇不吱声。

"说得好听！那为什么她大前天还来找我，讲你们两个一直相爱来着？她还给我看的你们满世界到处旅游的照片，哪张不是亲密得肉麻？"

"照片是两年以前拍的，罗小丫她要留着，我也没法干涉不是？至于她找你，无非就是想证实我跟她说的话是不是真的。"

"你说了什么话非得她来找我证实？"

"那晚，罗小丫提出想与我再做男女朋友，我当场拒绝了她，并告诉她我已经爱上你了，而且你也是爱我的。可罗小丫不信，以为我是在找理由搪塞她的，所以执意要来找你求个真假。"

"所以你就让她当面给我难堪了？"

"我没有，罗小丫自己要来找你，我也阻拦不了啊。不过我想，让她知道我和你的关系也不是什么坏事，起码能够死了她那份心。哪个晓得你却告诉罗小丫，说你根本不喜欢我，这不弄巧成拙了嘛！"

"那你晓不晓得，她当初那个架势，分明是来找我兴师问罪的！说你们有多恩爱，说得那么理直气壮，还翻出那么多照片来让我难堪。难道非要我在她面前充当抢人家男朋友的人吗？"九秧说着说着，气血又要往脑门上冲。

"对不起，让罗小丫一个人找你，是我的错。我应该和你一起，向她表明我们之间的关系，当面打消罗小丫的念头，就不会发生这场误会了。"

"那后来你为什么不敢当着我和她的面说清楚？不是心里有鬼是什么！"

"不是不敢，是没找到合适的机会。你也知道，这几天准备比赛这么忙，不允许分心。我原想等到比赛结束后，我们三个人再拢在一起，好好解解这个结。直到今早直播之前，你赌气把我撵出直播间，我才意识到问题有多严重，我们之间的误会有多深，必须马上把这件事情当面澄清，一刻也不能耽搁了，所以，只好硬着头皮去找罗小丫过来了。哪个晓得你会关掉镜头提前结束直播。"

"就你会花言巧语……"九秧的语气明显软了下来。

吴圣云这一番口舌算是没有白费，至少九秧知道吴圣云心里确实是有自己的，这么说来，自己先前还真是冤枉他了。不过也活该，谁叫你吴圣云不光明磊落，要躲躲闪闪呢？

"罗小丫，你过来！趁着大伙儿都在这，我当着你们的面，郑重声明，我现在只喜欢九秧，九秧也是喜欢我的！"

九秧一听吴圣云这么一嚷，浑身立马起了鸡皮疙瘩，本能地想回怼一句"谁要喜欢你"，可话到嘴边，到底还是忍住了。

罗小丫这回终于软了下来，带着歉疚的神态，走上前来对九秧说："对不起九秧，那天是我不好。因为我一直放不下吴圣云，以为他说和你相好是在敷衍我，没想到原来是真的。我不应该没了解清楚情况就一个人跑来找你，还说了那些伤害你的话。我现在诚心诚意向你道歉，请你原谅！"

"早知今日何必当初！"九秧并未接罗小丫的腔，只在心里哼哼一句。

"吴圣云是个值得信任、值得珍惜的好男人，我祝福你们两个幸福美满，有情人终成眷属。我也真诚地希望能成为你们两个共同的朋友！"罗小丫打破尴尬，主动向九秧伸出友好的手来。

都到这个地步了，还有什么可计较的？俗话说，得饶人处且饶人。这个面子九秧必须给，也还给得起，要不就显得自己太没气度，丢了苗家达配的志气。

突然，罗小丫话锋一转，诘问吴圣云："不过我还是很好奇，吴圣云，你说你和九秧两个早已你有情我有意了，为什么就没有把这个事公开出来呢？是不是你心里还藏着别的小九九，这回我可是要替九秧打抱不平了哈！"误会解除了两人都一身轻松，说到底罗小丫也不是一个小肚鸡肠的人。

吴圣云只得把自己从两年多前到大苗山扶贫的那天起，就信誓旦旦要让村里通过特色农业和民族产业脱贫致富，一边加紧修路，一边鼓动村里全力种植大苗山糯米香柚和猕猴桃的事一五一十地讲了出来。

"大苗山特殊的地理、气候环境和无污染的环保条件，其实种植糯米香柚和猕猴桃是个很有开发前景的好项目。尤其是大苗山糯米香柚，后来也找到了可靠的销售渠道。第一年投产客商都提前交了定金，还签订了购销合同的。秋天到了，成熟的三百亩猕猴桃也顺利销售一空，形势是很喜人。哪个晓得一场疫情把大家的好梦都打碎了！后面的水果产品卖不出去，果商都破产了，合同违约，连定金都没要了。可怜几千亩大苗山糯米香柚再无人问津，可把我这个果园项目总发起人给愁坏了！"

"这个与你跟九秧公开相好有啥关系？"罗小丫听得一头雾水。

"嗨，你没懂的！销售不畅，乡亲们两年多的辛苦都要打水漂，虽说乡亲们没把怨气全都撒到我身上，可我自己也十分过意不去。大话早夸出去了，如果不能妥善解决这件事，真的是无颜见'江东父老'啊。"吴圣云羞愧地说。

"所以你就搞起了带货直播，想通过直播打开销路？"罗小丫追问道。

"没错！可是村民们对这个带货直播并不热心，认为我是个不务正业的人。我只好自己筹资来搞。刚巧遇到九秧从市里回宝龙寨，结果被我硬留下来，当起了这个头部主播。没有九秧的支持，'梦呜苗妹'真的很难一下子搞起来。"

"后来你们就好上了？"

"是的。可现在正是大苗山糯米香柚销售最后一搏的关键时刻，成败在此一举，必须全力以赴……"

"二人同心，其利断金。你们两个却还在玩着爱情躲猫猫——怪不得！"

"现在敞开了，我的心也落妥了。"

"这么说来，你还得感谢我这个插足的'第三者'啰？"罗小丫扑哧一笑，脸上露出小小的调皮来。

"还感谢？你差点没把我们的比赛给全毁了！"吴圣云一脸嗔怪。

"其实，我还得坦白，之前我一个人来找九秧，还有一个原因，就是比赛压力太大，想通过刺激九秧，让她退出比赛，这样就少了一个竞争对手。谁知道，第一回合竟被九秧淘汰了。"

吴圣云顺手拿起一个糯米香柚，发誓道："不管多难，我一定会负责到底，给大苗山糯米香柚找到销路，让梦鸣村的老百姓以后不再为地里的收成卖不出去而发愁！"

"难道只是糯米香柚和猕猴桃吗？"九秧的嘴依旧翘得老高。

"当然，还要开发其他的种养业和民族特色产品，让依靠特色种养实现脱贫致富的路子越走越直溜，越走越顺畅，将梦鸣村的村村寨寨建设得更美好！让梦鸣村成为人人向往的人间仙境、富裕天堂！"

"还有呢？"罗小丫和九秧异口同声地追问着。

"还有就是，我现在正式宣布——九秧，我爱你！让大苗山糯米香柚为我们的爱情见证吧，我愿为我的表白永远负责！"说罢，吴圣云一步跨到九秧面前，双手捧起九秧的脸，深情而坚定地吻了下去。

在场的人都情不自禁地鼓起了掌。

这场景倒是把转悲为喜的九秧羞得脸上红霞满天，心中终于泛起一片难以抑制的幸福涟漪。

直播间外，鬼火少年小钢炮不知什么时候也跑过来凑热闹，还不忘骑来他心爱的摩托赛车。

"姐，我来为你问鼎冠军宝座助一臂之力！"只听轰的一声，鬼火少年小钢炮连人带车开进了直播间的直播台前，并绕着直播台炫舞起来。

上一秒还脑袋发"嗡"的吴圣云立即敏锐地察觉到，直播间最辉煌的巅峰时刻即将上演，于是当机立断赶紧重新回到摄影师岗位，准备开始最火爆的实况播出。

"呀呜——"随着摩托赛车的轰鸣，九秧与多帕同时大声发出兴奋的尖叫。

紧张、刺激、精彩的直播现场，瞬间沸腾了。

鬼火少年小钢炮的到来使九秧恢复了临场的自信。

九秧与吴圣云，两人从吵架到热烈表白，全程被网络直播着，账号人气飙升，网络订单络绎不绝。而鬼火少年小钢炮的临时加入，更带来"梦呜苗妹"新一股下单抢购的狂潮。"梦呜苗妹"最终竟以微弱的优势险胜巧妇九妹，拿下了冠军。

"赢了赢了，'梦呜苗妹'终于赢了！"吴圣云第一时间向在家等候"战果"的村支书李老干和村主任周老元发去了报喜的消息。

"赢了好，赢了好！"李老干抑制不住内心的激动。

自从"梦呜苗妹"直播团队组建以来，作为村支书，李老干可是村里担着最大风险的决策者。当初他开会动员村民们入股"梦呜苗妹"直播团队，几乎无人响应，后来又顶着压力，将村里仅剩的三万元集体资金全部交给吴圣云，支持直播团队的启动。虽然吴圣云为这钱坚持写了借条，并保证过要归还，可万一直播团队血本无归呢？叫人家小吴书记一个人怎么还！说到底，他还不是为了整个梦呜村，为了大家能够脱贫致富过上好日子。况且人家把所有的积蓄都拿出来了，可以说是背水一战了。直播团队从成立至今，时间虽然不长，却经历了一路坎坷。挂在山上、堆在屋角的大苗山糯米香柚，之前的销售的确不尽人意，这也一直是李老干和村两委班子的一块心病。

现在，天降喜讯，"梦鸣苗妹"一下拿到了全市带货直播决赛的总冠军，糯米香柚的销量也噌噌噌地往上涨，都快爆棚了。

而且，听说颁奖会上，市领导还将宣布与获胜的主播一道，为主播代言的家乡产品进行现场带货直播，那影响可就大了。

"小吴书记，争取让市领导为梦鸣村的糯米香柚销售再烧一把火！"

"没有问题！"

……

四

"网络直播销售员已成为一个新的工种，我们承办这样的活动，相信对广大电商从业者会是一种激励。直播，作为线上销售新模式正在成为一种新的主流……"

"我们以赛扶贫，推广应用直播电商带货的新模式，使得数据成为新农资，手机成为新农具，直播成为新农活，培养更多的电商主播投身公益扶贫活动，助推贫困乡村农产品销售，增加贫困地区农民收入……加油吧，我们的扶贫大主播！"

颁奖会上，领导的话音刚落，台下便响起雷鸣般的掌声，经久不息。

接下来的"公益扶贫现场带货直播行动"环节中，市领导来到"梦鸣苗妹"直播间，与头部主播九秧同台，联合带货直播。

在市领导热情洋溢的推荐词里，糯米香柚不仅是安全、环保、质优、价廉的大苗山地理标志产品，更成了象征美满爱情的明星产品。短短一个小时的直播，"梦鸣苗妹"账号总共接下了近万件大苗山糯米香柚订单，比决赛的战果还要辉煌。

吴圣云趁机告诉九秧，这就是领导想要的资源效应。

"李书记，现在'梦鸣苗妹'直播都已经上热搜了，我们的品牌产品也成了响当当的抢手货，九秧与市领导联合现场带货直播的人气更是高得不得了，接单接到手软！"吴圣云立即兴奋地与村支书李老干通了一个电话。

"辛苦小吴书记！辛苦九秧啦！等你们回来，村里给你们开庆功会。"李老干乐呵呵地应着。他早已经在头脑里考虑着合作社如何分配订单和组织检验包装、联系出货的问题了。

"从现在开始，你就在村里好好组织村民们，根据我这边所提供的订单情况，有序采摘和挑选果子，再按照要求统一包装。物流那边我早已经嘱咐过了，从后天起每天安排三辆汽车进村拉货。今天开完颁奖直播会，我们立即返回梦鸣村！这下有得大家忙了，呵呵。"

"没问题，村里有我和周老元几个，保管布置得妥妥的！"

"还有，一定要记得，全村建档立卡贫困户家的果子，凡符合质量要求的，全部先采摘先验收先装箱外运，不能落下任何一家！"

"你就把心放到肚子里去吧，村里的事我们一定把控好！"

隔着千山万水，吴圣云也能看得见，柚子园中的村支书李老干笑得合不拢嘴的兴奋样子。

人还没到村，吴圣云便接到县委办主任打来的电话。

"喂，你好，梦鸣村第一书记吴圣云是吗？"

"我是吴圣云，请问您是——"

"我县委办王晓明。"

"噢，是王主任啊，您好，您好，请问有什么指示？"

"祝贺你们'梦鸣苗妹'直播团队在这次全市扶贫产品带货直播大赛中，不负众望，奋勇夺冠，为县里争得了荣誉，也为梦鸣村的扶贫农产品打开了销路！”

“主任过奖了，这是我们应该做的！”吴圣云谦逊地回应道，他在心里猜测着王主任这一通突然来电有什么用意。

“是这样，我想了解一下，你们梦呜村到目前为止，整个糯米香柚的销售大概完成了多少？”王主任带着关切的口吻。

“连同这次大赛接下的订单，卖出去的香柚差不多占了总产量的四分之一吧。任务还很艰巨呢！”吴圣云面露难色。

吴圣云不知道，其实早已有人瞒着村委和乡里，将对他的匿名投诉信悄悄交到县里去了。信里控诉，吴圣云作为上级派来的扶贫干部，不懂得村情，不尊重民意，也不了解市场规律，一手遮天，一意孤行，瞎决策，乱指挥，为了个人政绩，硬性强迫全体村民盲目大面积种植糯米香柚，致使老百姓白白忙活两年多，结果投产第一年完全卖不出去，看架势得全烂在树上和屋角。扶贫扶贫，越扶越贫，害得村民个个欲哭无泪又无处诉说。为了掩人耳目，吴圣云又在寨子里搞什么带货直播，鬼老二都懒得来的穷山寨，直哪样播嘛，分明就是骗人的把戏。一天到晚带着寨上的达配们游山玩水，不务正业。听说他还以此为借口，把村里的集体资金也强占了，搞得全村老百姓怨声载道，敢怒不敢言。村两委的干部们都护着他，搞不好他们也是串通一气的。投诉人强烈要求县里派调查组来村秘密调查。

好家伙！吴圣云做梦也没想到，自己没日没夜辛苦操劳，连全部家当都掏出来给了直播团队，反成了某些人所控诉的“强占集体资产”“不务正业”“为所欲为”！

事实上，在吴圣云带领“梦呜苗妹”直播团队奔赴市里参加决赛时，县里的调查组就悄悄进了梦呜村。为慎重起见，只有村支书李老干和村主任周老元知道此事。

调查组到了梦呜村才彻底弄清楚，原来竟是闹了一场乌龙。匿名信里举报的"强占集体资金"根本就不是那么一回事。一看到周老元从柜子里拿出吴圣云的借条，调查组便什么都明白了。而漫山遍野的丰硕果实更是让人心里敞亮，并生出几分对吴书记由衷的敬佩。眼下糯米香柚销售不畅只是受疫情影响遇到的暂时困难，根本不是什么方向性的错误。相反，带货直播，这是一个值得肯定和借鉴的英明决策。两年多的时间，梦鸣村发生了这么巨大的变化，吴书记是如何做到的，说实话，真的让人难以想象。

"我们不能放过一条蛀虫，但也决不能冤枉一个好同志！"调查组的同志态度鲜明。

对于梦鸣村大苗山糯米香柚销路困难问题，调查组一回到县里便向上级领导作了专题汇报。领导在了解了具体情况后，一致认为："吴圣云同志是我们扶贫干部的好榜样，他舍己为人，公而忘私，可竟然还有人不理解，告他的黑状，这个问题值得我们每个干部和群众反思、自省！"

"梦鸣村的做法很值得我们所有基层扶贫的同志学习与借鉴。不等不靠，自己创造，遇到困难自己想办法克服，扶贫先扶志、扶智。电商经济模式，尤其是带货直播形式的农村电商经济，是未来营销发展的一个大方向，需要政府部门的大力扶持。梦鸣村的直播团队成立在大苗山深处的寨子也是扶贫工作的一项创举嘛，这才是真正的接地气！吴圣云同志很有头脑，有担当，敢闯敢干，敢于奉献，我们需要更多这样的扶贫干部，应该多多给予支持！"

听完调查组同志的汇报，县委书记阳维民当即给予了吴圣云高度以及充分的肯定。

"现在，梦鸣村的产品销售遇到了困难，我们绝不能袖手旁观，要和他们一起想办法解决问题。这样吧，等他们直播团队从市里比赛回来之后，我第一时间去梦鸣村，和他们一道进行带货直播。其他领导也可视情况，考虑分期轮流参与他们的带货直播，参加线上活动。务必抢在这个销售季结束之前，帮助梦呜村把所有滞销的糯米香柚全部卖出去，并且尽量卖出好价钱来！"县长韦大海当即表示，将亲自前往大苗山梦呜村参加现场带货直播，并动员其他县份的领导积极参与。

这不，刚刚得知比赛结果的王主任，便迫不及待地与吴圣云联系上了。

"是这样，县里的阳书记和韦县长等领导听说你们梦呜村糯米香柚遇到了销售困难，非常关心。韦县长决定亲自到梦呜村和你们一起进行带货直播。请你们赶紧确定时间，给我们一个消息，越快越好！"

"那真是太好了！谢谢领导在百忙之中抽空来为我们梦呜村助力！我正在赶往回村的路上，那就确定三天后吧。我现在就把县委书记和县长将亲临直播间的预告马上发布出去！"

吴圣云一高兴，也顾不得车上其他人，在九秧的脸上响亮地"啵"了一个。

很快，"县委书记和县长将分别与'梦呜苗妹'主播直播卖果"的活动公告便出现在了"梦呜苗妹"直播账号的消息预告栏里。领导带货直播？稀奇！那可是提振粉丝购买信心的一件大事啊！

三天后，县委书记阳维民走进梦呜苗妹直播间，与"加油吧，我的扶贫大主播"带货直播大赛冠军得主"梦呜苗妹"头部主播——九秧联袂进行带货直播，为梦呜村助推大苗山糯米香柚的销售，引起了全网舆论的广泛关注。

身着苗族盛装的韦县长英俊帅气，与俊秀俏丽的苗妹九秧一起，穿行在大苗山崇山峻岭的糯米香柚园之间。白云缠绕，苗寨旖旎，金果飘香，绿水含笑，摘果达配身影俏，运果达亨歌如潮……

"各位老铁，大家好，我是融州县长韦大海。"韦县长一秒入戏。

"各位宝宝，我是苗妹九秧，么么哒！"

"欢迎来到'梦呜苗妹'直播间，谢谢你们。"

"今天，我们首次联手，向大家推荐甜过初恋的大苗山糯米香柚，希望大家喜欢。"

……

县长与头部主播可谓强强联手，整个直播过程高潮迭起，后台订单源源不断。

接下来的三个多星期，县里其他领导也相继来到梦鸣村，来到"梦鸣苗妹"直播间，与苗妹九秧、多帕一道，为大苗山特色水果专业合作社的糯米香柚当起客串"主播"。

其间，远在鹿州的鬼火少年小钢炮也多次受九秧的邀请，特地来到梦鸣村，为带货直播现场表演炫酷车技。"梦鸣苗妹"的人气进入到一种井喷式的暴涨时期，粉丝人数直冲百万大关，就连九秧的个人号粉丝都超过了四五十万。

"你好！我是上海做水果批发的，你们的大苗山糯米香柚给我寄五十件过来，好的话我再向你们批量订购。"有人在直播间里喊话九秧。

"没问题，您下单就行！"这个信息让九秧一下雀跃起来，梦鸣村沉寂多时的特产市场终于要复苏了。

一个星期后，上海果商通过微信再次主动联系九秧："请帮我订购三万个一级糯米香柚，马上发货到上海！"

直播间里，趁着与多帕换位的空当，九秧欣喜若狂，这是"梦鸣苗妹"接下来的第一单批量的果商订货，她太兴奋了。照这个趋势，要不了多久，阳书记和韦县长订立的销售目标就可实现了。

功夫不负有心人。正如阳书记和韦县长所要求的那样，经过各方努力，终于赶在销售季结束之前，将梦鸣村所有的糯米香柚销售一空。好家伙，村民到手的实际收入比原先预想的还高。四月远远未到，村民们喜悦的脸上已提前开出了一朵朵美丽的映山红。

"梦鸣苗妹"终于成了声名鹊起的真正网红，头部主播苗妹九秋更是炙手可热的大红人。

卖完糯米香柚，吴圣云一算账，嘿嘿，"梦鸣苗妹"团队居然也实现了不小的盈利。

"小吴书记，很多村民来问，是不是可以入股你们的直播团队。原来不是说募股的吗？"办公室里，村支书李老干表情复杂地看着吴圣云。

此时的他，有些不好意思开这个口。三个月前，他们就在这村委会前面的小广场开过村民动员会，李老干号召大家入股，可当时硬是没人响应。最后还是吴圣云咬牙将自己的私人存款全部拿出来创建了这个直播团队。村委本想把仅有的三万元集体资金拨给直播团队作经费，也不指望能有回报，可吴圣云坚持以个人名义写了张借条，承诺一定偿还。在最困难的时候，村民们不肯伸出援手，现在眼见直播团队做得有了起色，把全村的柚子卖得七七八八了，家家真金白银领到了手，才猛然想起这带货直播的好来。

"太好了，这本来就是我们当初的想法嘛！"吴圣云没料到，村民们的思想转变得这么快。

按当初的设想，总入股额二十五万元，一元一股，吴圣云自己垫资的三万元抽出不再持股，借村委的三万元转成股份给回村委，其余二十二万股由村民自愿认购。各屯各寨分别通知村民申报登记。

消息一宣布，不到两天时间，已全部完成认购登记。因为家家有了卖柚子拿到手的钱，资金很快落实到位。很多村民都是在登记的时候当场交款，怕交晚了被别人抢了指标呢。

"小吴书记，这回有了资金，我们终于可以放开手脚好好大干一场了！"村主任周老元一边整理着村民的入股资料，一边喜笑颜开地对吴圣云说。

"待会儿下班去你家摆一桌！你不老是嫌你家那只大公鸡爱惹事嘛，今晚宰了它，搞个鸡公宴，庆贺庆贺，我再拿两坛土茅台过去！"李老干也掩不住满脸的高兴。

　　"你不说，我也正有这个意思呢！"周老元嘿嘿笑着，又嘱咐吴圣云，"小吴书记，你记得叫上九秧、多帕两个。老耿我招呼他得了！"

　　透过茫茫的夜色，热闹的鸡公宴上，"梦鸣苗妹"直播团队、梦鸣村特色水果专业合作社及梦鸣村经济发展的宏图规划，在一阵阵欢快的苗家敬酒令中，变得越来越清晰，越来越真切，越来越实在……

第十二章　梦鸣村的诗和远方

一

"糯米香柚卖完了，接下来我们卖什么？"多帕扯着九秧的衣角，悄悄地问。

"这个呀——"九秧指指直播间背后那个"可以买走的大苗山博物馆"的牌子，一副得意的神色。

"那太多了，意思说只要我们苗家有的，什么都可以卖啰？"多帕本能地晃着头，若有所悟的样子。

"以后我们大苗山可卖的宝贝多着呢！"吴圣云也凑近来打趣。

"那眼下呢？"多帕接着问。

"眼下正有一批苗家珍宝等着我们大显身手呢！"吴圣云狡黠地笑了笑，故意卖个关子。

"是哪样嘛？"多帕愣是想不出是什么珍宝来。

"该不会让我们卖苗米吧？"九秧禁不住也问起来。九秧说的苗米，就是名字喊得震山响的大苗山紫黑香糯米。

天然富锌营养的大苗山紫黑香糯米，具有润肠通便、补脾暖胃、滋血

273　　第十二章　梦鸣村的诗和远方

益气、排毒养颜、强健骨骼的功效，是送礼佳品。这几年，在当地政府的主导下，大苗山紫黑香糯稻种植发展很快，但由于市场没有理顺，销路也遇到了瓶颈。据初步统计，周边几个乡镇加在一起，积压了超过五十万斤的米，愁坏了不少村民。

趁着"梦呜苗妹"直播人气正当火爆，吴圣云决定试一试。要是通过他们代理，以"梦呜苗妹"品牌的名义，把这五十万斤积压的紫黑香糯米顺利销售出去，不仅可以帮助周边几个乡镇的老百姓，还可以为"梦呜苗妹"直播团队挣回一笔不小的收益呢。

吴圣云二话不说便找到相关乡镇村屯的紫黑香糯米专业合作社及部分散户进行洽谈，很快签订了销售代理合同，开始带货直播大苗山紫黑香糯米。

"各位宝宝，有没有听说过'九万黑美人'？"九秧的问题问得巧妙极了，这个欲擒故纵之法，她已经运用得十分娴熟了，张口就来。

"哇！'九万黑美人'，如此庞大的规模，这是什么阵仗？"直播间里发出阵阵唏嘘。

多帕双手托着一小袋包装精美的紫黑香糯米开始进行展示："看，这就是我给宝宝们隆重推介的'九万黑美人'，它真正的名字叫大苗山紫黑香糯米。"

"原来是黑不溜秋的大米呀，还以为真有九万黑美人呢！"有人当场调侃起来。

"宝宝真想看的话，到非洲去啰，那里何止九万哈，九千万都看不完呢！"九秧浮起一脸可爱的笑。

"为什么把紫黑香糯米叫作'九万黑美人'呢？"网友紧追不舍。

九秧要的就是这个效果。

"为什么？苗妹九秧告诉你。因为呀，它种植在我们大苗山上，生长在九万大山国家森林保护区，所以叫'九万'啦！长期食用紫黑香糯米，能让你入肾固气、强身健体、美容养颜，这样算不算一个'黑美人'？"

"原来，这就是传说中九万大山的美容紫黑香糯米呀！"

"陌上春哥哥，恭喜你，答对了！"九秧轻轻地拍着手掌。

"你们的'九万黑美人'真有这么神吗？"

"苗妹九秧什么时候说过大话了？好不好，神不神，吃过了自然知道。再给宝宝们科普一下，九万大山纯属高海拔、低温、自然生态生养环境，就是这种云端上的原始生态造就了紫黑香糯米的优秀品质，这也是紫黑香糯米的珍贵之处，最难得还有它天然富锌营养。"

"哇！"直播间里不时发出阵阵赞美的惊叹。

"清明耕种云雾间，鱼禾共生鱼相伴，稻花香时稻花落，鱼食稻花饮山泉，稻米熟时已重阳，糯米酿酒鱼腌酸。"九秧双眸微合，脑袋轻晃，口中念念有词，一副陶醉于糯米稻种植的神态。

网友们的兴趣渐渐被九秧的妙语连珠和自我陶醉的样子勾了起来。

不出一个半月，五十万斤"九万黑美人"通过"梦鸣苗妹"全部找到了"婆家"。

而村里种的其他土特产，如普通香糯米、手工茶叶、香菇、灵芝、薯干笋子、石斛、竹荪等各种苗山山珍，通过"梦鸣苗妹"直播平台的推介，都成了网上的香饽饽。家家户户常吃的腌制稻花鱼、腊肉、辣椒酱、七彩鸡蛋、"苗家三香"（香牛、香猪、香鸭）供不应求。老人手工制作的苗族服饰、手工艺品也有很多网友高价求购……"可以买走的大苗山博物馆"正搞得风生水起。

走上正轨的"梦鸣苗妹"直播，带货倒更像是顺便经营的副业了。

"从现在开始，我们的视频和直播要着重将咱们苗族文化、特色服饰、非物质文化遗产等元素融入到风土人情、大好风光和特色物产的展示中，实现相得益彰的宣传推介效果。你以为如何？"吴圣云附在九秧的耳边轻轻地说着自己的想法，算是征求九秧的意见。这才是他一开始搞网络直播真正的长远规划。

"其实我也是这么想的。你曾经说过我们做直播，首先就是要做好大苗山的文化大使！"

"是的，通过优质的视频内容继续扩大粉丝群体，获得更多的流量，当主播形成一定的品牌效应之后，再借助自己的影响力为大苗山代言，传播大苗山特色文化，介绍大苗山特色风光，销售大苗山特色产品。"

"对！通过'梦鸣苗妹'平台的推介，吸引外地游客到我们大苗山来旅游、来考察，实地感受我们的奇山秀水、民族风情、苗家文化，并寻求投资合作，共谋发展！"

"真是英雄所见略同啊！"吴圣云贴着九秧发烫的脸颊，紧紧地搂着她纤细的腰，箍得九秧娇喘吁吁的。

……

直播间里，九秧拿在手中的一个苗族手工挂件引起了粉丝们的兴趣。

"九秧，你手里那个东西好精致，是什么来着？香包吗？"

"这是一个纯手工的挂件，不是香包，上面绣的小珠子还是树上结出来的呢。"九秧俨然一个经验丰富的珍宝赏玩家。

"九秧，我想买一个，挂在床头作装饰。"

"可以啊。你也可以看看我们"梦鸣苗妹"的其他商品，感兴趣可以在后台直接下单，更加方便呢！"

二

因为能卖钱，而且还能卖得意想不到的好价钱，村里人都开始抢着把自家的收藏的饰品、器物或弃置不用的老物件，送到"梦鸣苗妹"直播楼来。

"可以买走的大苗山博物馆"越来越成规模，展品种类、样式也越来越丰富。

为了提高展销的效果，吴圣云还在直播楼里开起了"可以买走的大苗山博物馆"藏品故事会，针对一些特别的藏品，请藏品主人来讲述它的来龙去脉以及它的发现过程、趣闻逸事等。

这一招特别灵，藏品销量大增。藏品主人一个个欢天喜地的，见了吴圣云，老远便"小吴书记"，喊得很是亲热。

吴圣云心里当然乐开了花。老百姓的态度就是一块试金石，他们高兴，说明自己的工作终于被认可了、接受了。对于"梦鸣苗妹"直播的运作模式和未来的发展方向，吴圣云更充满了信心。

几个月的兜兜转转，几个月的相互磨合，如今寨子上的人都习惯了每天有直播的日子。云端上的直播楼住着现实中的仰阿莎。第一书记不再是印象中的游手好闲、不务正业了，从城里回来的九秧也不再是头脑发热的神经病一个了。

直播连接着每家每户的柴米油盐，连接着每家每户的富裕生活，连接着每家每户的幸福向往。

要是哪一天，直播时间到了，直播节目却还没见开始，村民们便会疑惑地打探起来："怎么回事啊，今天不搞节目啦？"

"搞啊！"

"那还不快点，眼睛都望出水来了。"

"马上马上，正准备着呢！"

听到这话，问的人变脸似的，立刻堆出一团惊喜，满寨子一路吆喝过去，像要开新闻发布会似的："大家听好了，请快点准备好手机，直播马上开始啰！"

村民们当然不晓得，随着业务的不断扩大，"梦呜苗妹"直播团队的人手越来越紧，有些忙不过来了。

经过吴圣云的牵线搭桥，广东一家企业看中了大苗山的天然牧场，已经在梦呜村及周边村寨陆续投资，以农户自然散养的方式，建一个超大规模的大苗山"三香"养殖场。

"九秧你看哈，这大苗山'三香'养殖场越办越成规模了，我们'梦呜苗妹'是不是也可以考虑，接下来规模经营苗山'三香'加工产品？"

"当然可以啊！我们就用苗家的特制方法来打造一个极具辨识度的大苗山'三香'地方民族特色品牌！"九秧答得干脆利落。

"加工厂的事，我与老干支书和老元主任商量过了，准备请你阿爸来挑这个头。"

"你都把人员安排完了，还问我做什么？"

"不是，这是加工厂，是村里与广东企业的合作项目，但网络销售这一块还没定呢，这不正跟你商量嘛。这个得由你点头做主才算。"

"真让我做主？"

"嗯！"

"那我们还得招兵买马扩充团队。现在就我和多帕也宜两个人，快忙不过来了！"

"我也正有这个意思。秀培寨有个云落达配，外号'香妹'，你知道吧？她现在在镇上开了个苗家'三香'店，和她妹妹一块经营，听说搞得很不错。"

"怎么不知道呀，她阿妈就是从我们寨嫁过去的呢，以前我和她经常一起玩的。"

"这样啊，算我孤陋寡闻了。"吴圣云感叹一声。

"这也怪不得你呀！你来我们村的时候，人家阿妈都嫁过去二十多年，云落也有二十几岁了。怎么，你看上她啦？"

"我想把她挖过来，她也有些直播经验。"

"原来你早就对人家'心怀不轨'了啊！"九秧紧紧地盯着吴圣云。

"你可别冤枉人啊！前段时间陪广东客人考察的时候，我偶然知道她的。在镇里到过她家店，才懂原来她们村那边的'三香'已经饲养了好长的时间，只是不太成规模。"

"所以你打定主意要把云落挖到咱'梦鸣苗妹'来？"

"云落做了好几年的'三香'生意，特别是她做的'香妹牛腊巴'算是苗香一绝！"

吴圣云了解过，一般人家做的牛腊巴风得很干，吃起来费劲，云落却把香牛腊巴做成了家常的味道，并保持了一定的新鲜感。云落最近也开始做起了包装牛腊巴，据她自己说，做包装牛腊巴的初衷是常年在外面务工的老乡想吃牛腊巴，为了方便邮寄和携带，才开始批量制作包装牛腊巴的。她别出心裁地将外包装做成了书的样子，显得既秀气又厚重。吴圣云曾当面问过云落，为什么想到要把牛腊巴外包装做成书的样子，云落的回答很有意思，她说自己读的书不多，但她想让每一个吃过"香妹牛腊巴"的人都记住，只有打开它，才能品尝到"香妹牛腊巴"的味道与价值，就像读书一样，真正地读懂它的内涵。

"云落想把'香妹牛腊巴'做成一种文化传承。一个普通的苗家达配，能有这种想法真是不得了！"云落达配如果真能加入"梦鸣苗妹"直播团队，作为头部主播的九秧当然是求之不得的。强强联手一定会更加出彩，这道理她懂。

"那你干脆帮我们配齐'四朵金花'吧！"

"哟，你胃口倒不小呢！刚说去挖一个云落来，立马就要求凑齐'四朵金花'了。是不是你心里也有人选了？"

九秧心里还真有人选，就是乌英寨的梅吉，她是九秧的初中同学，说起来也是个传奇人物。

梅吉曾在市医药专科学校读过两年书，后来去了广东一家医药公司打工，再后来跑回乌英寨做起了山货收购生意，一天到晚走村串寨收购灵芝、石斛及其他药材。灵芝有野生的，也有人工种植的，她都收。她专门学过医药，懂得灵芝的好坏，一看一闻一摸一敲，就知道灵芝是野生还是人工栽培的，是成熟还是没成熟的，是生虫还是没生虫的，是将发过霉的灵芝洗了重新晒干烘干还是将新鲜灵芝直接晒干烘干的，是蒸过的还是没蒸过的……别人一概骗不了她。所以，梅吉收的灵芝质量特别好，当然价格卖得相对也贵些。那些城里的大药店、大商铺都愿意找她要货。梅吉的灵芝听说还卖给过北京的大公司，她在药材圈里算是个小有名气的"灵芝妹"呢。

梅吉还是第一个把土鸡蛋、凤鸡蛋、苗鸡蛋、乌鸡蛋、家鸡蛋等不同品种的鸡蛋放在一个篮子里混搭着出售的人，并美其名曰"七彩鸡蛋"，没想到销量出奇的好，价钱也比那些单色单品的鸡蛋卖得高。

不是梦鸣村人的云落和梅吉，她们有文化、有知识，而且也有自己创业的成功经验，如果能加入"梦鸣苗妹"，那"梦鸣苗妹"可真是如虎添翼了。

"可是，怎么才能把这两个能人拉上我们的山头呢？"九秧一时犯了难。

"最好的办法就是让她们将自己的货都带过来，让'梦鸣苗妹'一起帮着卖，把她们自家的小店作为我们品牌的分店，继续经营。"

"好主意，到底是第一书记，高瞻远瞩！"九秧半是钦佩半是调侃。

"撩贫我呢你！"吴圣云也认为自己这个主意切实可行。

"不过，两位'女神'来了以后，可不许打人家的歪主意！你要记得，自己已是有主的人了，不然看我怎么收拾你！"九秧把脸一沉，小声警告道。

九秧想起上次在市里参加直播大赛时，吴圣云和罗小丫的那段插曲，心里又隐隐地起了一层小疙瘩。

"借你的胆给我，我也不敢呢！有你一个仰阿莎就够了！"

"贫吧你就！"九秧白了一眼吴圣云，转身跨出了直播楼的门。

"九秧你慢点啊，等等我嘛！今晚我要和老耿叔小喝两杯呢！"吴圣云带上门，在后面喊着，却故意不追上。他心里正乐呵着呢。

一阵风从对面山坳吹过来，吹得九秧满头秀发飘起来。

三

"加油吧，我的扶贫大主播"带货直播大赛结束三个月后，九秧又参加了一场规格更高的带货直播大赛。她早就决定不回市里去了，如今的"梦呜苗妹"直播在大苗山正做得风生水起呢。

这回的比赛，九秧身边多了两个实力"干将"——云落与梅吉。

"九秧，我想让你们再火一把！"吴圣云附在九秧耳边。

"你还想让我们怎么火？我们这不一直都火着嘛！"

"我想让你们火到全国，火到北京去！"

"你到底又想做什么？你可别吓我，我的小心脏会受不了的。"九秧蜷伏在吴圣云温暖的怀里撒起娇来。

"我想让你带领"梦呜苗妹"报名参加全国农商互联助农带货直播大赛！"

"全国大赛，我行吗？"九秧的声音细得像只小蚊子在哼哼。

"怎么不行！"

"这可是全国比赛，我的小吴大书记，你真要把我往火架上烤啊？"

"不想当冠军的主播不是好主播！"

"可……冠军不是谁想当就能当的。"

"上次市里举办的比赛你不也赢得了冠军吗？"

"上次是撞彩，这次可不一样，这是国家级的比赛！"

"这次你更加有经验了，不用有什么思想包袱，轻松上阵，好好发挥。参赛呢，一来是为我们的大苗山做宣传，为苗山特色产品做拓展，为'梦鸣苗妹'直播做推广；二来也为了让咱苗妹九秧亮相全国一展风采！"

"轻松上阵？你说得倒是轻松！你真以为我是仰阿莎转世啊？"

"别紧张嘛，刚才我说笑的。夺冠呢，只是一个美好的心愿，我不要求你们一定拿冠军，主要是想让你们趁这个机会向全国的直播高手多学习，取长补短。当然，冠军梦还是得有，万一又实现了呢？"

"那要是失败了呢？"九秧无力地反问吴圣云。

"失败是成功的妈，失败了你就准备回来当我孩子的妈吧！"吴圣云厚着脸，凑近九秧的耳朵。

"好呀，你坏，想占我的便宜！"九秧跳起来，一拳擂在吴圣云结实的胸脯上，痛得他"哎哟"直叫。

吴圣云说的是一句双关的玩笑话，却让九秧油然生出一种奇妙而美好的憧憬。

经过层层筛选，"梦鸣苗妹"将参加全国农商互联助农带货直播大赛的带货产品最后选定了"九万黑美人"、大苗山紫黑香糯米和"苗家三香"风味腊制品。

果然，经过几个月的努力，九秧和她的直播团队不负众望、不断晋级，在大赛上崭露头角，并最终站到了北京的领奖台上。虽然未能夺冠，但离冠军也仅有一步之遥，可谓出尽了风头。

九秧和她的"梦鸣苗妹"彻底火了！

"老耿你快来看，我们家九秧上中央电视台了！"正在看电视的多帕突然高兴地大叫起来。这次比赛多帕没有参与，她与小吴书记都留守在"梦鸣苗妹"直播楼大本营。

正在忙活的梁老耿闻声凑过来，嘿，还真是呢！

电视里，只见九秧与同样身穿苗族盛装的云落和梅吉，正在接受记者的采访。

"原本，我们一年也穿不了一次苗族服装的，就算穿着在城里逛，街上的人也会对我们指指点点，说我们是从山上下来的。搞得我们自己都不好意思。"九秧一边抖着身上"珠光宝气"的苗装，一边对记者说，站在一旁的云落和梅吉则不住地点头应和。

"现在可不一样了！昨天我和我们这两个达配穿着苗装在天安门看升旗仪式，大家都围着我们看，问我们是哪个民族的，还有好多外国人想买我们的衣服呢！"

"如今，苗族的服装也越来越常见了，大街小巷到处有人穿。我们县城还有一个好大的芦笙广场，每逢节日我们苗家同胞都要在广场搞芦笙踩堂演出，可好看了！"一旁的云落接过话头继续介绍。

"对了，还有斗马场，可容纳上万人观看，斗马场面可壮观了！"梅吉补充道。

"我们苗家每个寨子都有自己的芦笙广场，有机会请你去我们梦鸣村，到宝龙寨，我亲自教你吹芦笙，教你跳最原始、最浪漫的踩堂舞摆手舞。我们苗家达配可热情了，不光让你坐'秀腿'，还会扯着你的耳朵给你喝'高山流水'。你可得把酒量练好啊，要不然你就会醉在大苗山回不来喽！呵呵！"

记者听了九秧的话一脸困惑地望着她，而一旁的云落和梅吉早已笑得前俯后仰。

躺在村部宿舍的吴圣云也在看直播新闻，他给九秧发去了一条微信。

九秧趁着采访的空当悄悄瞄了瞄，吴圣云借用了上次市里比赛的主题标语，居然一字都没改："加油吧，我的扶贫大主播！"

九秧的心里瞬间洋溢起一阵幸福的快感。

四

九秧带着"梦鸣苗妹"团队从北京回来，不仅县领导亲自到车站迎接，村上和寨子里更是敲锣打鼓吹起了芦笙。寨门口和直播楼还挂起了一条巨大的横幅——"热烈欢迎扶贫大主播载誉归来！"这规格、这待遇，绝对是宝龙寨和梦鸣村历史上从来没有过的。

九秧一时激动得眼睛都湿润了。

就在九秧与"梦鸣苗妹"团队载誉归来之际，在吴圣云与村两委班子的努力下，又一个新的项目即将在宝龙寨落成，正可谓双喜临门。

由县文旅部门主导，"梦鸣苗妹"与大苗山特色水果专业合作社合作，在元宝顶上新建的"云端田园"民宿即将竣工交付使用，下个月就可以接待首批游客了。而勾乌正是"云端田园"民宿那个最大的投资商。

这是梦鸣村第一栋专门为旅游新建的木质吊脚楼，四面水田、群山环绕，而且自带直饮山泉。从窗口放眼望出去，一排风力发电设备在远处时隐时现，云朵变幻，如同世外桃源。"云端田园"民宿既提供苗族特色餐饮，也展示、销售大苗山土特产。新房在设计上，主体用的是传统的杉木，卫生间则用石材砌成，显得既美观大方又实用。

"梦鸣苗妹"直播间也计划搬到"云端田园"民宿，方便跟游客近距离互动。一楼除了用于接待，还作为"可以买走的大苗山博物馆"陈列室。

还有几家由苗族吊脚楼改造而成的民宿，也将在近期完成内外装修。勾勒家的小楼也在改造计划内。不久前，勾勒已经决定带着女朋友回来创业，他将来也会加入"梦鸣苗妹"团队，同时经营自家的民宿。

看来，梦鸣村火起来是迟早的事。

"我想，我们这栋民宿可以成为展示梦鸣村的一个新窗口。"站在新楼前，吴圣云充满了美好的憧憬。

可按照规定，还有两个月，吴圣云蹲点扶贫的任职期限就要满了，他的扶贫任务完成得十分漂亮，受到了上级的肯定和表扬，等待述职回单位已没有半点悬念。

但吴圣云并不打算回去，他已向单位和上级组织部门打了报告，申请继续留在梦鸣村，这回的延期没有期限。

"在梦鸣村，还有太多的事情等着我去完成，梦鸣村的发展还有太多的目标要去实现……"当然，除了这些理由，还有一个更重要的原因——这里有他的爱情。

"九秧，告诉你一个好消息，上级领导已经同意我继续留在梦鸣村工作了，而且任职期限暂未限定。"柚子园里，吴圣云悄悄地对九秧说。

"真的？"九秧心中的石头终于落了地。离吴圣云挂职期满的日子越近，她的情绪就越低落，她不知道一旦吴圣云回到市里，梦鸣村很多之前由他主导的项目与规划如何实施，"梦鸣苗妹"直播团队如何建设，她与他的爱情如何发展……

"我可以继续留下来一年、两年、三年，甚至更长的时间，直到梦鸣村旧貌彻底换新颜，成为苗家人美丽乡村的典范！"

"吴大书记，我真是越来越爱你了，哈哈哈……"九秧用力抱起吴圣云，在柚子树下原地转圈圈。随着一阵阵银铃般的笑声，两人双双轰然躺倒在果园地里，欢快地打着幸福的滚子。

"没有问题！"吴圣云对着旋转的天空大声应和着。

直播结束，在独自回水云涧的路上，吴圣云怀着满心的欢喜，想起白天在柚子园里九秧对自己说的那句——"我真是越来越爱你了"，想起自己对九秧说的那句——"没有问题"，就禁不住发笑。这笑，是舒心的笑，也是会心的笑。忠心的小黄狗汉鹏走在前面，小心地为吴圣云探着路，平常爱闹腾的它，此刻却表现得沉稳、专注。

一阵夜风拂过，吴圣云抬头望着深邃的夜空。天上一轮明月，如美人的脸庞，正冲着自己腼腆地微笑呢。皎洁的月光如流水般洒落在整个大苗山上，澄澈空灵，静谧安宁。

吴圣云突然觉得，这样的画面，这样的意境，不正是很多人心目中所向往的诗和远方吗？

可在自己的心里，月光笼罩下梦鸣村的美好未来，才是真正的诗和远方。

附：大苗山苗族部分称呼苗汉对照

爷爷：罢佬	老公：勾佬、达虾	小伙：达亨
奶奶：咪佬	哥哥：呆呆	姑娘：达配
爸爸：罢罢、罢	姐姐：爱爱	你：蒙
妈妈：咪	弟弟：吉今	我：瓦
叔叔：罢育	妹妹：吉配	寡妇：歪昂
婶：宜	儿子：达今	我爱你：瓦航蒙
阿姨：也宜	女儿：达配	不知道：马不喜
姑姑：叨	孙子：达生今	咪宜：后妈
老婆：吉歪、捻	孙女：达生配